千载有余情（上）

——周汝昌赏会古典诗词

周汝昌——著

湖南文艺出版社
HUNAN LITERATURE AND ART PUBLISHING HOUSE
博集天卷
CS-BOOKY

图书在版编目（CIP）数据

千载有余情：周汝昌赏会古典诗词：全二册 / 周汝昌著. —长沙：湖南文艺出版社，2018.3
ISBN 978-7-5404-8528-3

Ⅰ.①千… Ⅱ.①周… Ⅲ.①古典诗歌—诗歌欣赏—中国 Ⅳ.①I207.22

中国版本图书馆CIP数据核字（2018）第017946号

上架建议：诗词赏析

QIANZAI YOU YUQING：ZHOU RUCHANG SHANGHUI GUDIAN SHICI：QUAN ER CE

千载有余情：周汝昌赏会古典诗词：全二册

作　　者：周汝昌
编　　者：周伦玲
出 版 人：曾赛丰
责任编辑：薛　健　刘诗哲
监　　制：于向勇　秦　青
策划编辑：王　琳
版权支持：文赛峰
营销编辑：刘晓晨　罗　昕　刘　迪
版式设计：李　洁
封面设计：利　锐
出版发行：湖南文艺出版社
（长沙市雨花区东二环一段508号　邮编：410014）
网　　址：www.hnwy.net
印　　刷：三河市鑫金马印装有限公司
经　　销：新华书店
开　　本：700mm × 995mm　1/16
字　　数：468千字
印　　张：41
版　　次：2018年3月第1版
印　　次：2018年3月第1次印刷
印　　数：10000
书　　号：ISBN 978-7-5404-8528-3
定　　价：88.00元

若有质量问题，请致电质量监督电话：010-59096394
团购电话：010-59320018

目录 Contents

目录 Contents

自序

我向来的主张是：凡治一门学问，最好应当是既懂得分科，又懂得综合。比如拿学京剧来作例，其虽名曰“表演艺术”，实际上还必须是既懂得文场的胡琴、月琴，也懂得武场的“锣鼓经”；既懂得表演程式，又懂得随机应变、灵活运用。至于唱、念、做、打等等方面，都得明白它们的相互关系，缺一不可。

因此，我讲诗词学也是主张至少要有五个方面的功夫兼顾而互补。哪五个方面？一曰：阅读领会。二曰：字句笺注。三曰：理论研究。四曰：讲解宣义。五曰：亲自创作。若不如此，总难达到一个令人有所获得、有所赏会的美学享受。我讲诗词学，大道理是一致的。已印行的《千秋一寸心》已经成为常销书，多次加印，甚受欢迎；其实那里面也包含了多方面的研究实习、多方面的功夫，不是一个简单的表面文辞的事情。我在诗词理论方面的论文，至今也没有收集全面、编整成册的机会，这里贡献给读者的只是一个初步而未能满意的专册，供爱好者参考切磋。举几个值得一提的例子，作为自我的介绍引言吧：

晋代陆机所著《文赋》开篇是这样说的：“伫中区以玄览，颐情志于典坟；遵四时以叹逝，瞻万物而思纷……”他首先把人的精神活动分为两大类，一个是“情”，一个是“志”。从今天的一般理解来讲，“情”就是感情，比如说中国的诗以抒情诗为主。至于“志”呢，从古以来“志”和诗是那么紧紧地连在一起，不可分离，最简单的一句就是“诗言志”。由此可见，我们古代文学理论大师陆机作这篇《文赋》时，已然把文学的来源定为双源并流。他说的“遵四时以叹逝”者，是感情方面的事情；而“瞻万物而思纷”者，则是理智的事情了。这种分别如此清晰，来源已久，似乎用不着再做重复讲解了，但你看下文不久他又说“诗缘情而绮靡，赋体物以浏亮……”，这儿问题就发生了：上文刚刚说过“诗言志”是从古以来直到孔圣门下，这是一条文学定规；而大文论家陆机却偏偏说诗是缘情的，不与言志相关……你看，这就麻烦了。我们后人如何来解决这个看似简单，而实在关系重大的中华文化文艺的根本问题呢？

本书有一篇《陆机〈文赋〉“缘情绮靡”本义辨》，是我尝试这个重大问题的一篇存稿，希望读者尽先留意一下，看看我所引证的旧时名家，对于“缘情”的误读误解已经到了何等惊人的地步！然后，请你判断一下：拙解拙讲是否还有其道理？是否击中若干误读误解的要害？如果你认为这所关非同小可，那么你会继续把我论思的若干拙见给以相当的关注而加以思索，从这儿又引发了我们中华语文上的“情”，到底应当在今天的语言学的科学解释中给它重新定一个怎样的“定义”。这个问题不但同样重要，而且由它所引发的也许会涉及更多更深层面的文化大问题。

陆机对“情”的提出和理解略述如上。至于我个人，在此只举一个小小例子。我二十多岁时不幸正值华北沦陷而失业失学，唯一一件使我精神生活略微解脱些许的办法就是学习书法，真、草、隶、篆，无所不习。篆书以《石鼓文》为标本，苦学苦练……我在其开篇就看到一个“寺”【用石鼓文寺】字，见它的结构组成上半像是一个“土”字，而其第一横两边弯曲向上，并非“土”字；下面是一个“寸”字，这人人皆知，它代表的是右手。那么我马上悟到，是右手拿着一个不知何物的装饰品——意思表明的是今天文字里的那个“持”字。我恍然大悟：这个“寺”是本字，它加上不同的偏旁就发生不同的用法、含义。那么，为什么古书对“诗”的解说却是“诗者，持也”呢？十分清楚，我们中华诗最重要的特点就是神韵，神韵是一种无尽而永存的审美感受，诗读完了，它的神韵却继续延伸作用着，并不立刻停止——这就是“持”，“持”就是持续。换言之，你拿着一个东西不放下，这个“持”的神情意态长此不断，这就是中华诗歌最重神韵的根本道理。如果还不明白，我再加上一例：古书说我们的诗歌如同射箭者“引而不发，跃如也”，让我告诉你，用这句话来注解“寺”“持”“诗”，就一切豁然贯通了。

至于我说的那个右手所持的“土”，到底是个什么东西呢？原来它的第一横左右弯曲向上，表示是姿态优美的物件，在“鼓”字的左上边、“磬”字的左上边，都是两面卷起的姿势优美之物，它和乐器紧紧相联。因此，这个“寺”右手里拿着的就是中华音乐上的标志图案。

我讲得十分简略，但我相信聪慧的读者对于中华“诗”与“乐”不可分割的关系和神韵的本来意义到底何在，也就可以思过半矣。

在写此序时，我仍然深深感到平生治学中留下的最大遗憾，就是我对《文心雕龙》下的功夫最大，而写出来的论文却以这方面的最少。如今，年过九旬，还有补作的可能吗？这就是老骥伏枥、壮心不已的事情了。正如《隐秀》一篇发表后，已为“龙学”不少专家接受了。我希望自己还有幸能再写三五篇同样的试作文字，记在这里作为一个奋斗的目标吧。

庚寅小寒前夕口述

不过我们现在的造诣太浅，知道的东西极有限，从来谈词，所见到的，无非是些浅陋的地方，至于词的深意，字的妙处，我们还未能窥透，所以我只是竭力避免用些空洞渺茫的形容词假作解人，来乱人观听，遮人耳目。

读词杂记

高中的同学已经够忙了。七八门的科目，每天每科，都要留些功课，题目给你做；再稍稍做些课外活动，休息休息，谈谈闲话，弄弄乐器，一天便很快地度过去了。能够另外找几本书看的——尤其是旧诗词——实在不多见。有的同学喜欢文学，听到人家讲一首词，也喜爱得了不得，可是临到自己去研究，有时会因为种种关系中止的，譬如字句的古僻啦，意思的空洞啦，一提不到它的中心思想，便感不到趣味，于是，渐渐地停止了他的阅读！

不过我以为，词这种优美的文学，大多数的同学却没得充分的机会去欣赏它，实在是可惜的事情！

最初，我是酷爱着旧诗的，诗的专集杂选，都被我急切地搜罗着，那时我以为天下最好的文学要算诗了。它的韵调、风格，读起来是多么优美啊！后来从同学处得到一部《燕子笺》传奇，读了一遍，觉得曲的韵调、风格，别有风味！记得当时最爱“风吹雨过百花残，香闺春梦寒”的一阕《醉桃源》。于是那几本有名的曲子，像《长生殿》《牡丹亭》《桃花扇》《西厢记》等等，又做了我的新朋友。

后来又知道了曲前还有词，读了些首，觉得词比诗曲更别有情趣，深恨相知之晚，又笑以前自己的见闻太少了。除了诗以外，却有这些好的东西留待我们去鉴赏！

心情是由爱曲转变到爱词了，于是又像迷症似的向多方面搜寻词集、词话之类。结果，种下了我对词喜爱最深的根子，一直到现在。——诗、词、曲的爱好，像走马灯一样地萦回在我的心头，但总是爱词的程度最深刻！所以读的词要比诗、曲多一些。

词虽然读得不少，但是因为贪多却发生了毛病：就是读的方法不彻底，大率是走马观花，看两遍就算！很少细细地推究词里用字遣词的妙处。有时觉得这是名句，也不过暂时心头一动，以后便漠然了。所以早就想把那暂时心头的感念记下来，只是迄今未果。

现在好了，一面我为了把读词的兴趣介绍给同学起见，一面又得完成了上面所想做的工作，在闲散时候，便把那霎时思潮一转的影像捉住，集成了一篇不大像话的东西。目的在专和新与词发生兴趣或还未曾与词发生兴趣的同学讨论。

不过我们现在的造诣太浅，知道的东西极有限，从来谈词，所见到的，无非是些浅陋的地方，至于词的深意，字的妙处，我们还未能窥透，所以我只是竭力避免用些空洞渺茫的形容词假作解人，来乱人观听，遮人耳目，真实地写自己的私见，以为初进的同学的参考，并求先进的同学们指正！

因为我的目的是偏重于对初学的同学们谈话，所以我不得不从头至尾地把词的全体介绍出来，使初进的同学对于词有一个清楚的认识。

现在请先言何谓词。

什么叫作词呢？词是上承诗、下启曲的一种文体，《词选》序里说："词者，其缘情造端，兴于微言，以相感动；极命风谣里巷男女哀乐，以道贤人君子幽约怨悱，不能自言之情。低徊要眇，以喻其致。盖诗之比兴变风之义，骚人之歌，则近之矣。"

诸位看了以上一段话，便可大概明白词是怎样一种文艺了。

词便是文章中的一种特别体裁，好像赋之与诗，诗之与散文一样，各有它的特点：格式，韵调。那么词诗之间有什么不同呢？

一、诗有定句、定字，词则无定，此仅相对而言。若绝对地说：词每调有一定的字句。（诗每体有一定的字句。）

二、诗最普通的形式分四、五、七、六言四种，各句字数相等（杂言诗除外）。又分绝句、律诗、排律、古体等。词则有若干调，调皆有名，各调字句数目，皆不相同，变化多体。

三、诗韵平仄皆单押。词则平、入，独押；上、去，通押；有时平、上、去亦通押（如《西江月》）。

四、诗韵严，词韵宽，可通诗数韵为一部相叶。

五、诗可平起仄起，相对而言，全句平仄无定，如"仄仄平平仄，平平仄仄平"可起作"平平平仄仄，仄仄仄平平"，并不限定首句或某句必为"仄仄平平仄，平平仄仄平"是也。绝对而言，每句平仄一定，如"平平平仄仄"却不可作"平仄平仄仄"是也。词则必须按谱填字，平仄绝对固定，不能擅自更改。（除可平可仄之字不计外。）

简单地说：诗词是同种异形的文章。或者说词是诗的一种，诗的别体，也可以。此后诸位看的词多了，便知道词究竟是怎样一种东西。

词的正式确立，是在中唐时候；但词的渊源，却渺不可索。有人把“平林漠漠烟如织”的《菩萨蛮》和“秦娥梦断秦楼月”的《忆秦娥》拿来作为词的鼻祖，并且托为李白所作，这种不可靠的传说，前人已驳辩无遗了。我的意见是李白生时恐怕还没有“词”的名字产生，可是词的雏形在老早以前就胚胎了。本来长短句之生成，我们无法断定它绝对是从哪一方面来的，前人固执己说，分歧不一，实在都没有充分的理由，我们不能硬指词是生于什么方面，只能认为它是从多方面自然地逐渐演变而成的。大概韵文最初是仅于末字韵脚的调叶注意，却不计句子的长短。后来为求音调优美，才有整齐的等字句子生出。这两种句子同时进展着，但整齐的句子——诗句——成熟比较早些，于是当它盛极一时的当儿，没有人注意到长短句的作品，可是长短句的势力却随时随地地潜伏着，并未消灭。一旦诗被人玩腻了，它的势力便完全崩溃，于是作品的趋向纷纷转到长短句的方面，于是“词”才渐渐确立，有了它的地位。

譬如前人主张词出于诗，以词为“诗馀”，后来有赞同的，也有反驳的，却没有一个能以充分的理由来推倒“词为诗馀”说之必为不通，或咬定必为可通者。近人胡云翼论词以为此说——词出于诗——为大谬，且主张词出于“音乐的变迁”，他说：“……词的起源，并不是哪一个人凭空创造出来的；也不能说是起源于哪一篇词，只能这样说：唐玄宗的时代，外国乐（胡乐）传到中国来，与中国古代的残乐结合，成功（为）一种新的音乐，最初是只用音乐来配合歌词，因为乐律杂协，后来即倚声以造辞。这种歌辞是长短句的，是协乐有韵律的——是词的起源。”他的理由非常充足，使我们觉得此说近情理，合实际，值得我们真诚的内心的佩服！

他又曾引过汪森序《词综》的话做反驳“词为诗馀”的证据：“古诗之于乐府，近体（‘近体诗’之简称）之于词，分镳并驰，非有先后，谓诗降为词，以词为诗之馀，殆非通论矣。”这段话非常有价值。细品起来，立论至当，见地独到，可是古诗与乐府，近体诗与词“怎样”地“分镳并驰，非有先后”呢？汪森没有细给解释，胡先生也没引申。如果不细想，不易使人心服。并且胡先生主张词出于音乐的变迁，也明明说起初绝句入乐，后来因新调发展，不易协乐，乃把那些泛声、散声、和声的地方，都填以实字，才成长短句，如此说来，词之与诗，究竟有无关系呢？词出于诗之说也有一些理由没有呢？

我这样说：谓词不尽源于诗则可，谓词与诗了无关系则不可。谓词为诗之变则或可，谓词为诗之馀则决不可！如词之体制往往尚未脱诗之本型可为一证。好在这问题，并不关重大，留待异日研究吧。

次再谈到，词为什么到了宋代那样兴盛起来呢？顾亭林说历代诗文之变乃“势也”——“三百篇之不能不降而楚辞，楚辞之不能不降而汉魏（当指乐府），汉魏之不能不降而六朝（骈文），六朝之不能不降而唐（诗）也，势也。诗文之所以代变，有不得不变者，……”说得最好！大概经过唐代，诗之盛已达极点，极乃及衰，自然之势也！为什么呢？唐朝偌长的年代，全是诗得意的时候，不算不长久了，所以及入晚唐，诗之盛已不复再增高了。到了宋初，文人对于诗已渐渐感到厌了。加以诗字句太死板，繁复的情怀，不易充分的表现，调的长短句，恰能补足这种缺点，又以当时有一二爱好者，风气所趋，众归如聚，所以文人都走向这条路上去了。

又说：唐代诗风极盛，名家百出，各立门户，竞求古奥，越来越和平民们暌隔，这种文学不复为平民所知了。于是一般平民们才走向长短句的方面去，以抒发他们的“里巷风谣，男女哀乐，幽约怨悱不能自道之情”。当时倡伎家都善于歌唱小词来取悦于人，那时的文人有很多是风流放荡的，天天在那“舞低杨柳楼头月，歌罢桃花扇底风”的生活中过度着，于是词才流到了文人手里，试看《花间集》十卷，哪一首不是浓艳妖丽地描写歌舞流连的生活？可为明证。这也就是词的本色！直至后来众家蜂起，或清新，或隽永，或凄婉，或豪放，格调才为之大变，词也就大盛起来！

话又转回来说，表面上看词对诗的格式、规律，好像是解放的，实际却大不然！因为诗句仅求平仄的调适，而词却除了平仄的固定外，还要讲求五声，以求协律，才能入乐。简单地说：如上声去声字都属于“仄”，可是有的字要用去而不用上；甲乙两个字都是上声字，但有时宜用甲而不要乙，以求协音律。诸如此类，十分难辨，原来音律是最难精通的学问，历代精通音律的文人，恐怕只有少数的几个！连苏轼绝顶聪明的学者，他的词也往往以不谐律贻世讥！陆游曾经引晁以道的话，以为苏公会自歌《南阳关》，便算懂音律，恐怕那也是替苏轼掩饰的话；也许苏轼恰只会唱《南阳关》一调，否则，为什么不再有别的记载说他又会唱过什么“今阳关”呢？又如李清照说晏殊、欧阳修等“学际天人，……而所作词，往往不协音律”，可见音律之难通了！

但是词——某首词，未必不能入唱，可是这首词的作者当时却不一定为入唱才作此词的——往往是如此情形！衍到后来，词变为一种纯粹抒情的文学，不拿它入乐了。所以协律一事，渐不为人所注意！我的意思也是词既然入唱的少了，只要达到抒情的目的就算够了，何必拘拘于音律，妨及作品的性灵！譬如前人会为协律，把"琐窗深"改为"琐窗明"，这样意思完全相反，他竟不计较及此！请问这多没意思！

胡适曾说："音律与古典压死了天才与情感，词的末运已不可挽救了！"

旧说词有小令、中调、长调的分别，这种以字数分长短的法子，有许多人反对，我们也不去管它，只问什么样子的是小令呢？有的说五十八字以内的为小令，有的说不出六十字才是小令，总之，我以为篇幅不长的就算它小令好了，因为小令、中调之间，实在没有一个划然的界线。我最爱的是小令，我常常拿小令比作诗里的绝句。绝句是最能整个表现浑凝的诗感的，不像律诗为了腹部两个对联的砌凑，而破坏了浑凝的诗感，小令恰如绝句，能够恰好表现出词的性灵来。中调长调则是因为"言不足故长言之"的缘故才有的，它们的风格却哀怨潇洒，如泣如诉，与小令的风格不同，但我觉得它们字太多，太累赘，不宜于介绍给初学的同学们。所以我这里所讲到的，只是几首老生常谈的、短些的词。

至于这篇文谈词的时候用什么体裁，有的同学劝我效俞平伯的《读词偶得》。俞先生才高力深，文字古雅，语多玄妙！我们怎敢望其项背，如果真个效法起来，恐怕如"邯郸学步"，不但未学会走路，反而站立不住，一动一跌了！

有的同学提议把所要谈的词都敷衍成文——描写的美文。我以前也曾这样试过，觉得这种工作太繁重，太没意思，费力不讨好，实在冤枉，好像今人拿"洋文"译《红楼梦》，简直不像话！林妹妹变成了

"Lin Mei Mei"，岂不大煞风景？因为有的地方只能意会，不可言传，勉强费九牛二虎之力，把它翻成白话，不但妙处完全未能表出，并且往往弄巧成拙，点金成铁，不值读者一笑！所以我也绝不想做那样的傻瓜；只是信口道来，用不着谈什么体裁。

其次，我这次工作开始的动机，一半得同学容君鼎昌的启发、鼓励和督促，他对于参考书的介绍、材料的供给、意见的参加，都于我多所佐助，我深深地感谢他！

一、南歌子

凤髻金泥带，龙纹玉掌梳。走来窗下笑相扶。爱道："画眉深浅入时无？" 弄笔偎人久，描花试手初。等闲妨了绣工夫。笑问："鸳鸯两字怎生书？"

《南歌子》便是这首词的名字，又名《南柯子》《望秦州》《风蝶令》。它们命名的意义，除《南柯子》是用南柯梦故事外，其馀（又疑《南柯子》系《南歌子》之误）已无从得知了。全词共五十二字，分前后两段，各三韵四句，完全相同，如今且把它的平仄格式写下。（注：不按正谱，只按此词现在所用的字的平仄写来，以备少数还不懂平仄的同学，按字悉索，容易悟会，非敢觍缕也。可平可仄之字再注明，初入韵之句字，其下注一“韵”字，以后每逢再押韵的字句，其下注一“叶”字。）

仄仄平平仄，平平仄仄平韵。仄平平仄仄平平叶。仄仄，仄可平平平可仄仄仄平平叶。　仄仄平平仄，平平仄仄平叶。仄平平仄仄平平叶。仄平可仄，平平仄可平仄仄平平叶。

本词用的韵部，相当于诗韵的“六鱼”“七虞”通用，都是ㄨ、ㄩ韵里的字。譬如本词用的字，如梳、扶、无、初、夫、书，却都是ㄨ韵的字，所以读起来非常“顺口”好听。但如果遇到ㄩ韵的字，它也是和ㄨ韵字相叶的；如果仍读你平常的音，便不好听，如居、虚、竽等字，平常都读作ㄐㄩ、ㄒㄩ、ㄩ等音的，却当读作ㄗㄨ、ㄒㄨ、ㄧㄨ等音以求相叶，这一点应当注意！

本词的作者是欧阳修，所谓六一居士者。诸位早就知道他是大名鼎鼎的唐宋八大家之一，一听到他的名字，便立刻会联想到一位面孔板板的道学老先生，专会做些“之乎者也”“丁丁当当”之类的文章，可是你如果读了这首词以后，便知道欧阳永叔先生绝不“道学”，非但不道学，而且非常善于谈爱情！

或者有人以为这真是滑稽的事情！就是前人也不相信欧阳修那样一个严正的古文家，会作出这许多浮艳的小词，所以常常疑惑有人伪托，而替欧阳公饰掩。有的说：“欧公一代儒宗，风流自命，辞章窈渺，世所矜式，乃小人或作艳语，谬为公词。”有的说：“欧阳公词多与《花间》《阳春》相混，亦有鄙亵之语厕其中，当是仇人无名子所为也。”其实都没道理，小人作艳语，何不托一有名的词人易于传诵，而反“谬为”一个不易为人所信的欧阳修呢？便是仇人相谤，也不会从这小处着想，便尔如此，当时词风当盛，人多以己词能传诵为可喜或因此反抬高身价，决不会因为两首小词遽损身价，盖当时并不以此为讥的。

须知“儿女古今情”，有谁生来就面孔板板地做道学先生呢？欧阳公何尝不然，他生时正是古文流毒很深的时候，所以他不得不跟着做些“之乎者也”的东西，可是他在古文里不能说的情绪，遂完全裸露于这些小词里面了。有什么可以疑惑呢？

话又扯远了。我们赶快看这词的内容。我开首写这词的动机，乃是因为那天周孝若先生在国文班上怕我们精神苦闷而写出给我们醒脾的这首词，我也正在那里为难不知把哪一首放在头里好！现在正好把它作为先行！

起首“凤髻金泥带，龙纹玉掌梳”，便是一联很工整的对偶句。凤髻、龙纹都是描写头发的。“金泥”是什么意思呢？我们先按泥字的解释看：泥是“物之研细调匀者”，又“泥即涂饰也”。照此说来，“金泥带”何尝不可解作现在的“泥金带”呢！又，我以为“带”与“梳”对，这“带”字我不妨勉强说它有些动词的性质在内。总之，首二句是追写一个女郎梳妆的情形。第三句便已入正式叙述，“走来窗下笑相扶”已是妆成后的动作了。“走来”有的册子作“去来”，未知何意，我以为还是“走”字好得多！因“走”来得多么生动！把一个新妆成的女郎莲步姗姗走过来的神情活逼出来了！如果作“去来”，“去”是动词，则“来”为语助词，那么这句便好像第三者叙述词中俩人的行动，但我们从各方面看来，实在不是那样，所以“走来”比“去来”强。

这时是清晨呢？是傍午呢？不是傍午！因为没有将近十二点才梳洗的女子——但现代的女郎们我无法断定——但也绝不像清晨！因为，我想：像词中那样和乐的人儿，过着美满的生活，绝不会像我们现在上早操，六点二十分就会爬起来！而“弄妆梳洗迟”也要耽搁一部分时光的。再串下文，还有描花刺绣，我想也绝不会清晨便忙着做女红的。所以，我假设：这时总会是太阳已高高地升起了。窗外的“有情芍药含春泪”，想春泪已尽笑脸双生了；想“无力蔷薇卧晓枝”也春高卧起，娇挺如新了，一个明媚的天气！

“笑相扶”！这个“笑相扶”的“笑”字下得极神，一派娇媚情深的神度，翩然活跃！“相扶”，请你注意，不是互相扶，也不是人扶这梳妆者，乃是这新妆成的女郎扶人，不要闹糊涂！这时他或是趁她梳妆的空儿在窗下写字了？当她巧笑盈盈地扶住他，他的神情如何呢？

底下接着说：“爱道画眉深浅入时无？”这便是妆成的女郎问他：“你看我这番画的眉好看不好看呢？”“爱”字据周先生讲作“好（读去声）怎么样”的“好”字，“爱道”便是喜好说什么，但我以为“爱”字不是那个“好”字的意思，乃是爱悦、爱情的爱字，那便是说：女郎问话的时候是亲爱而问，不是“赌气子”问的。请你仔细体会这“爱”字下得也妙！——请自理会“爱”字的意思，我不事絮辩了。

“入时无”三字，请再细述：“无”字就是“否”字，译为白话便是：“入时不入时呢？”再说句俗气话便是：“时髦不时髦呢？”更说句讨厌的话便成了：“摩登不摩登呢？”所以这“无”字在诗词里面用作“否”字时最多，在散文里却极少见——简直可以说没有。其馀若

“恁”字——即“那么样的”之意，“争”（怎）字、“底”字——即“何”字意，“无那”——即“无奈”，等等，皆与此类，好像是为词所专利的字样。

原来“画眉深浅入时无”这七个字是全盘用的成句——唐朱庆馀的一句诗。今并将全诗引于下：

> 洞房昨夜停红烛，待晓堂前拜舅姑。
> 妆罢低声问夫婿，画眉深浅入时无。

在这诗里的情景是不大和这词相同的，可是被欧公用得来，直如天衣无缝，了绝痕迹！我们不但不以他用前人的句子为病，反而佩服他巧拾善缀，妙手天成！并且由此可悟，善用古人成句和抄袭堆凑是根本两样事！

下片起首仍是练句对仗的联，口气和上片相接，描画一个不会书画的女郎“初”学玩弄笔墨，娇憨天真之态如见。“偎人久”遥遥呼应着上面的“笑相扶”。脉络了然可寻。

再下是“等闲妨了绣工夫”，这句非常妙！等闲，不留意也。这是作词者站在客观的立场上为他们俩打算——或者说作者就是词里的“檀郎”也可。——这句为什么妙呢？因为它正面是说怕妨了绣工夫，而反面正是说“无妨”妨了这绣工夫，来相笑相扶的，这“弄笔偎人久”时俩人的心情，刚好被这一句反衬出来，请看这是多么巧妙的句子！如何不使我们倾倒呢？

“笑问鸳鸯两字怎生书”，或作“笑问双鸳鸯字怎生书”，我以前者不如后者雅隽，而后者却未能如前者读起来顺当，也许这就是所谓音律的关系？且莫管它。

为什么女郎会突然问出这样一句话来呢？或者有的同学以为无头无尾，上下不接，来得突兀吧？其实仔细想来，何尝突兀？这正是全篇最精彩的句子。盖由词句里，我们可理会到那是一对极相爱悦的妙人，恰有“愿作鸳鸯不羡仙”之概。女郎在弄笔时，相依相笑，由不得想起——或者院中荷塘有——鸳鸯两字来，这是郎心中蓦然起的感触，然而并不是无因的。可以说全篇都偏重外表之叙述，独这尾句是内心的描写。为全篇生色不少，试将此句易以他句，则未必能有这样的力量了，所以这句不但不突兀，而且是全篇最精彩的句子，细细想过后，一定不否认我的话。

现在逐字逐句已分析完了。再总括起来说说：这首词的目注为“闺情”，全篇除了首二句用了些修饰的字眼外，通是轻描淡写地把一对夫妻相亲相爱，温柔体贴的动作、心情，烘染出来，绝不艳丽！绝不纤巧！因为他思路甚隽，措辞婉雅，而信手铺叙，便能如初写《黄庭》，恰到好处，这自是旁人所不能及的。

有人还以为这首词伤于刻露，请问欧阳修的《浣溪沙》：

> 相见休言有泪珠，酒阑重得叙欢娱。凤屏鸳枕宿金铺。 兰麝细香闻喘息，绮罗纤缕见肌肤。此时还恨薄情无？

这是不是好词呢？这是不是刻露呢？要之我们后人评窥以前文人之笔墨，要真实的欣赏，平心的理论，不要专事吹毛求疵，这个思涉于邪，那个格苦于卑，这个犹带有市井风，那个尚未脱闺阁气！然则还有好的没有呢？这辈强作解人以哗众取宠之流，真没有什么出息！

最后，我再介绍几首欧词——比较出名的——以见其作风之概，而为此段文之结束。

采桑子

群芳过后西湖好，狼藉残红。飞絮蒙蒙，垂柳阑干尽好（日）风。　笙歌散尽游人去，始觉春空。垂下帘笼（栊），双燕归来细雨中。

诉衷情

清晨帘幕卷轻霜，呵手试梅妆。都缘自离恨，故画作远山长。　思往事，惜流光，易成伤。未（拟）歌先敛，欲笑还颦，最断人肠。

蝶恋花

庭院深深深几许？杨柳堆烟，帘幕无重数。玉勒雕鞍游冶处，楼高不见章台路。　雨横风狂三月暮，门掩黄昏，无计留春住。泪眼问花花不语，乱红飞过秋千去。

浣溪沙

堤上游人逐画船，拍堤春水四垂天。绿杨楼外出秋千。　白发戴花君莫笑，六幺催拍盏频传。人生何处似尊前？

蝶恋花

越女采莲秋水畔，窄袖轻罗，暗露双金钏。照影摘花花似面。芳心只共丝争乱。 㶉鶒滩头风浪晚，雾重烟轻，不见来时伴。隐隐歌声归棹远。离愁引著江南岸。

临江仙

柳外轻雷池上雨，雨声滴碎荷声。小楼西角断虹明，阑干倚处，待得月华生。 燕子飞来窥画栋，玉钩垂下帘旌。凉波不动簟纹平。水精双枕，傍有堕钗横。

够了！留些地方，待写下文。

二、阮郎归

南园春半踏青时，风和闻马嘶。青梅如豆柳如眉，日长蝴蝶飞。 花露重，草烟低。人家帘幕垂。秋千慵困解罗衣，画堂双燕归。

《阮郎归》又名《碧桃春》《醉桃源》，大概是本了《续齐谐记》

阮肇入天台采药遇仙女的故事起的名。是一个四十七字的小词，前段四句，后段五句，共八韵。其平仄格式如下：

> 平$_{可仄}$平平$_{可仄}$仄仄平平$_{韵}$，平$_{可仄}$平平$_{可仄}$仄平$_{叶}$。平$_{可仄}$平平$_{可仄}$仄仄平平$_{叶}$，仄$_{可平}$平平$_{可仄}$仄平$_{叶}$。　平仄仄，仄平平$_{叶}$。平$_{可仄}$平平$_{可仄}$仄平$_{叶}$。平$_{可仄}$平平$_{可仄}$仄仄平平$_{叶}$，仄$_{可平}$平平$_{可仄}$仄平$_{叶}$。

这首词的作者是冯延巳，但有些本子作欧阳修，这我们无法断决说究竟准是谁的词。记得胡适之先生说："这时代（南唐北宋）的词还有一个特征，就是大家都接近平民文学，都采用乐工倡女的声口，所以作者个性都不充分表现，所以彼此的作品容易混乱。冯延巳的词往往混作欧阳修的词……"

这话是对的。加以那些人的词集，都是后人代他收罗起来的，稍一不慎，便会弄错。他们一错，我们也便跟着错下去。结果越传越分不清了。好在我们是欣赏词，不是研究词人的，且不必深去计较他，就算冯延巳的作品好了；现在把冯的简单略历提一提：

正中其字，延巳其名。先人居彭城（今江苏铜山），唐末南渡，始家于新安（县名，有四，此当系指今广州宝安）。南唐李氏建国，延巳与其弟延鲁均得信任。延巳曾做到宰相，他的词集《阳春集》的序子里说："金陵盛时，内外无事，朋僚亲旧，或常燕集，多运藻思，为乐府新词……"他这种生活环境，可使我们想象到他的作风了，且引两首来看看：

风乍起，吹皱一池春水。闲引鸳鸯芳径里，手挼红杏蕊。　斗鸭阑干独倚，碧玉搔头斜坠。终日望君君不至，举头闻鹊喜。

——《谒金门》

敧鬟堕髻摇双桨，采莲晚出清江上。顾影约流萍，楚歌娇未成。　相逢颦翠黛，笑把珠珰解。家住柳阴中，画桥东复东。

——《菩萨蛮》

《柳塘词话》说他："思深语丽，韵逸调新。"足以当之。

如今且看《阮郎归》的内容：

首句"南园春半踏青时"告诉了我们地点、时间和动作，十分清楚。粗看起来，这句平铺直叙，未见好处，实在他坦白的叙来，不事雕饰，非但有开门见山之概，而踏春的活泼泼的兴致却被"踏青时"的一个"时"字表现无遗！我们很可从这句中想象出在一个花明柳媚、蝶酣莺娇的春日，那春衫薄薄游春的人儿的兴致和风度了！同时，这句为全篇主脑，领起下文。

"风和闻马嘶"紧接着把上句的意思或语气补足了，神境翩然。"风和"当是写天气的明媚。"马嘶"不知意之所指，词中常用之于离别时的点缀，眼前的句子：如"无寐，无寐！门外马嘶人起"——秦少游《如梦令》，其馀若"门外草萋萋，送君闻马嘶"——温庭筠《菩萨蛮》，"马嘶残雨春芜湿"——牛峤《望江怨》，"骊驹应亦解人情，欲出重城嘶不歇"——张子野《木兰花》，"明朝残梦，马嘶南陌"——范成大《秦楼月》，等等，俯拾即是，一时也举不尽许多，都是写别离时才用的字眼，但本词此处是不是指别离呢？也许刚好踏青时听见马鸣声，想起当此良辰美景，尚且有别离的人们，心中感触才记下这一句来？但我的私见，总以为如果此处指离别，细看上下文的语气、意思、境味，实在有些不合！我常常想此句的“马嘶”乃是指一般王孙公子美少年们骑着金鞍玉辔的白马，在那绿杨夹道的大路上驰骋踏青呢，正好有着“大道直如发，春日佳气多。五陵贵公子，双双鸣玉珂”的意味。不知怎的，我总以为这样比解作离别要好得多。

“青梅如豆柳如眉”，这正是春半时候，和首句相合。北方梅少，恐怕北方同学见过长在树上的梅子的也不多；但很可留心春天刚结的小桃子，也正有“如豆”的意思。柳为什么如眉呢？白居易《长恨歌》中有“太液芙蓉未央柳”“芙蓉如面柳如眉”句子，他也说到“柳如眉”，大概初展的柳叶儿，两端尖尖，正像一个美人的眉毛，所以他们都喻作眉。“柳如眉”或作“柳如丝”。“眉”虽不如“丝”生动，但“眉”却新颖有情趣，我从“眉”。

“日长蝴蝶飞”，我最爱这一句，每一读它便感到春日融融，莺花欲醉的意味。“日长”两字里面便寓着“融融”的味道，不信细读便知！“蝴蝶飞”三字也非常平易，只简单地把三字摆在那里，我们读起来，便觉得春日芳和的意境，如置身其中，这种表现“意境”的神力，只有在我们优美的文学——诗——中找得出！

“花露重，草烟低。人家帘幕垂。”这句又恰有“日长蝴蝶飞”的好处，足以表现一个艳阳天气的静穆的美！人家是谁家呢？正好用“门外秋千，墙头红粉，深院谁家”的句子来引申它。帘幕低垂，大概帘内人也感觉“困人天气日初长”在那里伤春吧！

底下“秋千慵困解罗衣，画堂双燕归”两句却有两种说法，有人说：是游春人自己在“南园”里，戏秋千戏罢，轻解罗衣，正在休息，蓦然“倏”的一双如剪的春燕，归来画堂中。有人说“南园”好像是指春郊，不是花园之类，那么郊中便没有秋千，而踏春人如何能在那里戏秋千呢？所以这句是承着上句，说那帘幕低垂的人家，这踏春人看见那家人儿秋千戏罢，娇慵细细；这时蓦然“倏”的一双春燕飞入那人家的画堂中去，同时这踏春人儿是对了良辰美景，归燕双双，心中起了怅然的情绪！

我以为第二种解释，“无限情深”差强于第一说。

（同时我们看冯延巳的小词，爱用“双燕”，譬如《罗敷艳歌》的“双燕归来画阁中”，又“玉堂香暖珠帘，双燕来归”。《清平乐》：“双燕飞来垂杨院，小阁画帘高卷。”《蝶恋花》：“双燕飞来，陌上相逢否？”“穿帘燕子双飞去。”除掉最后两例外，都与“画堂双燕归”的语法颇相似，有没有别的深意呢？只好待质高明，恕我浅陋吧！）

末句或作“画堂双燕栖”，我以为不如双燕“归”，有那“倏”的神气好。

这首春游词确够得上称为“美”的词了，从字面上、意思里、字调、字韵各面讲，没有一面不是美的！字面和意思刚才细说过，诸君读后，是不是觉得它美？

且看这词调子的构造是九句八韵，如果第五、六句不是六字两顿，也合为七字一句，那么便是七、五，七、五的句子循环四次。那样，读起来便觉得非常单调少顿挫、波折。及第五、六两句改为“×××，

×××”时，读起来便非常有意思，只觉得风流潇洒，神韵无极！一同和平美丽的调子！

其次是韵的美。本词用字韵平声第三部，即诗韵之“四支”“五微”“八齐”“十灰半”通用，如果按国音字分起来应该是ㄓ、ㄔ、ㄕ、ㄗ、ㄘ、ㄙ、ㄧ、ㄟ等韵的字（ㄟ韵的字母读起来也应落ㄧ韵才好：如“飞”字今音都读作ㄈㄟ，但实在转读作ㄈㄧ才对，同样“归”字应读作ㄍㄨㄧ，馀可类推）。这韵最幽深美丽。不信我再引一首吴文英的《阮郎归》：

> 翠深（阴）浓合晓莺堤，春如日坠西。画图新展远山齐，花深十二梯。　风絮晚，醉魂迷，隔城闻马嘶。落红微沁绣鸳泥，秋千教放低。

诸君读后以为如何？是否比“东”“阳”“尤”等响韵别有风趣？

冯此词名为写景，但总不免有情含于内，正所谓“寓情于景”，有人说词即抒情诗，确有些道理！

或者有人问：你只举了两首词，第一首写夫妻私情，第二首好好地踏青，偏涉遐思。这词岂不是专谈些风花雪月，轻薄事体，岂不闻“非礼勿言”欤？词乎休矣！

我在前面曾说过的，词之本色，原是如此。沈伯时说：“作词与作诗不同，从花草之类亦须略用情意，要入闺房。”正是此意！

读苏词“大江东去”，觉得它并非不佳，只是这种口调，放入词内，究非本色。《介存斋论词杂著》说：“人赏东坡粗豪，吾赏东坡韶秀，韶秀是东坡佳处，粗豪则病也。”亏他敢这样大胆说话，正合我意。

尤其是辛弃疾的《沁园春》：“杯！汝前来！老子今朝，检点形骸……”请问这像什么！？有人还赏他这词的豪放气势，我以为如果爱豪放，不妨找几个粗大汉，憋着嗓子，喊一阵！何苦将他填入词里，岂不大煞风景！

依我说苏公不妨多作几首“花褪残红青杏小。燕子飞时，绿水人家绕”，辛公也正不妨多作几首“少年不识愁滋味，爱上层楼。爱上层楼，为赋新词强说愁”等小词，来得好些。

我这大胆的偏见，恐怕有人骂我眼光如豆，只爱些情词，而不知豪放为何物，“小子无行，小子无教”！

其实这也没有什么，正所谓“仁者见仁，智者见智”而已！

话又说回来了，诗有三百，那一般迂儒腐士捧了“文以载道”的金科玉律，无法摆置这三百首诗，硬加上什么“美君，美后，刺君，刺时”的美名。但无论你怎样解释，总不能说诗三百不是恋爱诗。稍为开通点儿的人，见了这些怪名目，必定笑这群傻瓜在那里欺人自欺！甚至吾夫子仲尼有言曰：“诗三百，一言以蔽之，曰：思无邪。”他老人家把我闹得迷迷糊糊，请问那些“窈窕淑女，君子好逑”，以至“寤寐求之”“求之不得”，又以至“辗转反侧”，什么“有女怀春，吉士诱之”都是思无邪，但不知怎样才是思“有”邪呢？天晓得！

屈原作楚辞，固然他的愤天怨人，是无可讳言，但“美人香草”，至少不会是“载道”的文章！

《古诗十九首》也硬拉来做“思君”之作，如今举一首请看：

青青河畔草，郁郁园中柳。
盈盈楼上女，皎皎当窗牖。
娥娥红粉妆，纤纤出素手。
昔为倡家女，今为荡子妇。
荡子行不归，空帏难独守。

如果这也是思君之作，那么这些“妓女悲秋”“妓女思客”等调子，不也是很地道的思君之作吗？这未免太滑稽了！？前人之说，直如梦呓！

男女相悦，本出人之至性，没有什么大了不得。但高喊大唱为礼教所不允，无由发抒，怎样办呢？遂不得不寄之于诗歌、乐府、小词之中，所以那些言情的诗词，是最能见真性情的。前人大胆地作，我们便大胆地鉴赏，不必学前人那些梦呓，欺人自欺！

但有许多人竟敢目这些东西为“淫”词！他们这不是以文学眼光来鉴赏文学，简直近于谩骂，唐突文人笔墨，实在罪过！

这些个问题——前人的迂论与我自己的意见，常在我心里打仗，而常常是我的主张战胜，但苦于我的势力太孤单，不易找到前人与我意相合的议论以长我的威风；不意昨日看《宇宙风》，周作人先生介绍给我们的《古南馀话》有一段说得痛快淋漓！如出自我腑肺，亟录其略，以快人心！

仲实问：诗馀小词自唐宋以迄元明可谓灿备，鲜有不借径儿女相思之情者；冬烘往往腹诽之，谓恐有妨于道学，其说然欤？余曰：天有风月，地有花柳，与人之歌舞，其理相近；假使风月下旗鼓角逐，花柳中呵导排衙，不煞风景乎？天下不过两种人，非男即女，今必欲删却一种，以一种自说自扮，不成戏也。故虽学如文正公，亦复有儿女相思之句；正所谓曲尽人情，真道学也。……夫道学所以正人心平天下也，苟好恶不近人情，则心术伪矣，亦恶能得人之情，平人之心？《诗》之教，化行南国始自闺房；《书》之教，协帝重华基于妫汭，理必然也，而况歌词乃导扬和气调燮阴阳之理，而顾讳言儿女乎？故自《十九首》以及苏李赠答魏晋乐章，其寓托如出一口，良由发乎性情耳。姑专就小词而论，才如苏公，犹不免“铁板”之诮，谓其逞才气著议论也；词家风趣宁痴勿达，宁纤勿壮，宁小巧勿粗豪，故不忌儿女相思，反不贵英雄豁达，其声哀以思，其义幽以怨，盖变风之流也。

一九三五，十一，三，晚

（《南开高中学生》第2期，1935年）

三、浣溪沙

漠漠轻寒上小楼，晓阴无赖似穷秋。淡烟流水画屏幽。　自在飞花轻似梦，无边丝雨细如愁。宝帘闲挂小银钩。

《浣溪沙》是一个单调小令的词调名，沙或作纱，或作《浣溪纱》，别名《小庭花》，是摘张泌《浣溪沙》“露浓香泛小庭花”句而成；其馀有《满院春》《东风寒》《醉木犀》《霜菊黄》《广寒枝》《拭香罗》《清和风》《怨啼鹃》等名字，类皆采于词人本调之名句。又名《减字浣溪沙》，以别于《摊破浣溪沙》。另有一长九十三字的《浣溪沙》，又称为《浣溪沙慢》，与本调大异。

全词长四十二字，每句七字，六句五韵，分两段，前段三韵，后段二韵。平仄格式如下：

仄可平仄平可仄平仄可平仄平韵，仄可平平平可仄仄仄平平叶。仄可平平平可仄仄仄平平叶。　仄可平仄平可仄平平仄仄句，平可仄平平可仄仄仄平平叶。仄可平平平可仄仄仄平平叶。

有首句不入韵的，如此则成为双调小词了。但不可效，看本调的体制，还离七律不远，亦可见词为诗馀之说有根据。

本词作者为秦观，观字少游，宋扬州高邮人。初举进士，元祐初，苏轼以贤良方正荐之于朝。除太学博士，迁正字，兼国史院编修官。绍圣初坐党籍削秩监处州酒税，徙郴州，放横州编管，更徙至雷州。徽宗朝放还，至藤州（今广西县名）醉卧光化亭，忽索水饮，家人进水，含笑视之而逝。著有《淮海词》三卷，故世称为秦淮海，为北宋词坛极有名的人物。其作风婉约新丽，远祖温韦，近步柳七，看看一般对他的批评：

蔡伯世："子瞻（苏）辞胜乎情，耆卿（柳永）情胜乎辞，辞情相称者惟少游而已。"

张　綖："少游多婉约，子瞻多豪放，当以婉约为主。"

冯梦华："淮海古之傷心人也。其淡语皆有味，浅语皆有致。"

晋　卿："少游正以平易近人，故用力者终不能到。"

良　卿："少游词如花含苞，故不甚见其力量，其实后来作者，无不胚胎于此。"

陈廷焯："秦少游自是作手，近开美成（周邦彦，北宋词人），道其先路，远祖温（庭筠）韦（庄），取其神不袭其貌，词至是乃一变焉。"

刘熙载："少游词有小晏（几道）之妍，其幽趣则过之。"

推崇之至，可见一斑，惟李易安说他："秦专主情致，少故实，譬诸贫家美女，非不妍丽，终乏富贵态耳。"要亦是吹毛之语，在清照眼中除了她自己，早已无人了。但少游气格之疵，亦有不可掩处。

引几首他的词：

莺嘴啄花红溜，燕尾点波绿皱。指冷玉笙寒，吹彻小梅春透。依旧，依旧，人与绿杨俱瘦。

——《如梦令》

门外鸦啼杨柳，春色著人如酒。睡起熨沉香，玉腕不胜金斗。消瘦，消瘦，还是褪花时候。

——《如梦令》

萋萋芳草忆王孙，柳外楼高空断魂，杜宇声声不忍闻。欲黄昏，雨打梨花深闭门。

——《忆王孙》

西城杨柳弄春柔，动离忧，泪难收。独记多情，曾为系归舟。碧野朱桥当日事，人不见，水空流。　韶华不为少年留，恨悠悠，几时休？飞絮落花时候，一登楼。便做春江都是泪，流不尽，许多愁。

——《江城子》

雾失楼台，月迷津渡，桃源望断无寻处。可怜孤馆闭春寒，杜鹃声里斜阳暮。　驿寄梅花，鱼传尺素，砌成此恨无重数。郴江幸自绕郴山，为谁流下潇湘去。

——《踏莎行》

山抹微云，天连衰草，画角声断谯门。暂停征棹，聊共引离尊。多少蓬莱旧事，空回首，烟霭纷纷。斜阳外，寒鸦数点，流水绕孤村。　销魂。当此际，香囊暗解，罗带轻分。漫赢得青楼、薄幸名存。此去何时见也？襟袖上、空染啼痕。伤情处，高城望断，灯火已黄昏。

——《满庭芳》

晓色云开，春随人意，骤雨方过还晴。高台芳树，飞燕蹴红英。舞困榆钱自落，秋千外，绿水桥平。东风里，朱门映柳，低按小秦筝。　多情行乐处，珠钿翠盖，玉辔红缨。渐酒空金榼、花困蓬瀛。豆蔻梢头旧恨，十年梦、屈指堪惊。凭栏久，疏烟淡日，寂寞下芜城。

——《满庭芳》

梅英疏淡，冰澌溶泄，东风暗换年华。金谷俊游，铜驼巷陌，新晴细履平沙。长记误随车。正絮翻蝶舞，芳思交加。柳下桃蹊，乱分春色到人家。　西园夜饮鸣笳，有华灯碍月，飞盖妨花。兰苑未空，行人渐老，重来事事堪嗟。烟暝酒旗斜。但倚楼极目，时见栖鸦。无奈归心，暗随流水到天涯。

——《望海潮》

东风吹柳日初长，雨馀芳草斜阳。杏花零落燕泥香，睡损红妆。　宝篆烟消龙凤，画屏云锁潇湘。暮寒初透薄罗裳，无限思量。

——《画堂春》

作风婉约清丽，可见其概。

现在看《浣溪沙》的词句：

“漠漠轻寒上小楼”。漠漠，无声也。质言之，寂寞也。一种莫名的无情感的东西，都可以漠漠来形容它，如北风漠漠是。这句和李后主的“无言独上西楼”绝相似，大概词人们一愁便要上楼了，或者说一上楼便要愁了。如“暝色入高楼，有人楼上愁”“宿妆惆怅倚高阁，千里云影薄”“独倚危楼风细细，望极离愁，暗暗生天际”“芳草有情，夕阳无语，雁横南浦，人倚西楼”“怕上层楼，十日九风雨”“空怀感，有斜阳处，最怕登楼”。本来登临极目，难免感慨系之，所以一涉登楼非愁怀即怨思，非断肠即惆怅，连杨贵妃也“西宫渺不见，肠断一登楼”呢。

“晓阴无赖似穷秋”，时候是清晨，天气是阴黯的，全句早已伏于“漠漠轻寒”四字了。“无赖”本是说晓阴的，可以想象晓阴如无赖子似的袭罩着人，无计摆脱，但一方面却是写人的主观感情所触，在晦淡的早晨，那一副皆无聊赖的心情如见。天气是最易改变人的心情的。譬如风和日丽人都欣欣怡怡，一霎乌云笼罩大地，则鼓舞心情，立如冰解。日之所触，皆是惨淡的景物。离愁闲恨，一时都会勾起。我最怕阴天，它常会使我诅咒老天的。楼上人这时的心情，也正如是。“穷秋”的“穷”字，本可以解作“深”（如老杜的诗“穷冬急风水”）。但我以为那样解乏味，便解作贫穷的穷正好，虽然秋不必穷，然而细味秋确有些穷；又这“穷”字正是为“晓阴”而下。

“淡烟流水画屏幽”，“淡”字也由“阴”字生出。“画屏”是指春山，不然屏风上怎会跑出流水来（山和屏常可以互相代替而用，如温飞卿词“小山重叠金明灭”，小山却是指屏风）。这句写临楼而见的景物。“幽”，隐也，微也，深远也，黑色也，风景清胜也，无解不功，而以后二意为上。

下片起句：首二句照例多是一联，作者亦多于此处见工，本词尤著：

“自在飞花轻似梦，无边丝雨细如愁”，何等刻丽！且绝不落纤巧。“自在”，任意也，无约束也。落红成阵，悠然荡起，端的轻悠如梦。梦怎么“轻”呢？真个的！梦是轻的，尤其是“春梦”，更轻。苏轼诗：“事如春梦了无痕。”“无痕”二字，真把“轻”字恰恰扣住。陈克有《菩萨蛮》词：“绿芜墙绕青苔院，中庭日淡芭蕉卷。蝴蝶上阶飞，风帘自在垂。玉钩双语燕，宝甃杨花转。几处簸钱声，绿窗春梦轻。”

他的结句，更可以给你一个深切的春梦轻的意境。

飞花是容易使人惆怅的！花事阑珊，韶光憔悴，足令人黯然销魂，“花落水流红，闲愁万种”句，“落花无语怨东风”句，想见其意味。更有毛熙震的《清平乐》，可以引为本词写照：

> 春光欲暮，寂寞闲庭户。粉蝶双双穿槛舞，帘卷晚天疏雨。 含愁独倚闺帏，玉炉烟断香微。正是销魂时节，东风满院花飞。

结句凄怨已极！飞花感人，亦已深矣！

“春雨润如酥”“细雨湿流光”“做冷欺花，将烟困柳，千里偷催春暮。尽日冥迷，愁里欲飞还住”。小雨蒙蒙，凄迷欲死，“无边”是楼上所见语，恰是千里偷催春暮，小雨固“细”，但小雨自己不愁，却是人愁，和晓阴“无赖”如出一轨。“细如愁”，新颖之甚！

上三句写完了登楼的景色，却转回到楼上的“宝帘闲挂小银钩”来，究竟是帘卷帘垂？说得十分含糊，如果说实在闲挂着无事，便是帘在放下了。“闲”字陪着上面的“无赖”二字。

帘和词人的关系也很密切，好像登楼一样，愁时方涉及之。“天上人间何处去，旧欢新梦觉来时。黄昏微雨画帘垂。”“香雾薄，透帘幕，惆怅谢家池阁。红烛背，绣帘垂，梦长君不知。”“往事只堪哀，对景难排。秋风庭院藓侵阶。一任珠帘闲不卷，终日谁来。”“睡起卷帘无一事，匀面了，没心情。”“小院深深门掩乍。寂寞珠帘，画阁重重下。”“梦后楼台高锁，酒醒帘幕低垂。”“欲减罗衣寒未去。不卷珠帘，人在深深处。”“生怕卷珠帘，尺五春阴，压得眉尖重。”全是借帘以写心情的。

总之，全词六句，句句写景，却句句写心情，而以末句为最力。写天气，写山水，写飞花，写丝雨，写帘钩，句句无我之境也，然则何以知句句写我？全在首句“上小楼”之一“上”字矣，故首句最要紧，要如春云初展，须笼罩得住。《词旨》：“对句好，可得；起句好，难得。收拾全藉出场。”即专重起句。刘熙载：“大抵起句非渐引，即顿入，其妙正笔未到而气已吞。”亦言首句宜全篇都照管得到。沈义父：“大抵起句见所咏之意，不可泛入闲事，方入主意。”是言首句要开门见山，不可空泛。且词之起句率多写景，此独写动。全词乃能流利俊逸以递出。

第二句须紧承起句，毫不能扯远。第三句便如金井辘轳，疾转直下，又须戛然而住，读之要无拖泥带水之感。

过片一联，应水流花开，拈手成趣。意思要如异军突起，而有藕断丝连之妙。“不欲全脱，不欲明黏，如画家开阖之法，须一气呵成。”结句要收得住，却须馀意不尽，最忌意尽于言！《乐府指迷》：“结句须要放开，含有馀不尽之意，以景结情最好……”《词绎》：“词起结最难，而结尤难于起……须结得有‘不愁明月尽，自有夜珠来’之妙。”《艺概》：“收句非绕回，即宕开，其妙在言虽止而意无尽。”沈谦：“填词结句，或以动荡见奇，或以迷离称胜，著一实语，败矣！”以上旨致，本词均得之。而“宝帘闲挂小银钩”句如品苦茗，回味无穷。

“漠漠”“无赖”“穷秋”“淡烟流水”“幽”“自在”“轻似梦”“细如愁”“闲挂”“小”皆穷极状字之工，无一硬字，无一纤字，语语新俊，语语无镂琢痕，斯乃为贵，学词者于此等处悉心体摩之，庶几可近。

小令本宜婉怨，以述旖旎之怀，缠绵之意。迥异长调慢词之一唱三叹，如泣如诉。《浣溪沙》调间架本玲珑，加以少游之句，毫无滞境，真为上品！

词以意境为贵，意境高格自高。温庭筠小词《菩萨蛮》擅场，生平酷爱其“江上柳如烟，雁飞残月天”，直凄惘欲绝，脱尽烟火气。读之神志暝迷，不知所主，感人之句，无过此者。“人远泪阑干，燕飞春又残”“花落子规啼，绿窗残梦迷”“花露月明残，罗衾知晓寒”次之，然毕竟妙！馀子无论矣！惟毛滂《临江仙》“玉皇开碧落，银界失黄昏”“酒浓春入梦，窗破月寻人”独佳，后二句尤卓绝一世！

本词佳在意境，读之恍如个中人。“自在飞花轻似梦，无边丝雨细如愁”，真词家佳境也！

韵用“尤侯幽”部，声之响仅次于“江阳”“东冬”，而上于“萧肴”“寒删”“蒸青”等部，读之渊幽。

秦观的词无一首不可入律，叶梦得谓“少游乐府语工而入律，知乐者谓之作家”。

音律是最难懂的东西。李清照精于此，她说：“诗文只分平仄，而歌词分五音，又分五声，又分六律，又分清浊轻重。”这多么麻烦！可惜我们不懂，只好大概谈谈：

“律吕五音者，音乐之声调也；平仄四声者，文字之声调也。入乐则律吕主之而五音相调；行文则平仄主之而四声迭和。乐在演奏，文则吟诵，事歧理一，故皆可称曰宫商也。”说得最明切。

按平仄，字音高低之分也。仄括有上、去、入三者，合为四声，又各分阴阳，就中以阴阳平最易分。阴平音纵垂，阳平音横平：如“通”为阴平，“同”为阳平，“申”为阴平，“神”为阳平，“风”为阴平，“缝”为阳平等是，多读自知。至于上去之阴阳则甚难辨，或谓字音有收鼻，收喉之别，收喉之音为阴声，收鼻之音为阳声：如此则知“其”为阳上，“府”为阴上，“慢”为阳去，“见”为阴去。阴声率清，阳声率浊，要非精于此者不能细辨析。

不过关于四声之分阴阳，有一点值得我们特别注意，就是平声分阴阳与仄声分阴阳之分法标准迥乎不同！平声分阴阳是按字音高低而定，而仄声阴阳之分却是按字音清浊而分，而且二者是绝不相通的，如果要用平声分阴阳的方法去分仄声字，那么用符号表音之方向则平声有↓←二种，上声为↗，去声为↘。平声显然有↓←两种不同方向的音，所以才分↓为阴音，←为阳音，但是仄声的↗↘等音，你能不能将每个更分成二种不同方向的音呢：怎么分阴阳呢？

反过来若以清浊为分音标准的方法去分平声字，则清音不尽为阴平，浊音亦不尽为阳平！例如“头”“浮”并为清音，却是阳平，而“兵”“丁”并为浊音，却是阴平，这怎么办呢？“夫子之道，‘不’一以贯之！”

四声同为字音之别，为什么阴阳不能用一个方法去分呢？这显然易见：起初平声分阴阳殆出天籁，而仄声分阴阳，却是后人极生硬的牵强！或曰：“仄声分阴阳，在音韵学上看来，实是一种说不通的事，一向把仄声分为阴阳的，不过是依清浊而定，凡属清母字则为阴，凡属浊母字则为阳，然清浊自是清浊，阴阳自是阴阳，万难牵扯成一事的！……即使清浊可定阴阳，我们也不必过问仄声的阴阳……”

余颇是其说！

诗的作法：如果“仄仄平平仄”，那么是仄的地方，你随便用上去入声都可。词便大不同了！上声与去声不能乱用，阴声与阳声不能乱用。沈义父说“上声最不可用去声字替”，因去声激厉劲远应高唱，而上声舒徐和软当低度也；至今昆乱度曲，尚恪此律，如《牡丹亭》中《游园》一折有〔皂罗袍〕最出名的“原来姹紫嫣红开遍，似这般都付与断井颓垣”，“断井”二字，唱法最著，“断”字谱为“六仕五六”，是去声高唱之例。“井”字则唱为“上尺工”，是为上声低唱之例，两个音不同的字，曲谱竟差到七个音阶。又京剧《西施》有“水殿风来秋气紧，月照宫门第几层”之句，“水”为上声，即以“四”音出之，“殿”为去声，即以“上”音出之，两者相差，亦至三个音阶，“水”低“殿”高，可为明证。非强以律绳之，务使如此，盖响本天籁，自然须如此也。

所以填词不能不顾上去之分，否则吟哦虽不碍，一经入乐，则不成声矣！

至于去声，应用于转折跌宕处，亦应注意，“因三声中上入可作平，去则独异，当用去者，非去则激不起，用入且不可，断勿用平上”，总言之：仄声最应注意，勿因是仄即任用其一——上、去、入，三者大异。又古人“琐窗幽”改“幽”为“明”者，因“幽”阴“明”阳，此阴阳声不可乱之例也。

五音者，读字出音之别也，初分喉、牙、舌、齿、唇，原于反切。至今昆乱家讲五音四呼，五音亦同此（四呼即开、合、齐、撮），后更拆为十类，即牙、舌头、舌上、重唇、轻唇、齿头、正齿、喉——更分深浅，半舌、半齿。北人于此，牙齿未明，喉牙难辨。芒晰毫末，衡正界分，虽博学难免舛误，文学中之精微艰深者，莫过于此。

大概东北人，多念齿音。如读“识”为“死”，读“知”为“兹”，读“上”为“丧”，读“兽”为“廋”，十分刺耳。反之北京人多读牙喉音（所谓现在的标准国音），如念“西”为“稀”，“小”为“晓”，“清”为“轻”，“焦”为“交”，“前”为“乾”，“湘”为“香”，实际在读音准确的人听起来，也是刺耳。关于这些，约以中州人分得最清，所以旧剧读音取“中州韵”，便是为此。他们的“尖团字”犹如这里的“齿牙音”，便是剧家内行全分得清的也有限呢！

现在试把《浣溪沙》词分注音类，以见一斑：

漠重唇漠重唇轻牙音寒浅喉上正齿小齿头楼半舌，晓浅喉阴深喉无轻唇赖半舌似齿头穷牙音秋齿头。淡舌头烟深喉流半舌水正齿画浅喉屏重唇幽深喉。　自齿头在齿头飞轻唇花浅喉轻牙音似齿头梦重唇，无轻唇边重唇丝齿头雨深齿细齿头如半齿愁正齿。

宝重唇帘半舌闲浅喉挂牙音小齿头银深喉钩牙音。

“大抵五音之用，最宜相间，双声连用，勿至于三，洪继以纤，轻振以重，然后歌者无拗捩之患，听者得和谐之美”，乃是词家用音指鉴。试看本词用音，均和上旨，五音皆相间而用。首句“漠漠”为叠字无论，其馀只有“自在”二字均齿头音，而又系双声，可不为病；“晓阴”二喉音，“无边”二唇音，然一浅一深，一轻一重，可以补之；“细如愁”三字虽皆齿音，而“细”为齿头，“愁”为正齿，且中间更隔以半齿音“如”字，益不显其病。至于双声，连用至二处且无，遑论至于三！用字“洪继以纤，轻振以重”之迹更显，勿用赘絮也。

关于填词不能不注意音律一点，我最近才深深信服了，以前我曾咒过人家重音律是没意思，现在才觉得自己太浅陋了。譬如“信宿渔翁还泛泛”句，已为声累！因为“信宿”双声同为齿头音，“渔翁”同为深喉音，“泛泛”又是叠字。七字之中，有三对同音的，歌者安不拗捩？若至“故国观光君未归”七字之中，六个牙音。“宠臣承宠出重城”竟全是齿音，这样的句子，如果真个入起乐来，歌者佶屈聱牙之概可以想见。非但歌者把唇牙累得生疼，听者也不辨所歌究系何字，大有村僧唱经，四座瞠目之势。

像以上诸句，在诗中尚不为病，若在词中则最应忌免。大概这样句子在精于音律的词人——如秦观、周美成等——的词中，是绝对找不到的。

平仄四声，古无其目，至齐梁间其用始显，声韵书册亦渐多，梁沈约始撰《四声谱》，自谓独得胸衿，开累千词人不寤之奥，乃“入神之作”。而高祖雅不好焉，尝问周舍曰：“何谓四声？”舍对曰：“天子圣哲是也。”盖天子圣哲四字之音恰是平上去入四者，且次序不紊，语妙双关，机敏无匹。譬如你现要写文言信，为什么说：“关河远阻，魂梦为劳！”而不说：“关塞远阻，魂梦为惫？”字面如何，姑不论及，平仄不协，读起来不顺口故也！故词究音律，犹文考四声，事殊理一。如果不赞成词讲音律，便该不赞成文讲四声，如果不赞成四声，那只好去读些个“关塞远阻，魂梦为惫”的句子了！学者悟此，思已过半。

“盖语言文字使四声相间成章，则言者分明，听者愉快！而成文朗诵，尤见铿锵！伊古佳篇，多与暗合。”

“人情有喜怒哀乐之分，字音有浮切轻重之异，用之得当则声情相称，不当则声情相乖。……唐人近体诗较古诗调谐多矣；近体乐府较古乐府调谐多矣；词出于近体乐府，则其调谐更为必要可知，否则成诵尚难，何论入乐？……诗之调谐，字音前后浮切相变而已，词之调谐，则视音乐节奏之抑扬缓急而定之。”

近人也会填词，恐解此语者鲜矣！

最后，附录几首可喜的《浣溪沙》，虽然别人的作品，与本词无涉，但可以多认识认识《浣溪沙》的情调。且吾题为“杂记”，正不妨“杂”之。

拢鬓新收玉步摇，背灯初解绣裙腰。枕寒衾冷异香焦。　深院不关春寂寂，落花和雨夜迢迢。恨情残醉却无聊。

——韩偓

寂寞流苏冷绣茵，倚屏小枕惹香尘。小庭花露泣浓春。　刘阮信非仙洞客，嫦娥终是月中人。此生无路访东邻。

——顾夐

窃以上词差是朱昆田绝句“每嗟相见太匆匆，一片红笺恨未通。几向小梯行细步，为怜宋玉在墙东”之对照。

晚出闲庭看海棠，风流学得内家妆。小钗横戴一枝芳。　雕玉梳斜云鬓腻，镂金衣透雪肌香。暗思何事立斜阳？

——李珣

枕障熏炉冷绣帏，二年终日苦相思。杏花明月始应知。　天上人间何处去，旧欢新梦觉来时。黄昏微雨画帘垂。

——张曙

晚逐香车入凤城，东风斜揭绣帘轻。慢回娇眼笑盈盈。　消息未通何计是？便须佯醉且随行。依稀闻道：“太狂生！”

——张泌

子澄之行也大胆，子澄之笔也复大胆！为之绝倒！试看痴态，好看煞人，好笑煞人！

惆怅梦馀山月斜，孤灯照碧背窗纱。小楼高阁谢娘家。　暗想玉容何所似，一枝春雪冻梅花。满身香雾簇朝霞。

——韦端己

帘下三间出寺墙，满街垂柳绿阴长。嫩红轻翠间浓妆。　瞥地见时犹可可，却来闲处暗思量。如今情事隔仙乡。

——薛昭蕴

小市东门欲雪天，众中依约见神仙。蕊黄香画贴金蝉。　饮散黄昏人草草，醉容无语立门前。马嘶尘烘一街烟。

——张泌

半踏长裾宛约行，晚帘疏处见分明。此时堪恨昧平生。　早是魂销残烛影，更愁闻著品弦声。杳无消息若无情。

——孙光宪

一曲新词酒一杯，去年天气旧亭台。夕阳西下几时回。　无可奈何花落去，似曾相识燕归来。小园香径独徘徊。

——晏殊

“无可奈何”一联，词中名句也。玩之情致缠绵，音调谐婉。

簌簌衣巾落枣花，村南村北响缫车。牛衣古柳卖黄瓜。　酒困路长惟欲睡，日高人渴漫思茶。敲门试问野人家。

——苏轼

这样的小词，你说它是艳丽？是豪放？素描村落，野趣盎然，真可喜人也。大才人毕竟不凡，无所不能，无所不精，又安能以一二字穷其作风邪？

道字娇讹苦未成，未应春阁梦多情。朝来何事绿鬟倾。　彩索身轻长趁燕，红窗睡重不闻莺。困人天气近清明。

——苏轼

“红窗”一联，字面似未极工而语意实精绝！“子瞻素有铜喉铁板之讥，然‘彩索身轻长趁燕，红窗睡重不闻莺’之句，如此风调，设令十七八女郎，按檀板红牙歌之，岂在‘晓风残月’之下？”

水涨鱼天拍柳桥，云鸠拕雨过江皋。一番春信入东郊。　闲碾凤团消短梦，静看燕子垒新巢。又移日影上花梢。

——周邦彦

香靥凝羞一笑开，柳腰如醉暖相挨。日长春困下楼台。　照水有情聊整鬓，倚阑无语更兜鞋。眼边牵恨懒归来。

——秦观

脚上鞋儿四寸罗，唇边朱粉一樱多。见人无语但回波。　料得有心怜宋玉，只应无奈楚襄何。今生有分共伊么？

——秦观

楼角红绡一缕霞，淡黄杨柳带栖鸦。玉人和月折梅花。　笑捻粉香归绣户，半垂帘幙护窗纱。东风寒似夜来些。

——贺铸

方回《浣溪沙》皆可喜，引一首聊窥其概耳，如欲毕详，请检《东山词》。本词爱其末句，“些”字尤妙（并请读“些”字落了韵以叶）。

著酒行行满袂风，草枯霜鹘落晴空。销魂多在夕阳中。　怅入四弦人欲老，梦寻千驿意难通。当时何似莫匆匆！

——姜夔

剪碎香罗裹泪痕，鹧鸪声断不堪闻。马嘶人去近黄昏。　整整斜斜杨柳陌，疏疏密密杏花村。一番风月更销魂。

——无名氏

晓日凝妆上翠楼，恼人春色遍枝头。湘帘风细荡银钩。　燕子未归寒恻恻，梅花初落恨悠悠。重门深锁一天愁。

——顾文婉

几日东风倚画楼，碧天清霭半空浮。韶光多半杏梢头。　垂柳有情留夕照，飞花无计却春愁。但凭天气困人休！

——叶小鸾

曲曲阑干绕树遮，半庭花影带帘斜。又看暝色入窗纱。　楼外远山横宝髻，天边明月伴菱花。空教芳草怨年华。

——叶小鸾

以上三词系女词者所为，皆清新可喜。第一首间用古人语，巧缀无痕；第三、第末句尤佳。第二、三两首作者叶小鸾，明人，未嫁卒，其词凄怨，适足以征之。“垂柳有情”一联，两末句并皆佳妙。自是女人声口，而韵不减宋人。

翠浪生纹点曲池，春生闺阁弄妆迟。弓鞋罗袜踏青时。　鸦鬟轻分金缕缕，燕钗低颤玉差差。杏花春雨细如丝。

——彭孙遹

彭孙遹，清人，有《延露词》。“其词惊才绝艳，以长调独步江左。其小令啼香怨粉，怯月凄花，亦不减南唐风格。”

信手写来，已经有二十馀首，佳者仍触目皆是，玩之不忍释手，欲再录下去，恐贻喧宾夺主之讥，无奈只好割爱！好在我不是作词选，诸君有兴，不妨自己翻翻词集云。

四、菩萨蛮

评第三首词后，夜寐，梦一后生冠长者服，瞪目谓余曰："方今中原板荡，男儿以投笔从戎为夙志，奈何耽于诗词小道邪？问有此必要否？且尔胸无点墨，假作解人，拾古今牙慧以塞篇，滥新旧文辞而满纸，既乏一言能超俗，又无半解足惊人，读之如鸡肋，品之如嚼蜡，拼若许之时力，撰如此之文章，毋乃为识者笑乎？尔其止之！"余寤而愧，大汗浮身，心忪如鼓，决誓终身不复为此作！

次夜，又梦，一老人着儒者裳，谓余曰："国家有难，人人当自谋之，要谋亦须有时地，焉能因一以废百；况人乃文学之动物，不可一日去文学。读词虽流于闲，尚差强于耽醉乎情场，沉迷于影院者类。於戏！夫词岂小道也哉！倘有作此语者，彼盖未入门墙，不知其中别有洞天也！又乌足与语词！子虽薄识，苦心可嘉。是故意未新不患述旧解而便观摩，词不雅无妨摘陈文以资浏览。便他人之检索，耗一己之时光，亦是善行，又曷可以寻章摘句雕虫篆刻之小技目之。且时下名流，超此轨者有几？勿为惑焉，子其勉之！"余觉而自思，颇以为是，遂毁前誓！于是乎斯文复作。

本来此次继续写下去，是出于同学鼓励。写完了自己看看，真没劲！犹如赵老汉打拳，东一脚，踢到西厢房的屋脊，北一掌，撞在南客厅的台阶，无一手是地处，无一腿够架把，结果累得浑身是汗，却笑坏了几个参观的行家。我写的东西既不是词笺，也不是词注，又不是词话，更不是词诠。我近日颇有改题为“词扯”之意。结果无以自解，遂有了以上的周公之梦。

小引打住，书开正风：

牡丹含露真珠颗，美人折向庭前过。含笑问檀郎：“花强妾貌强？” 檀郎故相恼，须道“花枝好”。一向发娇嗔，碎挼花打人。

唐宣宗大中初，女蛮国入贡，危髻金冠，璎珞被体，号菩萨蛮队，当时倡优，遂制菩萨蛮曲。文士往往谱其词。世多传李白有此词，为百代词曲之祖。年代久远，迷离可疑。别名《重叠金》《子夜歌》《花间意》《梅花句》《花溪碧》《晚云烘日》；或加一“令”字，蛮一作“鬘”。

全词两段共四十四字，前后段各有四句，首二句七字，馀皆五字句。四换韵，两仄两平。每句皆叶韵。本词按字注其平仄如下：

平可仄**平平**可仄**仄平平仄**仄韵，**仄**可平**平仄**可平**仄平平仄**叶上仄韵。**平**可仄**仄仄平平**平韵，**平**可仄**平仄**可平**仄平**叶上平韵。 **平**可仄**平仄**本平**仄仄**仄韵，**平**可仄**仄平**可仄**平仄**叶上仄韵。**仄**可平**仄仄平平**平韵，**仄**可平**平平**可仄**仄平**叶上平韵。（**“相”字平仄两用。**）

首句劈空而来，乍视以为此诗兴也，那知却是诗之赋也，试看次句即知矣。牡丹引起全词，似亦有写人之意。“美人”便说美人，是情人眼中看得，若代以“蛾眉”“婵娟”“裙钗”等字眼，岂不令人作呕！“过”非经也，确是“往就”之意。《史记·信陵君列传》中有“臣有客在市屠中，愿枉车骑过之”，最为明显，以后数用“过”字，皆此义。而检于字书，殊无此解，甚可怪也。（按“过”亦可读为平声，诗中频见之。）首句只说出牡丹，次句吐出美人，再著一“折”字一“过”字，便姗姗欲动。

三四句颇似欧仄韵“爱道画眉深浅入时无”意。自己欲与花王比美，自然会未言先笑。“强”字妙，两用尤妙。由仄韵骤入平韵，韵之音调畅舒无比！有洋洋乎之概。便觉词上人如画。此二句明写美人。

下片二句明写檀郎，却仍是写美人，与首二句同，不得死看。一“故”字最紧要，不然全词真个成为男女吵打图了。“须”，缓迟也，“须道”便紧贴“故”字。此檀郎亦大是可人，如不故恼而谄之，丑态可憎，令故恼之，乃为妙人，恼之正不恼之，美人亦不厌此恼且爱此恼。愿天下有情少女俱得如此一个识趣之檀郎！

“一向”甚费解，非难解也，不好注释也。思之数日，想不出一个适当释词，直说是“您一向可好”的“一向”，不通！娇嗔此时才发，却是说娇嗔一向惯发的。可以意会。女子总是爱那么撒娇假怒的做作！或作“一面”，表面易解，意实陋甚（Poor）！远不如费解的“一向”之味厚多矣！

“挼”读奴讹切，按揉也，两手相切摩也。“碎挼”是倒装句，词调为仄平之故。此二句写绝世间小儿女一切缱绻缠绵态，真可谓神来之笔！

念这两句时，蓦地想起《红楼梦》的二十三回“西厢记妙词通戏语，牡丹亭艳曲警芳心”来。中间有一段：

……那日正当三月中浣，早饭后，宝玉携了一套《会真记》，走到沁芳闸桥那边桃花底下一块石上坐着，展开《会真记》从头细看。正看到“落红成阵”，（原词《寺警》中起首莺莺唱〔混江龙〕：“况是落红成阵，风飘万点正愁人。昨夜池塘梦晓，今朝栏槛辞春。蝶粉乍沾飞絮雪，燕泥已尽落花尘。系春情短柳丝长，隔花人远天涯近。有几多六朝金粉，三楚精神。”）只见一阵风过，树上桃花吹下一大半来，落得满身，满书，满地，皆是花片。宝玉要抖将下来，恐怕脚步践踏了，只得兜了那花瓣儿，来至池边，抖在池面，那花瓣儿浮在水面，漂漂荡荡，竟出沁芳闸去了；回来只见地下还有许多花瓣儿。宝玉正踟蹰间，只听背后有人说道：“你在这儿做什么？”宝玉一回头，却是黛玉来了，肩上担着花锄，花锄上挂着纱囊，手内拿着花帚，宝玉笑道：“来得正好！你把这些花瓣儿都扫起来，撂在那水里去吧；我才撂了好些在那里了。”黛玉道：“撂在水里不好。你看这里的水干净，只一流出去，有人家的地方儿什么没有！仍旧把花糟蹋了。那畸角儿上，我有一个花冢；如今把他扫了，装在这绢袋里，埋在那里，日久随土化了，岂不干净？”宝玉听了，喜不自禁，笑道：“待我放下书，帮你收拾。”黛玉道：“什么书？”宝玉见问，慌得藏了，便说道：“不过是《大学》《中庸》！”黛玉道：“你又在我跟前弄鬼！趁早儿给我瞧瞧，好多着呢！”宝玉道：“妹妹，若论你，我是不怕的，你看了，好歹别告诉人！真是好文章！你要看了，连饭也不想吃呢！”一面说，一面递过去。黛玉把花具放下，接书来瞧；从头看去，越看越爱，不顿饭时，已看了好几出了。但觉词句警人，馀香满口；一面看了，只管出神，心内还默默记诵。宝玉笑道：“妹妹，你说好不好？”黛玉笑着点头儿。宝玉笑道：“我就是个‘多愁多病’的身，你就是那‘倾国倾城’的貌！”（见《西厢记》第四折《闹斋》张生唱〔雁儿落〕。）黛玉听了，不觉带腮连耳的通红，登时竖起两道似蹙非蹙的眉，瞪了一双似睁非睁的眼；桃腮带怒，薄面含嗔，指着宝玉道：“你这该死的胡说了！好好儿地把这些淫词艳曲弄了来，说这些混账话欺负我，我告诉舅舅舅母去！”说到“欺负”二字，就把眼圈儿红了，转身就走。宝玉急了，忙上前拦住道：“好妹妹，千万饶我这一遭儿吧！要有心欺侮你，明儿我掉在池子里，叫癞头鼋吃了去，变个大王八，等你明儿做了一品夫人，病老归西的时候儿，我往你坟上替你驮一辈子碑去！”说得黛玉扑嗤的一声笑了，一面揉着眼，一面笑道：“一般唬的这么个样儿，还只管胡说！——呸！原来也是个‘银样蜡枪头’！（夫人发现张莺二人窃行，‘拷红’后，红娘说服夫人，反仇为姻。红娘喜极去召张生见夫人，张生吓坏！红娘笑他这痴种是个‘银样蜡枪头’。）”

虽然把他引来，实在不伦不类，但是至少可从这一段中体会出前面我所说的二句所以为神来之笔的缘故。这样的妙文，直可同垂不朽！

我初见这首词的时候，惊喜无状！天下竟有这样文章？一洗古往今来词人的镂饰手段，一篇纯性灵的东西！便是妇孺也知是天生好言语的。

有人说：“不害羞的拿牡丹和自己的面孔相比！旁人说她不如花，便把花也搓碎了！——打人！简直是一个泼妇或是恶丫头！这样的女人拿来入词真丑劣极了！不想你竟赏他，为人可见！怎不看李清照的《减字木兰花》‘卖花担上，买得一枝春欲放。泪点轻匀，犹带彤霞晓露痕。怕郎猜道：奴面不如花面好。云鬓斜簪，徒要教郎比并看’呢？这才雅而好呢！”

我答他：“牡丹国色天香，檀心锦萼，其艳其丽，为百花之冠，故其敢拿它相比也。吾知此人必不难看，否则若有钟离春之貌，越东施之容，竟拿花来比自己的俏庞儿，岂不叫人背脊发麻！‘碎挼花打人’是用花掷人，也不是提着拳头赶人槌他！何得说是‘泼’‘恶’？本词描画少女最佳是此句，而君所病正是此句，谓为解人，安可得乎？若以为李易安的词妙，固为不坏，然殊不知李词正是偷此首《菩萨蛮》，整个地套下来的。章法完全未改，首以花引起全词，然‘卖花担上’，取道已远；‘泪点轻匀’，远不如‘牡丹含露’；‘怕郎猜道’已着实，怎如‘含笑问檀郎’的天真流逸；‘云鬓斜簪’便涉雕镂矣。人间天上，自有定评；见知见仁，无须哓辩，存乎其人耳。”

或又曰：“天下词集浩如烟海，佳词夥矣！曷不赏之，寡读此词？”

余曰：“天下词夥矣！然非流于刻饰纤弱，即陷于词意晦涩，竟不能得一‘真’字，此词得之，吾故爱之也。”

或曰：“然则奈格卑词粗何？”

余曰：“白石格高矣，梦窗格高矣！一则砌句，一则堆字。吾宁愿读此格卑之小词，吾不愿钻究其堆砌典实，拆碎下来不成片段之乱套，况格何得谓卑耶？若谓词粗，吾更不知其何说也！三百篇汝以为词雅邪？此古之里歌巷谣也；何以古今之民歌皆有大价值？得一‘真’字耳！若以故典满纸为雅，吾未敢如焉！”

或有谓余曰：“何不赏夫后主词？彼格高而又自然者也。”

余曰：“后主前期词，赏之矣。后期词，则吾今年才十九岁，容吾四十以后赏之可耳。”

又曰：“词之‘真’者，止此一首耶？”

余曰：“亦不然。”

又曰：“若专赏于此者何？”

余曰：“汝何以知我专赏于此！挨着来！”于是客乃退。

本词作者是无名氏，真正可惜！词妙如此，竟不得一传其名！也无从查他的著作集，不知有多少同样的好文章埋没了！有人把他列入女作家之内，也只好成为疑案。

古今关于描写女子的文学，也不知多少！现在此附带大概检讨一下。看它的成绩，比本词如何：

描写的内容，不外心情和动作二者，描写的主笔，可分男人和女人二者，先说男之写女，后说女之写己。

男人向来是欢喜模拟女人的心情的，翻开诗选词集，总可以看见许多“闺思”“闺怨”“闺情”等题目。“甚至于七八十岁了的老头儿，作起诗词来，也老着面皮来试作娇声”，文人为了描绘女儿的温柔的情态，也煞费了苦心！因为这是受人欢迎的，写得逼真了，自然是好诗词，多少人为之倾倒！于是文人拼命地幻想、模拟。他们描写的方法，亦可分为二：一是自居为旁观者的立场，一是自托为女人声口。

上溯至始，《诗经》为首，国风十五，共存有一百六十篇，诗中有关妇女的已有半数，以写恋爱问题为最多，其次即是描写女性生活或女性美的。“喓喓草虫，趯趯阜螽；未见君子，忧心忡忡；亦既见止，亦既觏止，我心则降。”是写妇人。“将‘仲子’兮！无逾我里，无折我树杞；岂敢忧之？畏我父母！仲可怀也！父母之言，亦可畏也！”是写少女。“手如柔荑，肤如凝脂，领如蝤蛴，齿如瓠犀，螓首蛾眉；巧笑倩兮！美目盼兮！”是写其美。

至于辞赋似乎偏于写表面，谈不到心情二字，每篇只是用些“明珰”“翠羽”“罗衣”“兰芷”来泛写。及至于诗，则描写的技能比较进步了，描写的方式也更多了。及至词尤甚！再降至曲，描写的范围、技能、方式，越多了。文人胆子也大了，翻开元曲（不限元，明清一样）小令集，差不多首首全是赤裸裸地刻画入微地写女子心态，其托女人声口者，尤多于诗词——几乎全是！可见其描写方式转变之趋势。

在诗中第一类要算怨诗了，玉阶怨、长门怨、宫怨、杂怨，直把天下怨女心写绝了！怨诗悉止万千，现在只举一首，以见其概：

闲把罗衣泣凤凰，先朝曾教舞霓裳。
春来却羡庭花落，得逐晴风出禁墙。

可谓怨绝！

其馀若子夜歌，写怀春诗，也悉止万千，只举一二为例：

落日出前门，瞻瞩见子度。

冶容多姿鬓，芳香已满路。

春林花多媚，春鸟意多哀。
春风复多情，吹我罗裳开。

其馀此类诗多如烟雾，无法列举。略录一二，想见其意：

碧玉破瓜时，情为郎颠倒。
芙蓉陵霜荣，秋容故尚好。
碧玉破瓜时，情为郎颠倒。
感郎不羞郎，回身就郎抱。
昨夜裙带解，今朝蟢子飞。
铅华不可弃，莫是藁砧归。（藁砧，夫也。）

打起黄莺儿，莫教枝上啼。
啼时惊妾梦，不得到辽西。

按“慧鸟原无意，渔阳睡里迷。妾心自多梦，不敢怨莺啼”，似更凄怨。

此外如“自君之出矣”，常每人一作数首，用写离思，只引其一：

自君之出矣，梁尘静不飞。
思君如满月，夜夜减清晖。

"巧语戏同伴，希郎闻笑声"，"独立小桥边，听人道郎好"，皆甚得其真。

前生注定好姻缘，彩盒欣将定帖传。
私看鸾庚偷一笑，个人与我是同年。

脉脉春情锁两眉，阿侬刚及破瓜时。
人来偶话郎家事，低绣红鞋佯不知。

屈指三春是嫁期，几多欢喜更猜疑。
闲情闲绪萦心曲，尽在停针倦绣时。

写得传神之极！

关于词者，略举数例：

小山重叠金明灭，鬓云欲度香腮雪。懒起画蛾眉，弄妆梳洗迟。 照花前后镜，花面交相映。新帖绣罗襦，双双金鹧鸪。

此写梳妆神情如绘，情思亦溢于言外。

牡丹花谢莺声歇，绿杨满院中庭月。相忆梦难成，背窗灯半明。 翠钿金压脸，寂寞香闺掩。人远泪阑干，燕飞春又残。

花明月暗笼轻雾，今宵好向郎边去。刬袜步香阶，手提金缕鞋。　画堂南畔见，一晌偎人颤。奴为出来难，教君恣意怜。

碧阑干外小中庭，雨初晴。晓莺声。飞絮落花，时节近清明。睡起卷帘无一事，匀了面，没心情。

春日游，杏花吹满头。陌上谁家年少足风流。　妾拟将身嫁与，一生休。纵被无情弃，不能羞。

暖日闲窗映碧纱，小池春水浸晴霞。数树海棠红欲尽，争忍，玉闺深掩過年华。　独凭绣床方寸乱，肠断，泪珠穿破脸边花。邻舍女郎相借问：音信，教人羞道未还家。

——《定风波》

落花铺径水平池，弄晴小雨霏霏。杏园憔悴杜鹃啼，无奈春归。　柳外画楼独上，凭阑手捻花枝。放花无语对斜晖，此恨谁知。

乳鸭池塘水暖，风紧柳花迎面。午妆粉指印窗眼（注），曲里长眉翠浅。　闻知社日停针线，探新燕。宝钗落枕梦魂远，帘影参差满院。（注：窗眼谓眉心也，以粉指印眉心也。

——《野客丛书》）

门外猧儿吠，知是萧郎至。刬袜下香阶，冤家今夜醉。　扶得入罗帏，不肯脱罗衣。醉则从他醉，还胜独眠时。

——《醉公子》

按丹徒赵秋舲曾有小令写一女子说她男人醉归情形，描画入微：“等得还家，澹月刚刚上碧纱。亲手递杯茶，软语呼名骂。他！只管眼昏花，脚跟〔儿〕乱蹁。问着些儿，半晌无回话。〔偏生要〕靠住侬身似柳斜。”读此可知曲之风味，及词曲之所以不同。（注：〔 〕内之字是所加之衬字。）

南高峰，北高峰，一片湖光烟霭中。春来愁煞侬。　郎意浓，妾意浓，油壁车轻郎马骢。相逢九里松。

花满院，飞去飞来双燕，红雨入帘寒不卷。晓屏山六扇。翠袖玉笙凄断，脉脉两蛾愁浅，消息不知郎近远。一春长梦见。

吹箫人去行云杳，香篝翠被都闲了。叠损缕金衣，伊家浑不知。　冷烟寒食夜，淡月梨花下。犹有软心肠，为他烧夜香。

红绳画板柔荑指，东风燕子双飞起。夸俊与争高，更将裙系牢。　牙床和困睡，一任金钗坠。推枕起来迟，纱窗月上时。

柳絮风翻高下飞，雨笼晴，香径尚泥。女伴笑，踏青好，凤钗偏，花压鬓垂。　乱莺双燕春情绪，搅愁心，欲诉向谁！人问道：因谁瘦？捻青梅，闲敛黛眉。

添麝更衣后，挑朱对镜时。故故弄妆迟。日高牵女伴，折花枝。

冷香萦遍红桥梦，梦觉城笳，月上桃花。雨歇春寒燕子家。　箜篌别后谁能鼓，肠断天涯，暗损韶华。一缕茶烟透碧纱。

梨云婀娜柳云斜，闲倚高楼数乱鸦。惆怅王孙天一涯，不归家，风雨年年葬落花。

这就是啼香怨粉，怯月凄花的词人的作品，末句怅极！

一春心事付眉尖，小院无人风雨纤，落尽桃花倚妆奁。思淹淹，燕子归来不卷帘。

加上以前引过的有关于此的小词，也不为少，然大多数仍是偏重于描写心情。像本词这样忠实可喜地写动作，实不多见。

至于曲子，只举一二首。聊见一斑而已：

门外垂杨水拍堤，儿家家住凤桥西。屈指归宁三日期，两难离——一半儿爹娘一半儿你?

——《一半儿》

东风吹粉酿梨花，几日相思闷转加。偶闻人语隔窗纱，不觉蓦地浑身乍，〔却原来是〕架上鹦哥——不是他!

——《懒画眉》

倚阑无语掐残花，〔蓦然间〕春色微烘上脸霞。相思薄幸那冤家!临风不敢高声骂，〔只教我〕指定名儿暗咬牙!

——《懒画眉》

曲自是曲，词自为词，欲指词为曲，指曲为词，不可得也。其次便谈到女作家的作品了。

上面的子夜歌便是出于女子手，但我疑它难免有男子伪托的，所以硬把它列入上面。

第一说关于诗的，上自《诗经》，已有妇女作品，汉之《房中歌》《陌上桑》《箜篌引》《婕妤怨》《白头吟》，魏晋六朝之《阳春歌》《子夜歌》《懊侬歌》《团扇歌》《桃叶歌》，等等，名目至繁，都有籍可查，概不泛引。现在略看唐代以下女诗人的自诉：

自从消瘦减容光，万转千回懒下床。

不为旁人羞不起，为郎憔悴却羞郎。

不喜秦淮水，生憎江上船。
载儿夫婿去，经岁又经年。

莫作商人妇，金钗当卜钱。
朝朝江口望，错认几人船。

昨日胜今日，今年老去年。
黄河清有日，白发黑无缘。

所谓“如花美眷，似水流年”，人间恨事，莫过于此！

清溪一曲柳千条，二十年前旧板桥。
曾与情人桥上别，更无消息到今朝。

人道海水深，不抵相思半。
海水尚有涯，相思渺无畔。
携琴上高楼，楼虚月华满。
弹得相思曲，弦肠一时断。

流水阊门外，孤舟日复西。
离情遍芳草，无处不萋萋。
妾梦经吴苑，君行到剡溪。
归来重相访，莫学阮郎迷。

读“郎作十里行，侬作九里送。拔侬头上钗，与郎资路用。有信数寄书，无信心相忆。莫作瓶落井，一去无消息”，其词诚挚已极。

羞日遮罗袖，愁春懒起妆。
易求无价宝，难得有情郎。
枕上潜垂泪，花间暗断肠。
自能窥宋玉，不必恨王昌。

那堪花满枝，翻作两相思。
玉箸垂朝镜，春风知不知？

春来春去几经过，不是今年恨最多。
寂寂海棠枝上月，照人清夜欲如何。

卷帘月挂一钩斜，愁到黄昏更转加。
独立小窗无伴侣，凝情羞对海棠花。
自入春来日日愁，惜花翻作为花羞。
呢喃飞过双双燕，嗔我帘垂不上钩。

春风一面晓妆成，偷折花枝傍水行。
却被内监遥觑见，故将红豆打黄莺。

春雨随风湿粉墙，园花滴露断人肠。

愁红怨白知多少，流过长沟水亦香。（言外之音，不可细思。）

小窗今日绣针闲，坐对银蟾整翠鬟。

凡世何曾到天上，月宫依旧似人间。

一绱凤髻绿如云，八字牙梳白似银。

斜倚朱门翘首望，往来多少断肠人。

蝉咽庭槐泣素秋，几行新雁度南楼。

天边莫看如钩月，钩起新愁与旧愁。

啼鸟惊回晓梦醒，起来无力倚银屏。

蛾眉未得张郎画，羞见东风柳眼青。

梨花寂寞斗婵娟，银汉斜临绣户前。

自爱焚香消永夜，从来无事诉青天！

故从反面言之，幽怨之至。

妾住横塘小有天，数枝垂柳绿如烟。

深池浅池俱种藕，要使郎君多见莲。

藕谐“我”音，莲谐“怜”音，是谓廋词，即谐音匿意之谓。诗至此打住。下面转到正题，说女词人的作品：

劝君莫惜金缕衣，劝君须惜少年时。
花开堪折直须折，莫待无花空折枝！

是“韶华不为少年留”之意。

溪山掩映斜阳里，楼台影动鸳鸯起。隔岸两三家，出墙红杏花。　绿杨堤下路，早晚溪边去。三见柳绵飞，离人犹未归！

薄雾浓云愁永昼，瑞脑销金兽。佳节又重阳，玉枕纱厨，半夜凉初透。　东篱把酒黄昏后，有暗香盈袖。莫道不销魂，帘卷西风，人比黄花瘦。

末三句读之令人消瘦！

极目楚天空，云雨无踪。漫留遗恨锁眉峰。自是荷花开较晚，辜负东风。　客馆叹飘蓬，聚散匆匆。扬鞭那忍骤花骢！望断斜阳人不见，满袖啼红。

宋有女子幼卿，少与表兄同砚席，雅有文字之好。未笄，表兄欲与订婚。幼卿父母以其未禄，不许。后幼卿适武弁，表兄亦登甲科仕陕。适幼卿随夫亦至陕，相与邂逅。表兄鞭马而驰，略不相顾！幼卿怀怅极，因赋上词。

> 说盟，说誓，说情，说意，动便春愁满纸。多应念得脱空经，是那个先生教底？　不茶，不饭，不言，不语，一味供他憔悴。相思已是不曾闲，又那得工夫咒你！

因陆放翁病稍疏其妾，恐其疑，作词解之，妾答此词。语意妙甚，已近小曲风味。

> 去年元夜时，花市灯如昼。月上柳梢头，人约黄昏后。今年元夜时，月与灯依旧。不见去年人，泪湿春衫袖。

真是好言语！只因妙词传久，视为常言。有等人一看便说："喝！又是他！"马上翻过去看另一篇，天下好词都被这等人毁尽！这等人也终生看不到好词。

> 迟迟风日弄轻柔，花径暗香流。清明过了，不堪回首，云锁朱楼。　午窗睡起莺声巧，何处唤春愁？绿杨影里，海棠亭畔，红杏梢头。

> 一片冰轮皎洁，十分桂影婆娑，不施方便如何？真是嫦娥妒

我！　虽则青光可爱，奈缘好事多磨！仗谁传与片云呵，遮取霎时则个！

朦胧月影，黯淡花阴，独立等多时。只怕冤家乖约，又恐他人侧畔知。千回作念，万般思想，心下暗猜疑。蓦地得来厮见，风前语颤声低。　轻移莲步，暗卸罗衣，携手过廊西。正是更阑人静，向粉郎故意矜持。片时云雨，几多欢爱，依旧两分离。报道情郎且住，待奴兜上鞋儿。

全篇大胆的细腻白描偷会神情。

你侬我侬，忒杀情多，情多处热似火。把一块泥，捻一个你，塑一个我。将咱两个，一齐打破。用水调和，再捻一个你，再塑一个我。我泥中有你，你泥中有我。我与你生同一个衾，死同一个椁。

此赵松雪夫人之作也。真是绝世妙语！

忆把明珠买妾时，妾起梳头郎画眉。郎今何处？妾独坐，怕见花间双蝶飞。

香欲冷，雨初残，春事无多怕倚阑。侍女不知愁绝处，却持花片向人看。

燕子未随春去，飞到绣帘深处。软语话多时，莫是要和侬住？延伫，延伫，含笑回他：“不许！”

我认为上词是吴藻女士最成功的作品，也就是少女自描的最成功的作品，借燕子引起，和他讲话，末二句情深无极。不是燕子问她，却是她问燕子；不是答燕子，却是要燕子答她，诸君莫被她瞒过！

日残春暮，年年抛恨，在花间住。一阵东风，梨花如雪，桃花如雨。 教人没个商量，容易把春光放去。只恐来时，殷勤问我：“春归何处？”

此奇“外”词也，意在弦外。

愁！几片花飞过小楼。郎归否？尚在柳梢头。

一片青铜如月，照出妾颜如雪。雪月两堪夸，胜如花。 背地檀郎情顾，恰似鸳鸯两个。含笑倚郎肩，月中仙。

几欲把愁推去，却被双眉留住。细软语情郎：“何事千愁万绪？”无味，无味，牵惹愁肠如许！

总算结束了“词抄”工作，妙诗词介绍的也不算少了。总说一句话："有一首能如本《菩萨蛮》天真的没有？"恐怕没有人否认，馀词无论描写艺术手段如何，大半都是涉于造作的！

《菩萨蛮》是四换韵的调子。从仄韵骤转入平韵，便觉首二句言多而气促，次二句语短而情长。关于换韵的词调，就所知可分为三类。如本调，《虞美人》《减字木兰花》等，都每二句一换，平仄读相间。《醉公子》《清平乐》等调，则两换韵，首片仄韵，过片平韵。第三类如《定风波》《南乡子》等，平韵句之间间用二字以叶句末之仄韵，但后句仍归平韵。还有如《调笑令》，除换韵外更就着一句的末二字翻过来作一句，再后叶他的仄韵；又如《西江月》，每片末句改仄亦是一种。总之凡是换韵的调子，读起来总特别有趣。（各调约见散于前所录词内，不再举例。）

本词第五句第三字作仄声字，按字谱不能用仄。此是作者疏忽处，我们不能藉口援例以乱格。因本句第四字是"相"字，他本来当仄声用的，但我们往往念作平声，故不甚显。

此外，张先（子野，宋吴兴人，有《安陆词》，与柳永齐名，有"三影"名句，以"云破月来花弄影"为著）有《菩萨蛮》词，与此略同，惟第二句"庭"作"帘"，第六句"须"作"刚"，末二句作："花若胜如奴，花还解语无？"奇甚，未知是谁抄谁的。"刚"字不佳。且末二句美人以自己能"解语"与花争宠，意实陋甚！不如"碎挼花打人"远甚矣。

一九三六，五月二日灯下十一时半

（《南开高中学生》第9期，1936年5月）

《楚辞》中的“予”

据字书，“予”字有两个意义：一是“给”，一是“我”。“给”是本义，暂且不谈；作“我”解的“予”在《书经》《诗经》《论语》等书里举不胜举，也无问题。《楚辞》——尤其是《九歌》——里用称第一身的字有“余”“吾”“我”“朕”；再有，依旧说，就也还有这个“予”。我现在开始怀疑：“予”可不可以还有第三义？《九歌》里多用的那个“予”字究竟与“余”有无分别？分别是什么？或者说，“予”究竟是否即是“我”的意思？

这个念头是因读文怀沙先生的《屈原九歌今绎》而起的。文先生在《后记》中曾提出，译《九歌》的第一个困难就是人称代名词的处理。他举《山鬼》篇的“子慕予兮善窈窕”句为例，说：浦江清先生以为全篇皆系山鬼自述的语气，因为：第一段固然是描写山鬼，是旁人看他，但有“子慕予”在内，就无法调协了；所以，《山鬼》通篇当是第一人称，有如后来戏曲角色出场的自述。文先生未表赞同；我也站在文先生这一边。文先生解决的办法是采用了郭沫若先生的说法："子慕"读为"慈慕"，"予"读为"舒"[1]，乃是说山鬼性情慈爱的意思。这个说法确很新颖。但我觉得大体上说，《楚辞》里"破字""假借"的情形如"扬灵"为"扬舲"[2]之类，实不太多，并不像甲骨金文里，离开这样解释，便无法读下去。因此，我就对于这个问题有了兴趣，开始揣测。

好的《楚辞》本子，"余""予"字丝毫不乱，分得很清（坏本子如戴震的《屈原赋注》，把"余"多乱为"予"，实要不得），翻一下的结果，就有个印象：为什么某处用"余"？某处又用"予"？似非无故。进一步的印象是："余"在句头句中的极多，在句尾的很少。而"予"则多在句尾，在句中的只有二例：一即上举之"子慕予"，二为《离骚》里的"夫何茕独而不予听"一句。二例中其一是引起我们注意的那个矛盾原例，未有定案前，无法置论；其二文中并无矛盾可言，亦暂时保留待详。我们且看其馀的句尾例：

（一）帝子降兮北渚，目眇眇兮愁予。袅袅兮秋风，洞庭波兮木叶下。（《九歌·湘夫人》）

---

[1][2] 把"扬灵"解为"扬舲"，是因为原文"望涔阳兮极浦，横大江兮扬灵"，上下文牵带着水的事，固然甚好；但《离骚》里有"百神翳其备降兮，九疑缤其并迎，皇剡剡其扬灵兮，告余以吉故"，这个"扬灵"上下文并无水事，绝不能解作"扬舲"；所以两个"扬灵"是二是一，还待考虑。《九章·哀郢》"被以不慈之伪名"，"慈"字一见。"聊以舒吾忧心"和《惜往日》"焉舒情而抽信兮"，《远游》"晨向风而舒情"，"舒"字三见。则谓"子慕予"为"慈慕舒"连二破字，在屈原作品中是否有此例，亦不无可商之地步。

（二）朝驰余马兮江皋，夕济兮西澨。闻佳人兮召予，将腾驾兮偕逝。（同上）

（三）君回翔兮以下，逾空桑兮从女。纷总总兮九州，何寿夭兮在予？（《九歌·大司命》）

（四）秋兰兮蘼芜，罗生兮堂下。绿叶兮素枝，芳菲菲兮袭予。（《九歌·少司命》）

（五）子交手兮东行，送美人兮南浦。波滔滔兮来迎，鱼鳞鳞兮媵予。（《九歌·河伯》）

（六）杳冥冥兮羌昼晦，东风飘兮神灵雨。留灵修兮憺忘归，岁既晏兮孰华予。（《九歌·山鬼》）

（七）女媭之婵媛兮，申申其詈予：曰鲧婞直以亡身兮，终然殀乎羽之野。（《离骚》）

（八）吾令帝阍开关兮，倚阊阖而望予。时暧暧其将罢兮，结幽兰而延伫。（《离骚》）

（九）命天阍其开关兮，排阊阖而望予。召丰隆使先导兮，问大微之所居。（《远游》）

（十）忽吾行此流沙兮，遵赤水而容与。麾蛟龙使梁津兮，诏西皇使涉予。（《离骚》）

在十个例里，看上去，都好像先有一个“及物动词”，后接一个作“我”解的“受事词”，这也就是一向的很自然的看法。但问题在：若果是这种句法的话，《楚辞》里还很多，随手罗列，如“揆余”“锡余”“名余”“字余”“察余”“与余”“嫉余”“谓余”“告余”“为余”“览余”“知余”等等皆是，为什么这里句中都用“余”，而上十例句尾却单单都用“予”呢？

有人说，“予”是上声，余吕切；“余”是平声，弋诸切，为了与“渚”“下”“女”“浦”“雨”“野”“与”等字押韵，所以在句尾自然就用“予”而不能用“余”了（当然，在这个说法之下，旧字书所谓“予”读上声时作“给予”解，读平声时作“我”解的分别早已不复能成立了）。这个辩解，初看合理不过；可是实际上并不能成立，因为有两个反面的理由：

（一）上面第二例里，韵脚是“澨”“逝”，而“召予”居单句（或称之为“上句”）——即不押韵的句子，那么有何理由必须用“予”而不可用“余”呢？

（二）第九例韵脚是“予”“居”“都”“闾”，毫无疑问地证明这里“予”却是平声而非上声，那么又为什么不正该作“望余”而偏作“望予”呢？

问题既然不在于押韵上，必然另有所在。上面说“余”多在句首或句中，这该再说清楚和补充些，就是“余”又是多作“句主”，如“余既滋兰之九畹兮”，和多作“领有格”，如“步余马于兰皋兮”“高余冠岌岌兮”。反过来说，“予”所以不在句首或句中的意思，也就是从未当作“句主”或“领有格”用过一次；这点分别最可注意。我因此才怀疑：“余”“予”既不是音韵上的区分，而又用法分明有别，尤其重要的是，文先生提出的那个人称代名词的矛盾难处的问题也就多出在那些带有“予”的段落里，这事断非无故，而确有一揣其故之必要了。

自然，有些带“予”的段落也有根本并无矛盾可言的情形，如上面第二例“召予”、第四例“袭予”、第七例“罥予”，作“我”解都通得下去。但，不矛盾却不能就抹杀了矛盾，其馀的例就有的可疑，有的且大成问题了。现在分别说一下：

（一）第三例：君回翔兮以下，逾空桑兮从女。纷总总兮九州，何寿夭兮在予？

依旧注，依文先生今译，“君”“女”皆是指称“大司命”的“你”，这个略无疑问。可是，为什么紧接着又成了“大司命”的自述自问“何以寿夭之权在我”呢？文先生的译文是：

为什么你有权操纵人们的寿命？

这个事实最可注意，因为这说明文先生认为这样突兀的“身”的转移情形是罕见的、难解的、无法调协的，因此他才不能不把“予”译成“你”；这也说明：“予”是“我”的讲法在这里是通不下去的，是无法成立的。

（二）第五例：子交手兮东行，送美人兮南浦。波滔滔兮来迎，鱼隣隣兮媵予。

恰好，与上例相同，先有“子”，先有“美人”，依旧注和文译，都即指称“河伯”，也是略无疑问的。但，主题是送“河伯”；波之滔滔，鱼之隣隣，也正即切着“河伯”说，这些东西都是“河伯”属下，来迎他是最恰合的；可是为什么到了第四句一下抛开主题——抛开被送的主人而说起送行人的事来，说鱼隣隣是“媵予”、是“迎我”！？上面一例如照旧说还是我们伟大的屈原不懂修辞逻辑，这一例则屈原岂但不懂逻辑，简直是不通情理了！我认为旧说是有点冤枉了我们伟大的作家，不，简直是歪曲了这个伟大的诗人！

（三）与上一例异曲同工的是第一例：帝子降兮北渚，目眇眇兮愁予。袅袅兮秋风，洞庭波兮木叶下。

上来说出湘夫人分明已降临北渚，这是主题，而只因紧接有一个“愁予”，便只好解为“帝子是降了，但我看不真切因而生愁”。依我看，整个《湘夫人》第一段皆是描写湘夫人的话，怎么该刚一出“帝子”，随即来个“予”跟着打搅呢？这个“予”我越看越不像是个“我”！

（四）第八、第九两例，皆有“望予”，这个更得多费点儿篇幅，好好分疏一下：

在《离骚》里，屈原叙述了一大段心情之后，郁结不解，无可奈何，只得“溘埃风余上征”“吾将上下而求索”了。他先命令日神“羲和弭节”慢慢而行之后，又一连气发了六个命令，共计使令了七个常人所不能使令的神或灵物：

1. 前望舒使先驱兮——月神。

2. 后飞廉使奔属——风神。

3. 雷师告余以未具——雷神。

4. 吾令凤鸟飞腾兮（鸾皇为余先戒）——鸾凤。

5. 帅云霓而来御——云神。

6. 吾令帝阍开关兮——天门之神。

伟大的诗人，运用了灿辉瑰奇的想象，无所不供其驱使，他最后说：

> 吾令帝阍开关兮，倚阊阖而望予。时暧暧其将罢兮，结幽兰

> 而延伫。世溷浊而不分兮，好蔽美而嫉妒！

注家在此，因了这个“望予”，又出毛病，大概因为命令帝阍开天门而望我“自己”是明不可通，便解为“我命帝阍给我开天门，他却倚着阊阖用眼望望我——不理我的话”，所以转有了“言阍者拒不肯开也”之类的话头出来。但这是“增字解经”，而且他忘了看我们的第九例，那是在“远游”里，诗人在“掩浮云而上征”之后也照样发出许多道命令：

1. 命天阍其开关兮，排阊阖而望予——天门之神。
2. 召丰隆使先导兮——雷神。
3. 前飞廉以启路——风神。
4. 凤皇翼其承旗兮——凤鸟。
5. 召玄武而奔属——太阴神。
6. 后文昌使掌行兮——文学之神。
7. 左雨师使径侍兮——雨神。
8. 右雷公以为卫——雷神，再出。

在这里，叫开天门，驱使诸神的手段，几乎完全和上次一样，在诗人的想象上，任何神物都为我用，无一失败，何独一到帝阍便是“拒不肯开”呢？而且，在此例中分明说：

> 命天阍其开关兮，排阊阖而望予。召丰隆使先导兮，问大微之所居。集重阳入帝宫兮，造旬始而观清都。朝发轫于太仪兮，夕始临乎于微闾。……

屈原命令天门启后，进入天国，访了大微（紫微宫），入了帝宫，到了旬始（太白），看了清都（天帝之居），这才离开太仪（天帝之庭），奔于微闾而去。请问：这里的“排阊阖而望予”，是不是也该和《离骚》里同样解作“拒不肯开”呢？如说不，理由何在？如说该，那么，屈原既连大门都进不去，他怎么可能又游了里面那些帝居星座呢？在这个“说不通”之下，“望予”之非“看我”已经很明白，再不该固执了。

（五）第十例“涉予”初看似甚通顺，其实不通。“涉”是“徒行历水”，只可说“涉水”“涉河”“涉江”，而不该说“涉你”“涉我”。屈原原意是说，命令蛟龙为津梁，使我的车驾济渡，却叫尊贵的少皞神自己徒步涉水过去，如同仆从一样，所以用“诏”字，仍是表示诗人想象下使令诸神的能力。

综结上面，我觉得若必拘定旧说，赋“予”字以“我”义，是多半讲不通的。现在的问题，落到正面：那么，到底这个“予”是什么意思呢？我个人暂时倾向于这样一个假想：

“予”在这里可能只是一个声音，而没有实义。

本着这个假想，再去看一下上面的十个例子，若模仿文先生，我便可以这样译法：

（一）高贵的公主——湘夫人啊！你降临在北岸的水旁，

你的双眸渺渺远望，流露出无限忧郁的辉光。

（你看见的是什么啊——）

一阵秋风，微微过处，

洞庭湖上皱起波纹，离柯的黄叶纷纷飘扬。……

（二）拂晓，我在江畔驰骋车马，

到傍晚，我渡过西方的水涯。

我恍惚像听见夫人的召唤了！

我将刻不容缓地飞奔着我的车驾。

（三）你盘旋而又飘然降临，

我越过空桑山追随着你——大司命之神！

看那广袤多彩的世界啊！

为什么其中又有着寿夭的区分？

（四）秋天的兰草和芬香的蘼芜啊，

茂密地丛生在你的神宫阶下：

绿油油的叶子，雪般的白花，

沁心的幽香阵阵地扑人飘洒。

（五）终于，你依依地拱着手，顺流东下。

我来送你远行，在这南边的水涯。

汹涌的波涛似乎来相迎迓，

成千成万的鱼也好像都来接你回家。

（六）眼前是那么深暗，白天黑如夜里，

忽然一阵东风，神飘下潇潇的阵雨。

我为你停留在这里，怅然地忘了归去；

年华一旦迟暮，一切的美都归消失。

至于以下第七例等，都非《九歌》，暂无须借用译文举例了。可以说明的“詈予”译为“骂我”，固无不可，然终觉原文口气是“连素来温顺的女媭，这时也嘟嘟哝哝地教训起人来”，仍可不必拘那个“我”。第八、第九两例，重要的是“望予”既不是“看我”，更没有“拒我”的意思，原文分明说：“我命令帝阍开了天门，我便倚着阊阖而放目四望”，下文紧接便是屈原所望见的情形——“时暧暧其将罢”与“世溷浊而不分”；屈原虽是到了天上，终难忘情于人世，第二次在“远游”里有同样经验，排阊阖而望的结果也是：“忽临睨夫旧乡！”这个所谓旧乡也正即上次的他所见的那个不能忘情的溷浊的人世，思路全然一样。所以他才“思旧想象，太息掩涕”，在天而睹故世，这是他主要的心思和忧伤处；旧注乃以为是在叫天门时便吃了闭门羹，所谓“事与愿违，无往而不龃龉”；这不独牵强曲解，而且未免见小而失大了！

上面所举的十个句尾例，大概我的意思如此，但留下的“子慕予”和“不予听”又该怎么办呢？

关于后者，是否即是“不听我”，我觉得也还有讨论的馀地，因为在《楚辞》里，同样句法也还不无，如：

1. 恐年岁之不吾与。（《离骚》）
2. 不吾知其亦已兮。（同上）
3. 思君其莫我忠兮。（《九章·惜诵》）
4. 退静默而莫余知兮。（同上）
5. 进呼号又莫吾闻。（同上）
6. 世溷浊而莫余知兮。（同上）
7. 哀南夷之莫吾知兮。（同上）

七例中，“我”一用，“余”二用，“吾”四用；却没有一例是用“予”的，这也值得我们注意。所以“不予听”是不是即等于“莫余听”，是有问题的。《九章·抽思》里的《少歌》有一句“敖朕辞而不听”，句法略与“夫何茕独而不予听”相似；我疑心“不予听”即是“不听”，“予”可能有“给予”本义的成分，犹如现在我们说“不加注意”“不予考虑”的“加”“予”之义，未必是与“我”有关系的用法。

假如以上的揣测有成立的可能的话，则“子慕予兮善窈窕”的问题也便可以解答，“子慕”可能是“慈慕”，也可能是“子既善思兮又窈窕”的意思。总之，“予”绝不是“我”，它只是为了音节的数目加上去的语词，没有甚大的实义可讲。这样一来，人称代名词的矛盾，几乎都获得相当圆满的解决了。如此，则《山鬼》第一段或可译为：

看，在那儿——是有一个女郎在深山之崖[1]，

穿着薜荔的衣裳，系着女萝的裙带。

她的秋波含情，而又巧笑嫣然；

她的感情那么丰富，容仪又那么幽娴。

不过，以上云云，只是个人的一点揣测、一个假想，临时把它记下

---

[1] “若有人兮山之阿”，文先生说“若”是发语词如“若曰”“若夫”，与“好像”之“若”非一，是极。我现在又想“若”也可作指示代词用，如云“若个”“若人”即是“那个”“那人”，并且也可以单用，所以译作“那儿”，是指词，更有神气。

来。有系统地整理、研究这个“予”字，遍求例证[1]，才能全面地做一处理，得一结论。个人限于行箧的贫乏，时间的紧迫，一时实做不到，只算把一点意思写下来，提供给文先生参考，和专家们读者们讨论、指正吧。

（《屈原九歌今绎》，棠棣出版社1952年8月版）

[1] 随手举几个《诗经》的例子：

*《卫风·河广》：“跂予望之”，“予”决不似“我”义，似“而”或“以”义。

*《郑风·缁衣》：“敝予又改为兮”，“予”亦不似“我”义，亦似“而”义。

*《陈风·墓门》：“……夫也不良，国人知之；知而不已，谁昔然矣。……夫也不良，歌以讯之；讯予不顾，颠倒思予”，此例第一“予”亦同“而”；第二“予”则极同《九歌》中“身”之“矛盾”。原文实是“夫也不良，歌以讯之；讯而不顾，颠倒思之”的意思，则“予”决不可能作“我”解（另外可注意者即“而”字亦可在句尾作无实义之语词用）。

*《小雅·正月》：“其车既载，乃弃尔辅。载输尔载，将伯助予”，也是一个身称有矛盾的例子，“予”也不当实解作“我”。

*《大雅·云汉》：“群公先正，则不我助；父母先祖，胡宁忍予”，“予”也绝不像是“我”的意思，因为“忍我”为不词。

旁听诗话

一个青年学生来看老刘，说起他近来对古典文学作品发生兴趣。看样子，说到这一点，是高兴的意思，但随即又有闷闷的表示。刘看出他的苦恼，就问他，学习起来是否有什么困难。我正在座，安心要听一听。

“困难是一定会有的，”他说，“但可怕的并不是困难，而是有了困难得不到解决。”

“不是有老师给讲解，或是讲了还不懂再去请问老师吗？”刘问他说。

“正是因为讲了、问了以后，原来不懂的一些地方，还是不懂呢！”他的眉头皱在一处。

我知道这时空谈大道理是很难对他有什么帮助的，想找个具体的例子来研究一下，于是就插嘴建议不妨举个实例，叫刘先生看看问题何在。

“比方说，”他马上便有了例子，“晏几道的《临江仙》，读起来直觉地感到很美；但是‘梦后楼台高锁，酒醒帘幕低垂’下面，‘落花人独立，微雨燕双飞’上面，就有‘去年春恨却来时’七个字，每个字我都认得懂得，合在一起，只是不知道他在说些什么！——我想，这七个字不懂，恐怕就不止是七个字的问题，连上下文的语意、神情，就都感觉茫然和索然了。”

他真真有些道理，我不禁暗自喝彩。刘声色不动。

“‘却’，是‘反而倒是’一类的意思，”他接着说下去，“这我倒知道，但‘来时’是什么呢？到来的时候吗？还是将来的时候呢？而且不拘怎样，和‘却’又怎么连得起来呢？”

刘发现了问题所在，就说道：“你的话非常有道理。但这里的困难只在一个‘却’字。‘却’字除了你所了解的一个现代通行意义以外，还有不少其他用法，应该留心分析。例如，它可以表示‘反而’‘倒是’的口气，但也还表示‘原来’的口气，表示‘到底’的口气，表示‘恰好’的口气，表示‘就’‘便’的口气，表示‘又’‘再’的口气……”

他睁大了眼睛，望着刘，半信半疑地。

“你一定读过《水浒》吧？”刘说下去，“单拿开头几回里的例子，就约莫可以说明一些问题。”

刘翻开《水浒》，找出一些句子，指给他看：

“洪太尉叫人掘地，‘众人只得把石板一齐扛起看时，石板底下，却是一个万丈深浅地穴’。李吉说，‘算命道我今年有大财，却在这里！’这二例里，‘却’字都表示‘原来’的口气。所以，小说、戏曲里也就常有‘却原来’的说法，古来同义复用的例子是不少的。

“洪太尉遇见大虫，諕得‘浑身却如中风麻木，两腿一似斗败公鸡’。鲁智深把郑屠‘打得鲜血迸流，鼻子歪在半边，却便似开了个油酱铺……’。监寺僧‘从西廊下抢出来，却好迎着智深’。这里的‘却’都是‘恰’的意思。

“高太尉喝道：‘你这贼配军，且看众将之面饶恕你今日，明日却和你理会！’鲁智深和洒家说道：‘洒家别处吃得，却来和你说话！’这里的‘却’字，又都是‘再’的意思。小说里也常常有‘却说如何如何’的话头，实际就是‘再表’的意思，中间夹叙了一段之后，又回过头来再接上文的地方，才用‘却说’，不知你注意过没有？其他的，不必我多举，只要你用心去分疏比较，自能领会得出的。”

他搔搔头，恍然大悟地叫一声：“啊！我明白了！”刘问他明白什么了，他笑说：“‘去年春恨却来时’，就是去年春恨再来时或又来时啊！明白了这个‘却’字，‘来时’也自然不再成什么问题了！”

刘也笑着，点头说对。又说，这并不新鲜。比如杜甫的《春日梓州登楼》诗：“身无却少壮，迹有但羁栖。”欧阳修的《减字木兰花》词：“说似残春，一老应无却少人。”如果不懂一个“却”字，恐怕也是莫名其糊涂了。

他高兴得很，要刘再举些例子给他听。刘告诉他：例子是一时举不清的。即如昨儿报上有一位先生的文章，里面有这样一段话：老杜说“白头搔更短”，……一较真，一科学，则老杜多忧烦两次，他的脑袋不要给“搔”下半拉去吗？可是这个“头”就是头发，虽然确是长在

“脑袋”上面，却不能总是和“脑袋”画等号。我们口语里不也还有“推个分头”“剪个平头”“披头散发”的话吗？有谁会理解为“分脑袋”“平脑袋”和“披脑袋”呢？头发花白叫“二毛”，晋人杜预说：“二毛，头白有二色也。”我们自然不应该理解为“脑袋白有两色”，所以“头”字本身自古就有“发”义。“短”，在这里与其说是长短的“短”，还不如说是短少的“少”字的意思。“白头搔更短”，就是老杜说他自己年老忧愁，白发越搔越落越稀少，所以下句才是“浑欲不胜簪”，说快要戴不住簪发的横簪了。因此无论怎么“较真”与“科学”，也绝不会把脑袋“给搔下半拉去”的。老杜的原句非常浅显明白，并没有什么不科学的地方。“还有一点，假如真正不懂，读不下去，倒还不要紧。最误事的是自己以为懂了，可是却懂成了一个似是而非的东西，以致毫厘千里。比方，刘禹锡的名句‘朱雀桥边野草花，乌衣巷口夕阳斜’，这两句你怎么个讲法呢？”

他立刻说：“这自然是说，朱雀桥边有野草野花，乌衣巷口有斜照的落日了——难道还有别的说法不成？”

刘说：“这不能说你没有懂得，可是也不能说你已经懂得透彻了——严格地说，如果读古诗时只是这样的懂法，也究竟和不懂差不多少。”

他对刘这一席话表示非常惊讶，一声不响，等待刘的解释。

“这里‘花’‘斜’两个韵脚字，是两句精神意态之所在。我不懂什么语法，不知道这是属于什么词性的。但绝不是名词或形容词之类。花、斜，都具有动字的意味。野草花，是说桥边野草，冷落寂寞中，开出小花朵，无人欣赏，自开自落而已。诗里的‘花’字，往往是动字，就是‘作花’的意思。夕阳斜，是说落照的馀晖在不停留地‘斜’下去了！你一定知道‘红日西趖’这样的话吧？不妨说，这个‘斜’和‘趖’同样是动态的字，读下去，简直叫人觉得像是看见了那巷口的斜阳迅速地斜下去、斜下去，馀光暗下去、暗下去！”刘用手比着说，站起身来。

他打断了刘的话，说道：“叫您这一讲，我也恍如身临其境，像看见的一样。——这个‘斜’多么有力量啊！”他有点像自语似的说出后一句话。

“照你原来所理解的，那样平板，还有什么境界、神情、意态、滋味可言呢？所以，似是而非地自以为懂了，并不比不懂更好到哪里去，甚至可以说，比不懂更糟糕。”刘说。

他叹一口气，说道：“假如我们的教诗歌的老师，能在这些地方多给我们说些，那会引起我们同学们多大的兴趣啊！”

我不禁又插嘴说：“刘先生所说的，都是字句间极琐屑的小问题，老师们要讲明白主题思想、教育意义，自然不能多在琐屑上费太多的话了。”

他说：“不然。不是费太多的话，而是根本没有说个清楚。而且，这样说清楚了之后，我们明白了其中的神情意味，当然在接受思想教育时，也就自然而然地会事半功倍。连语言文字——这是文学的唯一媒介物——还闹不清，每日囫囵吞个枣，只管反复地说上一些空话式的‘思想’‘意义’，我们怎么能学习得深刻起劲呢？”

他告辞了，热烈地握着刘的手不忍放下。

“我们是多么希望有人能像您刚才那样告诉我们啊！”临跨出门，他还在自语似的说，两眼远望，分明是在思索着什么。

（1957年3月2日《文汇报》）

“诗律细”以外的“细”

陆放翁在《老学庵笔记》卷七里记下过这样一则：

> 先夫人幼多在外家晁氏，言诸晁读杜诗“稚子也能赊”“晚来幽独恐伤神”，“也”字、“恐”字皆作去声读。

诸晁对放翁来说，不但是母系尊亲，而且是诗宗前辈（放翁母夫人的外祖母，是晁冲之的姐姐。晁冲之是江湖派中有名的诗人）。恐怕放翁把这事记下来，不是毫无用意的。这两处硬把上声字改读去声的道理究竟何在呢？

“稚子也能赊”，是《遣意二首》之二的结句，那首五言律的收尾二句是：“邻人有美酒，稚子也能赊。”“晚来幽独恐伤神”，是《题郑县亭子》的结句，那首七言律的收尾二句是：“更欲题诗满青竹，晚来幽独恐伤神。”

应该注意到：在前一例里，上句“有美酒”，一连三个上声字相接，“有”不作平声，又是拗格；下句“稚子”一词又有“子”字上声在前：那么，又接上一个上声的“也”字，读起来就很难调谐了。因此，这个“也”字，明明是上声，必须硬变作去声来读。——就是说，要念得像“夜”字才行。

在后一例里，上句“满青竹”，恰好也是拗格，“满青”二字，正格应作“平仄”，现在改用“上平”了；依拗格的规矩说，就是“满”字本来应作“平”，现在用了“上”，所以下面的“青”字（本当作“仄”的）必须是“平”，术语叫作“救”。这种四声平仄之间的辩证关系和规律，是很有意味的。但上句既然用了“满青”，在本句中虽然“救”好了，可是和下句的关系还待调整。不想下句中相当地位的两个字音，合了掌，恰恰也是“上平”——“恐伤”，这就又发生问题了。因此，这个“恐”字，明明是上声，必须硬变作去声来读。——就是说，要念得像“控”字才行。

道理就在这里。这是因为：我国诗歌具有高度的音乐性的美，这个美不容随便破坏。四声平仄是我国语言中的一项极为独特的特点，而它们之间的辩证关系非常微妙。

杜诗是以“晚节渐于诗律细”著称的，而诸晁在“律细”以外，还要在读（实际指“美读”，即吟唱诗句，不是现代的“朗诵”）时“加工”，细外还有细处，可说深得声音精微之理。

因此我想到音乐、歌曲、戏剧。京戏里有“岂有此理”和“我好悔也”两句话，巧得很，四个字都是上声。在“韵白”里，如果演员“认真”，满宫满调地把四个字都念成上声，结果台下一定哄堂，——因为那太难听了！实际上，四个上声字，只有一个是真读成上声的：在前例中就是“理”字，在后例里就是“悔”字。——其馀的，实际都改念成别的音了。例如，“岂有此理”，实际上念得如同“其攸次理”一个样：那就是“阳（平）阴（平）去上”。

为什么定要这样呢？那道理就和诸晁把“也”“恐”改读去声完全相同。

以上是精通了四声音理而随宜处理的例子。但另一方面却又有未能精通四声音理而随便处理的例子。“随宜”“随便”之间，大有分别。比如唱戏的大忌之一，是“倒字”。倒字就是唱得错了四声，令听者莫名其妙。只顾“耍腔”的，易犯此病。所以要讲“按字行腔”“依声制谱”，然后才能“字正腔圆”。否则，那只能是“荒腔倒字”。

近来，有的作曲、制词家，似乎对这些道理注意得还不够。也许，学音乐歌曲，一般都要对西洋乐理注意精通，而西洋语言里本无所谓四声平仄，一个字，可视其乐曲而随便谱成高、低、由低而高、由高而低。到我们的语言里却不行。编新剧，创新腔，也是一样，万变不离其宗，绝不能破坏祖国语言中高度的音乐性节奏美，绝不能违反四声平仄间的辩证关系和规律。

只有这样，才能使每一个听者能听懂。

（1961年11月5日《文汇报》）

陆机《文赋》“缘情绮靡”本义辨

晋代陆机的《文赋》，是我国文艺理论批评史上的一篇极为重要的作品，而《文赋》中的重要论点，应当首先数到“缘情绮靡”一说。

可是，“缘情绮靡”四个字的确解到底如何？看上去，似乎不复杂，稍一追求，则问题就很多了。大约从唐代开始，人们对这四个字就有了误会、错解。这种误会、错解，在诗坛上起了不小的坏影响，因而也影响了大家对陆机文艺理论的评价。

这种状况，如果不设法澄清一下，而任其以讹传讹、将错就错，则我国诗歌史上的许多关键问题，都将随之而得不到很好的解决。这是一件异常重要的事情。

本文打算尝试探讨一下，如果能够先把“缘情绮靡”的确义摸索到了，然后再谈其他的问题，那才不致郢书燕说。下面试分为“缘情”“绮靡”和“缘情体物”三部分来说明这些词句的意义和关系。

一

先谈“缘情”。大约由于这两个字一向最受人注意，人们对它的理解、体会最为多样，误会、歪曲也就最为严重。现在打算拿清代有代表性的朱彝尊一人作例子，先来看一下情况。

朱彝尊对这个问题，一时说：

> 缘情以为诗。诗之所由作，其情之不容已者乎！夫其感春而思，遇秋而悲，蕴于中者深，斯出之也善。……情之挚者，诗未有不工者也。……为诗未有无情之言可以传后者也。
>
> ——《钱舍人诗序》，见《曝书亭集》卷三七

这分明是以“情”为指感情，而强调“唯情说”“感情真挚论”的，亦即诗家常说的“诚于中，形于外”“情信而辞巧”之义。

可是他一时又说：

> 且夫诗也者，缘情以为言，而可通之于政者也。
>
> ——《忆雪楼诗集序》，见同书卷三九

这似乎又要调和“缘情”于“言志”之间，或者说：这样的“缘情”，竟是与“言志”殊途同归了。关于这个问题，朱自清先生在他的《诗言

志辨·教诗明志》篇中所论最备，这里不再详说。要紧一句：这样的“情”，已有接近于“志”——朱先生所谓“政教”的“怀抱”——的倾向了。

可作旁证附参的，可举专主“寄托”的常州词派开山张惠言，他论词曾说：

> 其缘情造端，兴于微言，以相感动。
>
> ——《词选》

也正是把“缘情”实际理解为“言志”的例子，和朱氏此处所说相合。

但朱氏一时却又说：

> 《书》曰：“诗言志。”《记》曰：“志之所至，诗亦至焉。”古之君子，其欢愉悲愤之思，感于中，发之为诗，今所存三百五篇，有美有刺，皆诗之不可已者也。……后之君子诵之，世治之汙隆，政事之得失，皆可考见。故不学者比之墙面，学者斯授之以政，使于四方：盖《诗》之教如此。魏晋而下，指诗为“缘情”之作，专以“绮靡”为事，一出乎闺房儿女子之思，……恶在其为诗也！？
>
> ——《与高念祖论诗书》，见《曝书亭集》卷三一

奇怪，这竟又是把“缘情”和“言志”极端对立起来了！

看来，朱彝尊对“缘情”这个词，自己也很伤脑筋，根本搞不清到

底是怎么回事，因此三说而三异其词。特别是最后一例，索性把这里的“情”缩小而为“闺房儿女子”之情，这竟和后来的风流名士袁枚所说愿效白傅、樊川，不肯删掉自己的“缘情”诗，而有“情所最先，莫如男女”的话[1]，简直是一鼻孔出气的。正如朱自清先生所议：“那么，他所谓‘缘情诗’，只是男女私情之作，这显然是曲解了陆机原语。”[2]

由于这班人的误解、歪曲及其影响所被，加上对“绮靡”一词的更大的错会（说详下节），再看到六朝时代南方民歌小诗中的许多情歌和士大夫的“艳体”，于是就有人指责陆机，说他是纯艺术论的、唯美主义的、形式主义的倡导者，似乎要他负全部诗歌史上的坏影响的重大责任。

假如不幸而有人再来把“缘情绮靡”解释成为“恣纵其情欲而一味淫词艳语”的意思，那就可以是“无所不至”“愈来愈不堪”的局面了。——然则陆机又要负“色情诗词”“黄色韵语”的责任了！

这好像有些推演过甚其词。不过也可参看《文选》中“赋”的分类里面第“癸”类是“情”赋，而所列四篇就是：宋玉《高唐赋》《神女赋》《登徒子好色赋》和曹子建的《洛神赋》。到清代大文评家纪昀，果真就说出：陆机的这一句话，流毒之至，“其究乃至于绘画横陈（赤裸裸地描写色情肉欲）”[3]。

可见我上文绝非过虑。

当然，我们不会像他们混淆爱情和色情。但无论如何，“情”这

[1]　《答蕺园论诗书》，见《小仓山房文集》卷三〇。

[2]　《诗言志辨·作诗言志》篇。

[3]　《雪林诗钞序》，见《纪文达公文集》卷九。

个字眼，意义复杂，易滋误解，已是十分显然，而且来源也很古老了。朱、袁、纪一类的歪解，难保不馀风犹在。先提出来，对寻求正解，是有无限好处的。

所以问题落在陆机本意的“情”，究竟是确指什么？

要回答这个问题，不仅要从《文赋》本身去分析研究，也要从陆机的其他作品中去参互印证。据今所知，他一共有三次用了“缘情”这个词意，这就对我们非常有用处。

一次是在《叹逝赋》中，他说：

> 顾旧要（平声）于遗存，得十一于千百；乐隤心其如忘（平声），哀缘情而来宅。

隤，落也，就是“离去”义。

一次是在《思归赋》，他也说：

> 彼离思之在人，恒戚戚而无欢；悲缘情以自诱，忧触物而生端。

再有，就是主题《文赋》了，原文是：

> 诗缘情而绮靡，赋体物而浏亮；……虽区分之在兹，亦禁邪而制放。

仅仅这样一列举，则陆机本意之与“言志”，与“闲情”“艳情”“色情”并无干涉，就已不待烦言而自明了。

按陆机本意，“缘情”的情，显然是指感情，旧来所谓“七情”。《文赋》说：“信情貌之不差，故每变而在颜；思涉乐其必笑，方言哀而已叹（平声）。”以乐、哀包举“七情”而言，可见这“情”也并非是像有些人所理解的，只限于消极哀伤一个方向。

再仔细分疏起来，陆机的“情”似是泛指感情的“性能”或“状态”，即古人所谓“性”或“心”。

第一例里，“心”和“情”对文互义：说欢乐好像已经离开了“心”而不再出现，只有哀伤缘附于“情”而居留不去。这个“心”，好像是指我所谓的“感情的性能”。而“情”则似乎可与“心”同义；也可以是指“心情”“心境”，即我所谓的“感情的状态”。

在第二例里，“悲缘情以自诱”一句，如承上文而看，也像是指业已形成的某种“心境”，说：“对于本已戚戚无欢的人来说，悲端自然就缘诱相生了。”如此，“自”似是自然而然的意思。但如对下句而看，“悲”“忧”一方面是由“情”而单方导发，一方面又是触“物”而兼相诱生，“情”，内心之义；“物”，外物之义。如此，“自”又似乎是“自身”的意思；而“情”对“物”言，也就更富有“性”的意味，即我所谓的“感情的性能”了。

“情”和“物”的屡次对举，表明了陆机之深知并重视二者的关系。“缘情——体物”“缘情——触物”二例之外，还有一例：“情曈昽而弥鲜，物昭晰而互进。”[1]这里，是“收视反听，耽思傍讯；精骛八极，心游万仞”的结果，所以该是作者将感受通过思维、想象等整理过程以后所达到的境界，“情”而能益鲜，“物”而能愈进，似乎“物”已由印象而成为形象，“情”已由情绪而成为“情思”了。

以上所说，或不尽得情实，乃至很谬。但有一个事实已然明确了：陆机之所谓“情”，绝对不是“风情”“闲情”“色情”的情。

要想较全面地明了陆机的“缘情”的本意，有必要考虑到上举的这些例证，都做出更好的分析，彻底廓清那些历史久远的误会曲解，才有可能摸到陆机真正意旨之所在。

二

“缘情”已略如上说。“绮靡”二字，看上去总该比“缘情”好懂多了，问题应该不大。实则又殊不然。不仅并不好懂，而且历来的误解竟然更为严重。

这话并非危言耸听，有例可证。

“绮靡”，据通行的《辞海》说：“犹言侈丽也。”下引《梁书》论诗“至梁转拘声韵，弥尚绮靡”的话为证。《辞源》也同样的确切，

[1] 《文赋》。

说：“言文辞之浮艳也。”这可作为一般理解的代表。

绮，是华美，已然不怎么高明了。靡，是“更糟糕”！李白所说的“七言，又其靡也”的用法，可以参看。何以言“更糟糕”？例如朱彝尊就曾说丁炜的诗：“直者不伉，绮者不靡。”（《丁武选诗集序》）其意若曰：“绮”犹自可，“靡”则万要不得！盖事物而一到“靡”，那完全糟不可言了。

李白早说过：“自从建安来，绮丽不足珍。”

白居易也曾说：“（自作）恢王教而弘佛道者，多则多矣；然寓兴放言、缘情绮语者，亦往往有之。”[1]则老实不客气地在“绮靡”和“绮语”之间画了等号。

绮丽，绮语，本要不得；现在陆机公然提倡比“绮丽”还要糟的“绮靡”——侈丽、浮艳。无怪乎六朝期间“诗道之坏，亦已极矣”。

可是，李善却和上述诸家的理解全然两样。他说：

> 绮靡，精妙之言。
>
> ——《文选·文赋·注》

这话初看起来，真是“犹河汉而无极”，令人简直疑心他是存心回护陆机——而又毫无借口、办法，索性做此风马牛不相及的大言欺人之语。

可是，又早有一个刘勰，他在评《楚辞》时说：“《九歌》《九

[1] 《苏州南禅院白氏文集记》。

辩》，绮靡以伤情。”（《文心雕龙·辩骚》）《九辩》姑置勿论。至于《九歌》，那是大家历来公认的古典诗歌里的最高成就之一；我想谁都会同意：像“袅袅兮秋风，洞庭波兮木叶下”这样的风格意度，若下品评月旦，那么“侈丽”“浮艳”“绮语”等等，都是最用不上的字眼。刘勰论文很高明，难道这里他可以胡言乱语吗？

道理一定别有所在。

我们试行考查一下。“绮”，本义是一种素白色织纹的缯，《汉书》注：“即今之所谓细绫也。”[1]而《方言》说：“东齐言布帛之细者曰‘绫’，秦晋曰‘靡’。”郭注：“靡，细好也。”

可见，“绮靡”连文，实是同义复词，本义为细好。

再参以旁证：靡靡，“细好也”；靡迤，“细走也”；靡曼，“细理弱肌也”。不必多引，足证“靡”本细义。

于是我们开始清楚，原来“绮靡”一词，不过是用织物来譬喻细而精的意思罢了。

再看刘勰评品赋文，说“仲宣靡密，发篇必遒”（《诠赋》），“孟坚雅懿，故裁密而思靡”（《体性》），“庾元规之表奏，靡密以闲畅”（《才略》），三例都是细密义。评《九歌》，说“绮靡以伤情”，唐写本作“靡妙以伤情”，都是精致美妙义。

然后，绮有“轻”义。靡有“柔”“徐”一义。如靡曼，又训“柔弱”。如靡靡，用以形容行路，“犹迟迟也”；用以形容时光，则“渐进也”；用以形容音乐，则“声之细也”；用以形容谈话，则“言谈之

[1] 《高帝纪》《叙传》《地理志》等，都有“绮”字注，仅文字小异，一致指为“细绫”。

流，靡靡如解木出屑也”。这些都是“细密”义的引申[1]。

最后两例很要紧。“声之细也”的靡靡，出《文选·洞箫赋》；“言谈之流，如解木出屑”的靡靡，出《世说》注。这就和“诗”有密切的关联了！

我们看，缘情的“绮靡”，是和体物的“浏亮”并举对文的。“浏亮”，后来音转为“嘹亮”，可以形容人谈吐的通畅，心胸的豁达（如言“这人说话嘹亮”，即谓其人话语通达，事理晓畅），也可以用来形容笛子的声调音色。而洞箫的“靡靡”，并不是指的什么“靡靡之音”的“淫声”，而是指它那种“如怨如慕，如泣如诉，馀音袅袅，不绝如缕”的、具有幽咽特点的声调音色，和“一泻无馀”的“亮音”，绝不相类。唐代大诗人李白的《忆秦娥》，曾给这个特色做了很好的传写，那就是“箫声咽（入声）”（咽，幽咽、声吞、声塞的意思）。这是此外的乐器所绝不能仿效的[2]。

刘勰也曾有过一句极关紧要的话：“结藻清英，流韵绮靡。”（《文心雕龙·时序》）可见“绮靡”一词，又是当时形容音乐调韵的常用语。

---

[1] 刘勰又用过“绵靡”一词，见于《杂文》篇：“张衡七辩，结采绵靡。”又用过“明靡”一词，见于《章句》篇：“章之明靡，句无玷也；句之清英，字不妄也。”皆可资参研。后一例亦与“清英”一词为对文，与《时序》篇中一例正同，尤可比较。

[2] 王褒所赋的洞箫，是古排箫，并非苏轼所指的竖箫；但排箫虽然多至十六管、二十三管，音响不一（有“巨音”“妙声”“武声”“仁声”之异），而“靡靡”则是特指其“细密”之声（见李善注），与竖箫之“袅袅”和“咽”，是并不冲突的。况《洞箫赋》明言：“惟详察其素体兮，宜清静而弗喧。”这是对洞箫竹的“因天性之自然”的总评语，足见古代排箫虽然管多，也绝不是一种声响强烈的乐器。

事情已经很清楚："体物"的赋，侧重直陈铺叙[1]，所表达的意思以及与此相适应的文气、语调，都比较显豁晓畅，读起来，理会起来，都比较朗爽通达，甚至淋漓痛快，因此就是"浏亮"。相对地，"缘情"的诗，侧重沉吟涵泳，所表达的情致，都比较细致深隐，而与此相适应地，自然就是低回往复、沉郁蕴蓄的语式声调（这自然都是指当时的古典抒情诗而言），读起来，理会起来，也比较需要优游潜浸，循回体味；因此，这就是"绮靡"了。

这是两种不同的美的对立。

刘勰在品论《楚辞》时说："《骚经》《九章》，朗丽以哀志；《九歌》《九辩》，绮靡以伤情。"他以"绮靡"和"朗丽"并举对比，可能就触及了这种不同风格的美的区分和比较。

刘勰以"绮靡"来形容《九歌》，完全恰切，因为《九歌》在《楚辞》中，"诗"的性质最为饱满，"诗"的气味最为浓郁。相形之下，其他篇章，都显得含"赋"的叙铺直陈的成分较多了（《离骚》《九章》，正是如此）。

再回来看李善，他把"绮靡"体会为"精妙之言"，真乃是善于读书者的高明之见，因为他道着了陆机所指出的诗的特征之一：诗确是比其他文体要精妙得多，细密精致、蕴蓄微妙得多。

那么，陆机不愧是一位见得到、说得出的大论文家。他和"侈丽""浮艳"，和什么"绘画横陈"等等见解，又有什么干涉呢！？为什么要他替"诗道之坏"来担负责任呢！？

---

[1]《周礼》注："赋……直铺陈今之政教善恶。"

三

朱自清先生曾有过一段很重要的话，需要引录一下：

> “诗言志”一语虽经引申到士大夫的穷通出处，还不能包括所有的诗。《诗大序》变言“吟咏情性”，却又附带“国史……伤人伦之废，哀刑政之苛”的条件，不便断章取义用来指“缘情”之作。《韩诗》列举“歌食”“歌事”，班固浑称“哀乐之心”，又特称“各言其伤”，都以别于“言志”，但这些语句还是不能用来独标新目。可是“缘情”的五言诗发达了，“言志”以外迫切地需要一个新目标。于是陆机《文赋》第一次铸成“诗缘情而绮靡”这个新语。“缘情”这词组将“吟咏情性”一语简单化（按指我们今天所说的“简化”，不是我们含有贬义的“简单化”的意思——引者），普遍化，并檃栝了《韩诗》和《班志》的话，扼要地指明了当时五言诗的趋向。
>
> ——《诗言志辨·作诗言志》

同样值得注意的，是朱先生接下去的话。

> 他还说“赋体物而浏亮”，同样扼要地指出了“辞人之赋”的特征——也就是沈约所谓“形似之言”。从陆氏起，“体物”

和“缘情”渐渐在诗里通力合作；他有意用“体物”来帮助“缘情”的“绮靡”。

朱先生这里对“绮靡”的理解究竟如何？不得而知。他把“体物”和“形似之言”画以等号，正确与否？也待再详。但他最后的几句话实是值得玩味，因为他接触到了一点极为重要的意义，就是，“缘情”和“体物”二者的关系问题。

原来，陆机的话是这样的：

诗缘情而绮靡，赋体物而浏亮；碑披文以相质，诔缠绵而凄怆；铭博约而温润，箴顿挫而清壮；颂优游以彬蔚，论精微而朗畅；奏平彻以闲雅，说炜晔而谲诳。虽区分之在兹，亦禁邪而制放。

他在列举了十体之后，指出每“一对儿”之间的分别，又总以一点要义：虽然区分若是，但亦不可走极端，钻牛角尖。（这里他并非是要说什么“一言以蔽之，曰，思无邪”和什么“发乎情，止乎礼义”等“诗教”，因为那和“文体区分”有何交涉？）

陆机的“区分”，主要指以类相从的每一对儿之间的差异，如诗之与赋，铭之与箴，等等。李善已然看到了这一点，所以他注这十句时，都是以每一对儿并列而言，如云：“铭以题勒示后，故博约温润；箴以讥刺得失，故顿挫清壮。”深得原文意旨。再参以刘勰的话，那就更加明了，他说：

> 夫箴，诵于官，铭，题于器，名目虽异，而警戒实同。箴全御过，故文资确切；铭兼褒赞，故体贵弘润（正就是“博约温润”一语的简化）。其取事也必核以辨，其摛文也必简而深。此其大要也。
>
> ——《文心雕龙·铭箴》

这就指出了这种有同有异、对立统一的辩证关系，把陆机的原意发挥得很好。

必须明白了这一点，然后谈“缘情”，谈“体物”，才不致十分孤立、片面地看问题。

“体物”一词，人约是本于《礼·中庸》的“子曰：鬼神之为德，其盛矣乎！视之而弗见，听之而弗闻，体物而不可遗。”参综注、疏之旧解，似乎是以为：体物者，生万物，赋给万物以形体的意思[1]。然则朱先生以“体物”为“形似之言”（另一处说即是“描写”[2]），也可以算是一种“赋以形体”吧。不过陆机的原意，怕未必如是。

“体”有“依”义；陆机曾以“缘情”“触物”为对，“触”也是“因”“由”之义；刘勰说成“附物”，又说“体情”（《情采》），

---

[1] 这种解法很可疑，他们把“体”说成“生”，所以只好硬把“不可遗”说成“无所遗”，实感牵强。如果“体”解为“依附”义，则“附物而不可遗”就通顺多了。

[2] 刘勰时而有这种见解，如《物色》篇所说“自近代以来，文贵形似，……体物为妙，功在密附。故巧言切状，如印之印泥……”即是。但这和陆机的本意未必是一回事。

陆云说“附情”。二字之可以互代，似乎有迹可循。

陆机的所谓“物”，恐怕所指也较广，不限实体而言，所以“体物”大约略如说“触事”之例。比如李善就说：“赋以陈事，故曰体物。”乃是直以“物”为指“事”而言的最好的例证。因此，陆机本意当不是要说“描写实物”“写生”的意思。再说，汉魏六朝的赋，也并不限于“咏物体”，相反，像陆机、陆云他们的赋，倒是以言志、抒情为多。

当然，“触物”侧重被动，是物来触情，是创作之先。“体物”则侧重主动，是以情附物，是创作之际。这分别是不难见的。如此，“体物”的体，似有“体现事物”的意义。这微近乎“反映”。但是和“描写”却不可等同起来，那样恐滋误会。

因此，“体物”和“缘情”的关系，如只是要指明“诗”“赋”的大别，固不妨二者并列而相对待，无须再为辞费。朱先生意在专从“诗”的角度出发而讲话，固亦不妨说是用“体物”来帮助“缘情”；更由于朱先生把“体物”理解为“形似”或“描写”，以致那“物”被缩小了，因此“帮助”之说就大有类乎后世词家所谓的“景亦情”“写景亦即所以言情”“寓情于景”了。

不过，既然那不只是为了指明“诗”“赋”大别的一层关系，既然陆机本意的“体物”并非如此狭义，而他的《文赋》原是要“文适多体”（陆云语）的，也并非是专从“诗”的一个角度来立论（所以陆云才有“便欲不清”的评语）的，那情况就都另当别论了。

刘勰曾说：

> 昔诗人什篇，为情而造文；辞人赋颂，为文而造情。……故为情者要约而写真，为文者淫丽而烦滥。而后之作者，采滥忽真，远弃风雅，近师辞赋，故体情之制日疏，逐文之篇愈盛。
>
> ——《文心雕龙·情采》

这虽然是以“情”“文”对言，但究竟是以“诗”“赋”并比，因此重“缘情”而轻“体物”的意思自然就包括在内。至于陆机，其本意是否和刘勰此文相同，我们还不敢确说。

要想讨论“缘情”和“体物”的关系，还得先从“情”和“物”的关系谈起。我们当然知道：“情”是“物”之所生，所形，所属，二者是统属关系，而非平列对待的两造，所以“缘情”的实质意义也就是一种“体物”；即使把“情”作为一项独立的范畴来看待，它也仍然只好算作“物”的一项罢了。不过这样说了之后，并不等于讲解了《文赋》，正如前例，我们此刻还不能说陆机已然具有这样的认识。

但是他在赋前《序》里的话，却很可玩味。他说：

> 每自属文，尤见其情（按此是“情形”“情隐”“情实”义，不是我们现在正讨论的“情”——引者），恒患意不称物，文不逮意。

“意”，居间；“文”，依赖并通过“意”而及于“物”。他只说“称物”，而不说“称情”。然则，在陆机，为文的目的就是要“称物”。因而这个“物”，也应该是包“情”而言了。

古人以为，作为作者的“人”，为本位，外有“物”，内有“情”，“物”来感“情”，“情”以应“物”，因而成“文”。刘勰说：“人禀七情，应物斯感；感物吟志（此‘志’实指‘情’），莫非自然。”（《明诗》）钟嵘说：“气之动物，物之感人，故摇荡性情，形诸舞咏。”（《诗品·序》）正都是说这个。这是就创作动机而说的一种“情”和“物”的关系。

陆机也说明了这层关系，他在《文赋》开头的那一段已然包括了它。这里无待烦引细论。

刘勰在《诠赋》篇里说：“原夫登高之旨，盖睹物兴情。情以物兴，故义必明雅；物以情睹，故词必巧丽。”则指出了不但因“物”以兴“情”的一层单方关系，还有以“情”去睹“物”的一层相互关系。“物以情睹（今本作‘观’）”，有双重意义：一，“物”必借“情”才能感受；二，“物”通过具有不同的“情”的人而“睹”为不同色彩的“物”。

这是另一层很重要的“情”“物”关系。

“情”被“物”感了之后，“情”就进而形成为一种“状态”，作者所写，就是此情。作者如何写“情”？要通过事物形象来体现，而不能只凭空里说些“我喜呀”“我悲呀”等等，所以这时“情”“物”已成为互相联系在一起的创作素材了。这是另一种“情”“物”关系。“情曈昽而弥鲜，物昭晰而互进”，所指疑即近此。

及至说到其所以“论作文之利害所由”就是为了如何更好地去

“称物”，这“称物”显然就是创作目的了。到这里，“情”被包纳为“物”之一目。

这又是一种“情”和“物”的关系。

综合起来看，陆机说“缘情”“体物”两句话时，其用意如果不止于说明诗与赋的大别，就也兼表“情”和“物”的联系，所以才有“虽区分之在兹”的转语。从上面的分析而考查，我们还很难证明陆机乃是以“体物”一词来专指“形似”的“描写”，所以也还不能就说他有重“情”而轻“物”的倾向。假如可以说他是“有意用‘体物’来帮助‘缘情’”，那岂不也可以说他是以“缘情”来“称物”？至少，从全文看，他本人并没有有意识地突出“缘情论”的用意。

至于说指出“当时五言诗的趋向”和“辞人之赋的特征”两点，细按似也不尽然。

如刘勰所说的：“江左（东晋）篇制，溺乎玄风。……宋初……庄老告退，而山水方滋，俪采百字之偶，争价一字之奇，情必极貌以写物，辞必穷力而追新，此近世之所竞也。”（《明诗》）庄老玄风，用朱先生自己的话来说，是所谓“人生义理”，是“钻入一种狭隘的‘言志’的觭角里”（《诗言志辨·作诗言志》篇），而“谢灵运……从山水的赏悟中歌咏自己的穷通出处——诗却以‘体物’著”（也是朱先生语，见同篇）。那么，这“趋向”岂不正是“缘情”的反面了吗？

同样，如有些文学史所指出：“复兴了辞赋的‘诗趣’的，乃是六朝的诸作家。这个复兴运动也当开始于建安时代。……汉人每喜夸诞的漫谈，其失也浅薄。六朝人却反了过来，专爱在伤感的情绪上着力，遂多‘哀感顽艳’‘情不自禁’之作。六朝赋与汉赋之别便在于此。”[1]那么，这岂不是“当时的”“辞人之赋的特征”，正非“体物”而恰是“缘情”了吗？

我想，这就说明了陆机这两句话的辩证关系，我们不可“死于句下”，将“区分之在兹”竟然看死，而忘了“亦禁邪而制放”的预先警告。

刘勰虽然也曾指出“（章表奏议要典雅，赋颂语诗要清丽，符檄书移要明断，史论序注要核要……，各有准的）虽复契会相参，节文互杂，譬五色之锦，各以本采为地矣”（《定势》），可是他也仍然不得不承认，《古诗十九首》是好在“婉转附物，怊怅切情”两个方面；不得不承认，《离骚》是好在“叙情怨则郁伊而易感，述离居则怆怏而难怀；论山水则循声而得貌，言节候则披文而见时”（《辩骚》）。这四句话的例证也正是表明了“缘情”部分和“体物”部分的分合情况。

所以，我认为，朱自清先生说的“从陆氏起，‘体物’和‘缘情’渐渐在诗里通力合作……”这句话，才真是卓识通论。

至于陆氏的“缘情说”被特别强调起来，发生了很大的影响，当然也是事实，不过那实际上是较晚的事情，另有其客观背景与条件了。

---

[1] 郑振铎：《中国文学史》。

四

上面所说，归结到一点，就是要廓清历来文学家、文评家、研究者们对《文赋》，特别是“缘情绮靡”说的一些相当荒唐、谬误的歪解，进而探讨陆机本人的原意，看清楚他到底在讲些什么。

陆机的《文赋》，本是文适多体的一篇广义的文论，并不是一篇狭义的诗论。而陆机作为一位作家，却是一位诗人，并不是一位散文家；加以他的“缘情绮靡”说是自铸伟词，提法极其鲜明新颖，使人首先注目，这就常常使读者发生一种错觉，以为他是重诗而轻文，重“缘情”而轻“体物”。其实，并不是这样的。

但是弄清了这一点之后，如此说明了之后，并不意味着他的“缘情”说的重要性便相对地减低了。完全不是如此。恰恰相反，“缘情”说的提出，仍然是他这篇赋里的最重要的、最有价值的意义之一。

因为从这里说起，值得我们思索、探讨的东西就太多了。

例如，“绮靡”和“浏亮”两种不同的风格，就关涉到我国文学史上的许多问题：唐诗和宋诗的区别消长的问题，宋词婉约派和豪放派的异同的问题，文学上的秀美和壮丽两种美的问题，作家的高明和沉潜的性格的问题，创作手法上的比兴和赋咏的分合的问题，等等，恐怕认真研究起来，就都须从陆机的提法里面去参互印证一下，那研究才能更为全面。

例如，“赋者，古诗之流也”，从附庸到蔚为大国以后的发展、兴衰问题，我们这个诗的国度里独独缺乏史诗、叙事诗，而抒情诗成为诗、词、散曲的实际本质的特殊现象的问题，若讨论起来，恐怕也不能离开陆机的“缘情绮靡”说的头绪。

这些重大问题，已经远远超出本文的范围，非本文力所能及了。这里只想试行指出这些线索，供研究者参考。

（《文史哲》1963年第2期）

潘四农论诗之一节

清山阳潘四农，名德舆，字彦辅，著《养一斋诗话》，颇有卓见。南宋宗室赵孟頫（字子昂），国亡降元，书画极享盛名，而人品实不足重。其应对元世祖诗句有云："往事已非那可说，且将忠赤报皇元。"四农论曰："哀哉若人，乃至于此！"八字意尽，不必更加贬语矣。

赵又有岳王墓诗，有一联云："南渡君臣轻社稷，中原父老望旌旗。"四农论曰："南渡之君，子昂何人？而忍下此笔也！诗虽工，亦不足述矣。"其意若曰：此十四字，原胜前例两句之毫无品格；然若出自他人之口，自为佳作；今以赵而云云，终见其凉薄，沉痛之音因以大减。

然观赵于对元世祖时，并此意亦不敢流露，其咏岳王墓，意中指斥者，已为元灭之金人也。故其对金对元，岂诗才遽不相侔，实情势有别耳。然而欲定人品，正须于此等分际认取。

四农又罗举后人题子昂书画诸诗句，尤有趣。如虞胜伯题其《苕溪图》云："吴兴公子玉堂仙，写出苕溪似辋川。回首青山红树下，那无十亩种瓜田？"讽其东陵种瓜讵不可以为活也。

又沈启南题其画马云："隅目晶莹耳竹披，江南流落乘黄姿。千金千里无人识，笑看蕃人买去骑！"嗤其为元人作奴也。

又史明古题其画兰云："国香零落佩纕空，芳草青青合故宫。谁道有人和泪写，托根无地怨东风！"此隐以郑所南于国亡后画兰不画土之事以相映对也。

又举方良右题其画竹云："中原日暮龙旗远，南国春深水殿寒。留得一枝烟雨里，又随人去报平安。"又举僧某题其所书《归去来辞》……

四农最赏虞、史二作，谓馀者隽而伤于刻，而以沈诗为最劣，指为"尤欠老成，不类名宿语"。盖四农素主敦厚之旨，认为讽刺亦须蕴藉也。

（1965年6月13日香港《大公报》）

我并没有从自己一知半解的水平来妄欲充作解人，为这一则公案做出判断的念头，因为实在没有这种资格。我只是想看看争真辩伪的双方不同见解的论证，彼此高下强弱如何。从何说起呢？

由楝亭诗谈到雪芹诗

最近，上海古籍出版社影印了《楝亭集》，这真是十分可喜的事。这部诗（包括词、文）集，极为难得，不禁回忆起三十几年前我为了了解雪芹家世而苦求此集时所费的那番手脚；今天的学人只需两元多一点的代价，就容容易易地拿到一部精美完好的“下真迹一等”的本子，可以恣意翻研，这是何等的乐事，何等的幸福。——不知当日之难，也许还会“等闲”视之。

打开集子，“如逢故人”，喜幸之馀，也引起我无限感慨。随手一翻，是别集卷一，《水仙》七绝：

> 夕窗明莹不容尘，白石寒泉供此身；
> 一派青阳消未得，夜香深护读书人。

读到这末一句，会很自然地联想到，雪芹写宝玉题对额时，有过“好云香护采芹人”的句子，这分明是从他令祖的诗语“夺胎”“蜕变”而来，痕迹宛然。

再往下翻，别集卷二有《长安中秋四首》，其第一首云：

夜入丰隆树，波摇太液香。
人烟九点净，仙桂一轮黄。
酒浴红鹦鹉，风移金凤凰。
百年今夜醉，玉漏正初长。

也是读到末一句，又会联想到，雪芹让宝玉“应制”题诗时，有过“莫摇清碎影，好梦昼初长”的结句，而“昼初长”，一本适作“正初长”。

同题第三首则写道：

月华寂如水，绿气运鸿濛。
万户砧初动，三边火不红。
银河波自浅，乌雀影沉空。
浩荡人间思（去声），无端回首中。

这和楝亭在另一处写下的“茫茫鸿濛开，排荡万古愁”来合看，就又给雪芹所写的“开辟鸿濛”的健句奇语找到了最好的“出处”，或者“注脚”（万古愁，即“万古情”，愁即情，此义另有论证。故雪芹言“谁为情种”）。

这仅仅是卷一卷二的数页之间；看过全集，这种例子当然还有，暂不多举。我想，有一点已足够明确：雪芹的诗，是受过他祖父遗诗的影响的，有迹可循，并非凭空臆测。

清代官书，品评楝亭诗，说是“出入白居易、苏轼之间”。我曾说过，这真是四库馆臣之陋见与谬论。只要认真读过楝亭全集而又熟悉唐宋诗格的，总不会同意这种眼光。曹寅二十二岁（按现在算法，实岁为二十一）初编其诗成集时，明遗民诗家、剧曲家顾景星为之作序，说：“今始弱冠，而其诗清深老成，锋颖芒角，……可不谓奇哉。”“以绝人之姿，加典学之力，及其成就，岂有量际哉。”十年之后，另一明遗民杜岕（也是大名流诗家），又为寅诗作序，说他于才、学、识之外，另有“奇怀道韵”，有“君子之心”——“魁垒郁勃于胸中，此‘精微烂金石’，视陈思（曹植）何异哉”。

顾、杜二家评论，为时甚早，说得也比较“抽象”，有点不易捉摸抓拿。再多求一点“旁证”。大文家毛际可又序之曰：

> 言者心之声也，诗之为言，则尤出于心之自然，而不可以模拟依傍者也。荔轩先生……故发之为言，苍然以朴，澹然以隽，悠然以远，无论逐逐于历下、竟陵（指明季以来诗坛习气），不屑闯其藩篱，即以眉山、剑南争位置者，自先生视之，不啻如避秦人不知有汉，无论魏晋焉。……而人犹欲以模拟依傍相求焉，得乎？遂太息而弁言其端。

这几乎是对“出入白居易、苏轼之间”的馆臣随见的针锋相对的预先驳斥。大名鼎鼎的朱彝尊，也作了序，看他又是怎么说的——

> 杜子美言诗“语不惊人死不休”；韩退之言诗“横空盘硬语，妥帖力排奡”；而白傅期于“老妪都解”；张子厚云“致心平易始知诗”；陆务观云“诗到无人爱处工”。——群贤之论，若枘凿之不相入者；然其义两是，亦就体制分殊尔。今之诗家，空疏浅薄，皆由严仪卿“诗有别才非关学”一语启之。天下岂有舍学言诗之理？楝亭先生吟稿：无一字无熔铸，无一语不矜奇，盖欲抉破藩篱，直窥古人窔奥，当其称意，不顾时人之大怪也。……

朱氏颇肯讲话，我加上了“着重点”的那十二个字，确实道着了楝亭诗格的“要害”（特点、特色）。同时让我们知道，这样作诗，被“空疏浅薄”的时流见了，是大惊小怪，摇头叹气，评为“要不得”的，——而楝亭并不把这些“舆论”放在心上。再一家，文名极高的姜宸英，也有题跋评论，他说的是：

> 诗自明初至今，几于四变：洪武四家尚矣；空同历下，其失也浮；竟陵矫之，其失也细。今则家称韩白，变而南宋，其失也粗，甚而为俗矣。楝亭诸咏，五言今古体，出入开宝之间，尤以少陵为滥觞，故密咏恬吟，旨趋愈出；七言两体，胚胎诸家，而时阑入于宋调，取其雄快，芟其繁芜，境界截然，不失我法。此

> 是其工力到家。然非其天分过人，气格高妙，亦不能驱策古人为我之用也。叹赏之馀，谨跋其后。

可以看出，姜宸英由于见得最分明，所以说得最真切。在他眼里，楝亭作诗，长处是不蹈时流的浮（浅）细（纤）粗（野）俗（庸）之习，而能具有一种气格高妙、旨趣深远的特色，博习诸家，融合唐宋，取长舍短，自创境界与风格。

作序题词，固不能尽免于游扬奖饰，但以上诸家，都是一代作手，对诗文之道皆非浅尝之辈，他们这些议论，并非只是泛泛之言、一点也不说明问题的。读楝亭全帙，其熔铸、矜奇的字法句法，高爽超俊的气度格调，都给人以深刻印象、强烈感受。时代是三百年前了，而今天读来，很少令人感到有陈腐、俗滥、恶浊、鄙陋的气味，单是这一点，也足以自树了。

有一点很引人注目：毛际可说楝亭诗是“无论逐逐于历下、竟陵，不屑闯其藩篱”，朱彝尊则说是“盖欲抉破藩篱”。两家对“藩篱”的相反相成的用法，使人不禁联想到敦诚在题品雪芹诗时说过的两句重要的话：

> 爱君诗笔有奇气，直追昌谷破篱樊。

上面说过，雪芹诗无疑是接受了他祖父的影响的，前人既然点出了楝亭的“奇怀”与“矜奇”，而敦氏也说明雪芹之特别值得爱重的是笔下的“奇气”，这奇来自何处？就是不屑逐逐于时流陋习，而胆敢突破其篱藩（牢笼范围，束缚局限）之故！

至于“昌谷”，楝亭集中也不是无迹可寻，翻开诗钞，如《梦春曲》，再翻开别集，如《吊亡》，都有明显的昌谷格调痕迹。不过楝亭后来不曾专走这种“窄”路，而雪芹则可能更加多所沾溉。当然，敦诚一再说雪芹是“诗追李昌谷”，这话到底应如何理解？还是问题。换言之，我以为那未必是说雪芹就是单从表面现象（辞藻、句格）方面上去模仿李贺，不过是指绝去恒蹊，迥不犹人，意格全新的意思罢了。新与奇，是一事之两面，有密切关系，所以当敦诚在《鹪鹩庵杂记》中引了雪芹题《琵琶行传奇》的两句诗之后，下评语说道：

亦新奇可诵。曹平生为诗，大类如此。竟坎坷以终。余挽诗有“牛鬼遗文悲李贺，鹿车荷锸葬刘伶”句，亦驴鸣吊之意也。

敦诚这段话，对探讨雪芹的诗格来说，异常之重要，“驴鸣吊”一语，说明了敦诚这两句也是有意仿效雪芹的。（当然，他自以为是学雪芹，学得像不像则是另一问题。我觉得从敦诚的笔路来看，恐怕是学不太像。）

“牛鬼遗文悲李贺”，用的是杜牧《李长吉歌诗叙》中语，今引录一段于下：

云烟绵联，不足为其态也；水之迢迢，不足为其情也；春之盎盎，不足为其和也；秋之明洁，不足为其格也；风樯阵马，不足为其勇也；瓦棺篆鼎，不足为其古也；时花美女，不足为其色

也；荒国陊殿，梗莽丘垄，不足为其怨恨悲愁也；鲸呿鳌掷，牛鬼蛇神，不足为其虚荒诞幻也。

杜郎俊赏，一连串设了九项譬喻，以状贺诗的九个“方面”，这最后一个，也许是李贺给人印象最深的一“方面”，就是他的“虚荒诞幻”。《北梦琐言》称贺为“逸才奇险”。他们说的大概都是一回事，即敦诚指出的“新奇”。

我好像绕了一个不太小的弯子，才总算说明了雪芹的诗，其特色“应该”是什么风格。绕弯子并非是我喜欢这样，或为了把“文章”拉长些。不这样，我想不出怎么才能说清楚这个问题。

至此，读者或许会质问，雪芹的诗，就只剩了“白傅诗灵应喜甚，定教蛮素鬼排场”十四个字了，你这样绕弯子大讲其新奇诞幻的诗风，岂非“撮摩虚空”，这毕竟有何意义？

不然的。意义还是有，关系也许还很不小。

意义之一是可以帮助我们理解曹雪芹这个伟大作家的为人，以至他的小说《红楼梦》；意义之二是可以留待将来万一发现雪芹佚诗时作为参考；意义之三是可以持此以审断已经出现的所谓雪芹诗的真伪。

说到这里，让我讲一件有趣的事情。

一九六八年秋，我被开了“斗争大会”，关进“牛棚”，准备打成“反革命”。一九六九年，蒙释出，中秋节离京下湖北干校；一九七〇年八月末，敬爱的周总理发特调令让我回京。本单位不知如何“处置”我，把我摆在高层楼上四无居邻的一间办公室里，但无公可办，每日清早就要参加“天天读”。因为“读”的总是那几条语录，日久不免“思想开小差”。有一天，“小差”开到曹雪芹身上，想到他作为诗人为敦氏弟兄如彼其爱重，而今天竟然连他一首诗也无法读到……忽然发了奇想：现存者还有十四字两句在，我何不自己试试，看能否把它“补”成“全”篇？补到什么地步？

话要简断，我就真的试起来。

我先后补成了三篇。今附录在此，以供一粲。

（一）

唾壶崩剥慨当慷，荻月枫江满画堂。
红粉真堪传栩栩，渌尊那靳感茫茫。
西轩鼓板心犹壮，北浦琵琶韵未荒。
白傅诗灵应喜甚，定教蛮素鬼排场。[1]

（二）

雪旌冉冉肃英王，敢拟通家缀末行？
雁塞鸣弓金挽臂，虎门传札玉缄珰。
灯船遗曲怜商女，暮雨微词托楚襄。

---

[1] 三首中，以此首为最弱，因为内容最空泛。其中“荻月枫江”，也曾写作“月荻江枫”，见者或取此，或取彼，意见竟亦不一。“北浦”，全无出处，纯属杜撰，原拟用“湓浦”，后为“对仗之工”改作“北浦”，最可发笑。“靳”字本想用“禁”，因平仄不合，便硬改为“靳”，全是生造而成。

白傅诗灵应喜甚，定教蛮素鬼排场。[1]

（三）

相濡绝忆辙中鲂，每接西园满座香。

岐宅风流柯竹细，善才家数凤槽良。

断无烟粉卑词格，渐有衫袍动泪行。

白傅诗灵应喜甚，定教蛮素鬼排场。[2]

我从十五岁就“弄柔翰”，学作诗词，了无师承，东涂西抹，历时虽已将近五十年，诗依然作不好，格调苦不甚高。拿这样“水平”的庸常之句，来冒充雪芹“原作”，行吗？

其所以不行，最主要的有三点：

一是写来写去，毕竟连一丝毫的“牛鬼”味也没有，这是因为，我和雪芹是相距太远了，他的才学条件，我一点也不具备。人的性格、情思也没法一样，我怎么“努力”也写不出一句“虚荒诞幻”“新奇”“奇险”的“诗追李昌谷”的诗来。

二是任凭我怎样“驰骋”我的可怜的“想象力”，“挖空心思”，

[1] 此首惩第一首之空泛，欲稍“充实”“贴切”，故用“雪旌”，指正白旗，“英王”指敦氏之祖阿济格，以摹叙曹家与敦家久远的关系，“雁塞”指曹家上世随阿济格入山西平姜瓖之叛（曹振彦由此做了山西地方官）。“虎门”指一度西城宗学相聚、后又离散之事。腹联初作“江干遗曲……，峡上微词……”，后改“灯船”“暮雨”。

[2] 西园，敦氏家园，见《月山诗集》。“岐宅”，用杜句“岐王宅里寻常见”。“柯竹”，指笛。“善才”，本唐时名琵琶师专名，后成泛称。“凤槽”，指女用琵琶（槽即琵琶身之背部，整木所挖成，中空如槽也，如“檀槽”，谓檀木作槽之佳琵琶）。此首欲揣拟雪芹写敦氏家世有所感。

我也揣摩不出雪芹为了那个题目，应是写出何等奇句。

三是敦诚在为此传奇“题者数十家”中举了雪芹之名，而偏偏不引全篇，却只举末二句，何也？足以说明不是因为其馀六句不好，而是那六句中“有碍语”，雪芹一定又借此大发惊人之论，敦诚不敢引耳。我补的那种诗，实在都是“老生之常谈”，真可说是老而又老，常而又常，何曾有半点稀奇之处？

因提此事，不觉占去篇幅，虽稍轶出题外，但从一个“反面”来衬托，借以说明雪芹诗的真相问题，也还不失为一种办法，故缀附于此。

最后，让我在此表一表多年来梦寐渴想的一个痴心奢望：不知哪一天，忽然听到发现了雪芹真诗的大喜讯！

【附记】

此三首，只曾将第一首录示友人，坚嘱勿外传；后他告我说无意中为其友辈所见，为此特致歉意；此诗缘是传抄至于南方，亦从无正式引用者（只见一册内部书小注中曾一提及，亦表示未明真伪）。在我本人，应郑重说明三点：（一）我原是自作自怡，游戏之笔，并非“伪造史料”。（二）此诗过去我从未作为“正面”的东西正式公开发表过。（三）我从未与任何人说过此诗是“真”，凡有来询此诗来历及真伪问题的，我都确答是“现代人拟作”，“切勿相信”。只有一个经过我应作自我批评，即七二年秋为《文物》撰稿时，把此诗与据传的一首“雪芹自题画石诗”合并提到过，还是作为“附录”，并又在语气上表明了存疑。当时何以如此？是因为我根本不相信那样的“画石诗”会是真芹作，意谓：如果这种诗会是雪芹手笔，那么我自拟的七律也可冒充得过了，我并列于此，让读者做个比较；将来水落石出，我再声明事实真相。但到修改定稿时，自己觉得这样做太不严肃，就把那段“附录”整个删掉了，未曾发表，只有《文物》编辑部见过。《新证》重订本，已说明出于拟补。至于我一度因某种复杂关系，当时不便将实情告知友辈（只说“现代人补作的”），另有苦衷，今在此向他们道我歉意。

朋友们当中不待我说知真相而早就看出它并非真芹作的，也大有人在，杨霁云、周振甫、冯其庸、宋谋玚等诸位同志，就是如此。

还有一层，也更有趣，索性在此一讲：“三六桥本”《石头记》为一百一十回。早年为日本人所见，我初闻此事时，作过两首《风入松》小词，题咏这段版本故事，笔下涉及雪芹诗文散佚之恨，曾云“遗诗零落谁能补，似曾题，月荻江枫”。“谁能补”，本是说谁也补不成，补不好——而我却斗胆妄为；“月荻江枫”之句，不知毕竟略得其意致否？这原不过是文人习气，笔端狡狯罢了，一个“似”字，实在也把事实“交代”过了，这哪里又有什么含混不清之可言呢。

（《内蒙古大学学报》〔哲社版〕1979年1、2期合刊）

【补记】

本文发表于《内蒙古大学学报》。海外友人都看出这是拟作，并且也步韵同作，不止一首，成为一件很有“别趣”的红坛异闻。我曾对友人说，“现传的许多所谓新发现曹雪芹及其好友敦敏等人的文字”史料，包括“诗句”，那水平太不像样了，作伪也得搪下眼去；我若想模制伪资料，是比那些要更“像真”一些的！为这种“大言”做证的是，至今有人果然坚信我那第一首诗是“雪芹的真原作”。但，真就是真，假就是假，这是乱不了的。有人看错了，脸上似乎下不来，种种胡缠，不过徒贻口实，我是不想奚落人的，忠厚之道可以使之停止“闹左性”。

定庵诗境证红楼

西子湖边，钱塘江畔，地灵人杰，时出异才。诗人龚定庵自珍，至今仍为无数读者倾倒。光焰不没，膏馥犹能沾溉后来，亦湖山灵秀之所钟毓欤。

定庵诗，奇芬逸想，应接者如在山阴道上行；我以为，奇芬匪罕，逸想最难。何谓逸想？以今语表之，即“闪烁着思想的光芒”是。所以我常说大诗人必然同时是一位大思想家。非不爱其文辞，特文辞之“背后”，有思想在耳。

曹雪芹，即是一例。

一提曹、龚，就又不免想起一个问题：像定庵这样的“才子诗人”，他读没读过“才子诗人”雪芹的小说《红楼梦》？若说未曾读过，情理难通。若说读过，证据安在？

“拿证据来！”——是考证家争论文章撰者的“拿”手的一招，

而且那证据几乎是指像“证件”一样才行。但龚定庵显然不会准备下一张条子，上面书明：某年月日龚某确曾读过《红楼梦》，下面并有“签章”。现在我要硬说他读过，必然又有“证据不足”之讥了。

不过，请你读读定庵的这首《世上光阴好》吧——

世上光阴好，无如绣阁中：
静原生智慧，愁亦破鸿濛。
万绪含淳待，三生设想工。
高情尘不滓，小影泪能红。
玉茁心苗嫩，珠穿耳性聪。
芳香笺艺谱，曲盏数窗棂。
远树当山看，行云入抱空。
枕停如愿月，扇避不情风。
昼漏长千刻，宵缸梦几通。
德容师窈窕，字体记玲珑。
朱户春晖别，蓬门淑晷同。
百年辛苦始，何用嫁英雄？

试看这首五言排律，这个主题和这种内容，在古今诗集中，堪称独绝。它从何处得想？来自《红楼》，深受雪芹影响者也。

人世之间哪里的“光阴”最好？定庵拟之曰：少女的绣房中实为第一。这所谓光阴，核其实际，即谓心境者是。古今文学，谁最善体此境？舍雪芹之外，实无第二人。不见《红楼梦》写到太虚幻境的对联

“幽微灵秀地，无可奈何天”时，脂砚即批云：

女儿之心，女儿之境。

取此八个字，以题定庵此诗，确切不移之论，无论雪芹、脂砚、定庵，都会“相视微笑”的。

定庵此诗，揣摩女儿心境，可谓入微。他不读《红楼》，如何体会至此？静生智慧，愁破鸿濛，——“开辟鸿濛，谁为情种”，是雪芹的曲子；“排荡万古愁，茫茫鸿濛开”，是曹寅的诗句。这种联想，痕迹宛然。“三生设想工”“小影泪能红”，都可于《红楼》寻见根苗。雪芹一写绛珠仙草，脂砚就批注说：所谓“三生石上旧精魂”是也。又说绛隐红字，细思绛珠岂非血泪乎？——其实，说这通篇都是摹写红楼少女的，也极恰切之致。

“拿证据来”——已经“拿”出如上。

雪芹写女儿，已泯“等级”——这是他的反封建思想的第一个标志。定庵则诗云“朱户春晖别，蓬门淑晷同”，正同雪芹之意。我想，朱门蓬户，本是晋人的典故，定庵借用，暗中以“朱户”代“红楼”，不仅是为谐音律，也是笔端狡狯，不欲人知其瓣香雪芹耳。

其结句“百年辛苦始，何用嫁英雄”，最堪注目。窃以为，定庵此处并非贬低“英雄美人”而抬高“佳人才子”之意。他是说，女儿绣阁光阴，止有此限，一嫁随人，便是辛苦之开端，绣阁光阴永难再返矣。故“英雄”者，泛指“男性”也，且莫呆看了，要紧。必如此，方合诗人定庵之意——亦方合雪芹之意。盖雪芹之主张，女儿清净，最好永留绣阁，一嫁男子，便成污浊。试看第五回书中写幻境诸仙女埋怨警幻引来“臭男人”以“污染这清净女儿之境”时，脂砚之批即云：

> 奇笔摅奇文。作书者视女儿珍贵之至，不知今时女儿可知？余为作者痴心一哭，——又为近之自弃自败之女儿一恨！

此为女性批者的心思语言最为明显，细心读者当能领会。如此批语，我把它也引来以解定庵此诗，也是贴切无比。这些耀发光芒的思想，芹、脂、定庵，为何能如此一致？可不令人作深长思乎？

看他定庵闲闲写来，曲尽少女的精微灵妙的心灵之美。一个“淳”字，写她们的天真无邪；一个“高”字，写她们的了无尘俗。她们那还是封建时代，不能跨出闺门的，“曲盝数窗棂”，写尽了她们的深居寂寞；“远树当山看”，又写尽了她们的富于理想。“枕停如愿月，扇避不情风”，则体贴到她们的希望、思念、憧憬……而且处境是孤独凄清，不无忧谗畏祸之苦衷的。德容、字体，则又写明她们的文化水平，品质素养。——这一切，是那样的诚挚和同情，绝无丝毫在别人笔下常见的那种轻佻儇薄的气味。这种对待女性的态度，也正是雪芹的态度。诗笔细致，而不纤巧。排律，排律——最易落于“排比”、骈丽的形式中而不能灵活飞动起来；定庵此诗却笔如盘珠，流转随心，略无滞相，信为高手。即如“芳香笺艺谱，曲盝数窗棂”一联，可为最好的例证，属对至此，方无劣笔的那种“匠气”。曲盝，唐宋人口语，现今也还有这种说法，一般写作“曲录”。曲录的窗棂，就是琐窗——能工巧匠制成的钩连盘折的棂柱图案。可以看出定庵善于运用日常俗语入于诗句的风致。

一首不太长的排律，竟然复“生”字，复“情”字，复“不”字，复“如”字，可谓疏而不暇计其末节，正见定庵落笔得意时，不作“试帖”也。

此诗“文本”，我据定庵弟子归安陈凤孙手写本移录。此本有宝贵的异文，可以订正历来的铅印诸本。册后附有陈氏自作诗《嫩想集》一卷，有印曰“阿凤小诗”，中有《送龚先生自珍》一篇云：

闻道龚祠部，将为汗漫游。
才难容一代，名倘足千秋。
老骥才堪伏，闲云不可留。
青衫看酒晕，我亦忆杭州。

颔联十字，异才难为一代所容，文名长起千秋之慕，此咏定庵，更可以移题雪芹。纵笔至此，不禁惘然。

壬戌上元试灯日写于京城

《文心雕龙·隐秀》篇旧疑新议

我国文学艺术史上时常出现一些异事。《兰亭序》真迹是书法艺术上的无价神品，可是贞观殉葬以后，据说曾被发掘，而杳然不可踪迹了。《石头记》全稿是小说文学上的巨宝奇珍，可是八十回后的原本的命运，无能言之者矣。这都是每一话及，辄令人为之同声浩叹、抱憾无涯的巨大损失。这也“罢了”，可是还不到此为止。《兰亭》明明是右军真笔，却出了一个李文田，他的意思是连文章带字体都是伪造的。《红楼梦》明明是雪芹作的，却被妄人硬装上了一个狗尾，却出了几位研者，他们说后四十回和前面的书文出于一人之手，自属名貂，原为“整体”。所以，天下的事，有的真不好说。《文心雕龙》在我国文学理论上，是一部奇丽超卓、无与伦比的伟著，连城之璧，足以比珍，可是偏偏其中一篇关系非小的《隐秀》，从元代以来，残缺不完，失其泰半。到明朝天启年间，钱允治（功甫）始从阮华山所藏宋本补得四百馀字，《隐秀》自此乃有了一个整幅全篇。明末清初，藏家学者，均无异词。至纪昀为《文心》一书作批时，首次提出疑问。从此，专家士子，又皆以纪说为然，深信传本《隐秀》后出之四百馀字，乃明人所伪造，非彦和原文也。中间黄侃氏并为纪说增一力证，盖宋人张戒《岁寒堂诗话》尝引《文心》，有“情在词外曰隐，状溢目前曰秀”二语，此十二字并不见于钱允治从阮本所补四百馀字中，可见宋时另有原本。文坛震耸，以为已发伪本之覆。黄氏不但不信后出之文，连自昔诸本悉具的《隐秀》篇开端及收尾两大段文字，亦不复取，索性自己另作了一篇很长的“新隐秀篇”。此篇颇为学人重视，并有注本问世。范文澜先生为《文心》作注，将四百馀字删去，恢复了残缺时的面貌。自此，一些本子皆循此法。如此一叙，虽极粗略，亦可见此一公案，也大可列入我开头说的“异事”一类中去了。

我初读彦和之书，心极赏慕之，惟那时年少，见事更浅。记得一见纪氏批语，便信补文为伪，除了衷怀嗟叹残佚不幸、怅憾难言之外，更不曾有些微“新意”或“别考”。数十年来就是这样的。目坏以后，更不能读书，那一点连“荒落”也谈不上的“学殖”都化而为零了。只是对于耳闻“文心学”日益繁荣的新局面满心高兴、无限向往而已。不料近来因一偶然机会，忽然得见几篇论文，这才知道《隐秀》的问题，当前又颇有几位专门家都在进行讨论，纷纷表示看法——我也不禁见猎心喜，虽然已无条件做出深切研究，还是想谈几句拙见。愚者之虑岂云即得，堕露之诚倘可添流；博雅通人，谅所不弃。

我并没有从自己一知半解的水平来妄欲充作解人，为这一则公案做出判断的念头，因为实在没有这种资格。我只是想看看争真辩伪的双方不同见解的论证，彼此高下强弱如何。从何说起呢？

最好先来考察一下那条后出而被人认为最强有力的反证，即黄侃氏举出的《岁寒堂诗话》那两句“逸文”。我翻了一下诸家的论著，都对此深信不疑，略无异议，就连主张明人补文非伪的同志，也是如此。只是在为“何以这两句却不见于补文之中”这个对方振振有词的难题努力设法地做出解释，而不以黄氏之说本身为有任何问题，它是否尚可讨究。

我想指出，黄氏此说，虽然大家靡然从风，众口一词，其实却是无有多大价值的。何以这样说？请陈愚见：

张戒在其《诗话》中，一共是有两次引及了彦和的《文心》，在卷上，有一处说：

> 刘勰云：“因情造文，不为文造情。”

今按《文心雕龙》卷七《情采第三十一》，原文有云：

> 昔诗人什篇，为情而造文；辞人赋颂，为文而造情。何以明其然？盖风雅之兴，志思蓄愤，而吟咏情性，以讽其上，此为情而造文也。诸子之徒，心非郁陶，苟驰夸饰，鬻声钓世，此为文而造情也。故为情者要约而写真，为文者淫丽而烦滥；而后之作者，采滥忽真，远弃风雅，近师辞赋，故体情之制日疏，逐文之篇愈盛……

请看，刘彦和在什么时候说过了“因情造文，不为文造情”这样的九个字的“原文”呢？那么，我就要问：既然张戒的引文的“习惯”（那当然更谈不到“体例”）是这个样子的，又是什么理由使黄氏等人一眼认定并一口咬定那“《隐秀》逸文”十二个大字就是“宋本《文心雕龙》原文”，并且如山铁案，不可动摇的呢！？

其实，略读古书的，都会发现，昔人“引”文，没有现代人的这种“征引概念”，连正式注疏在引书时都是大有裁剪，甚至“撮叙”。剪裁不止掐头去尾，而是删省词、字、句，甚至改造原句法。宋人刻书，为了省工，尤喜这么干法。（所以有人看了很晚的《世说》版本上的注——早被多次删省改造“简化”了的，就认为那是可据的，全本的《兰亭》不对了，倒是假的了！）何况，张戒那不是疏经注史，只是“谈”诗——所以才叫诗“话”，在这种著作中，作者并不是严格“征引”，甚至也不是真的去检出原书，翻得原文后照录，他只是凭记忆约略、信笔写出，取其大意，说明问题就是。所以明似“征引”，实乃撮叙复述。此等不一而足。如果有谁执定了张戒的“因情造文，不为文造情”九个字才是彦和真原文，而说上引《文心》之本文却是后人妄改伪托的，那么几何不成为笑谈呢？然则，为什么黄侃一见张戒那十二个字，遂坚信不疑，而后之从黄说者也都那样视为“大发现”与“力证”呢？

张戒所谓的“情在词外曰隐，状溢目前曰秀”十二个字，不是彦和原文，也可以从《隐秀》始终未逸之文来审辨。盖彦和在文章开始，已经为隐为秀下了“界说”，即：“隐也者，文外之重旨者也。秀也者，篇中之独拔者也。”以后又说“夫隐之为体，义生文外”……（彼波起辞间，是谓之秀），那么，刘彦和还要在“原文”中另一处第三次地为隐秀“下定义”吗？我看彦和是不会如此行文的。即此一端，也能见出张戒的“引文”，并非原语。

张戒是凭记忆印象而自己另作的“撮叙法”。其所谓“情在词外”，其实就是指原文的“义生文外”的话，而记忆未真，颇有走失。这本是很明显易见的，因为如若不然，彦和如何会那般絮叨重复？至于所谓“状溢目前”，则字面现象上是传本《文心》此篇中所无的，可是已经补逸的文字中，则确乎有“远山烟霭”“娈女容华”的比喻，又说“挥之则有馀”，这不正就是“状溢目前”的意思吗？假令彦和原文实在只有“独拔”和“卓绝”是说“秀”的话，那么张戒这位宋人当然是留不下“状溢目前”的印象了。这一理路，对于认真虚心讨索真伪而不是从成见出发的学人来说，不是也应该有它存在而蒙受考虑的权利吗？

更有进者，张戒所以误记为“状溢目前”这类修辞的原因，也非全无线索可求。我觉得他是在执笔之际头脑里混入了《神思》篇的内容，因为——请看下面这些话：“眉睫之前，卷舒风云之色”“登山则情满于山，观海则意溢于海；我才之多少，将与风云而并驱矣”。须知“眉睫之前”正就是“目前”，“溢”字显然也是从其下文而联及（彦和喜用“溢”，如开篇即说“艳溢锱毫”）。特别是《神思》篇中又有了一段话，说：

> 视布于麻，虽云未费，杼轴献功，焕然乃珍。至于思表纤旨，文处曲致，言所不追，笔固知止。至精而后阐其妙，至变而后通其数……其微矣乎！

这些，又很容易地混联于“隐秀”中那“隐”的意念上去，那么在张戒的头脑中，两个“文外”被拉在一起，而“眉睫之前”一个“概念”也就在他笔下写成了“状溢目前”。这是完全可能的，也是合乎情理的。

要解决这个疑问，还应看到：张戒诗话中的那两句之不会是彦和原文，其根本问题还是在于这十二个字意思与《文心》原旨不相契合。例如彦和明言“隐”是“文外重旨”，是“义生文外”，是“复意为工”，这是说内容包孕富厚，具有深度，细加玩索，表面意义之外还有不止一层的含义；所谓“文外”者，其实正是“文内”，故此彦和比之为水含珠玉明是“内潜”，始以为“隐”。若“情在词外”，云云，则在此篇中即莫知所谓了！“心术之动远矣，文情之变深矣”，此处“文情”是不能拆开讲的。同样，“篇中之独拔”“卓绝为巧”的“秀”，如何又一下子只是成了“状溢目前”了呢？彦和为了帮助说明“秀”而做譬喻（如山浮烟霭、女靓容华之类）是可以的，但是他不会给“秀”做出一个“状溢目前”的概括语，因为这样就大大狭隘化了。这个问题，只要看看黄侃一方面执张戒之文为口实，一方面则又在自己“新补”篇中说：

> 且其为秀，亦不限于图貌山川，摹字物色。故“所遇无故物”，王莽以为佳言；“思君若流水”，宋帝拟其音调……故知叙事叙情，皆有秀语。岂必连篇累牍，不出月露之形，积案盈箱，唯是风云之状……然后为秀哉？

这可有趣了！请问破绽是出在明人抄补之文呢？还是出在宋人“征引”之语呢？

分析张戒两处引《文心》的实际，不难看出，他根本不曾是像专家们所认为的那样，严格地“征引”了什么“原文”。拿了这种例子来，无论从争论的一方想“反证”明人补逸之非真，还是从相反一方想用一切理由为它不见于补文而做解释，都不免有疏于考究之失。推其根本缘由，在于大家为黄侃氏所误。黄氏有学问声望，这种人讲了的话，便会像“符咒”一样将人“迷”住了，再也不去独自思索了。

出于同样道理，纪昀恰好也是一个名气特别大的人，大家都知道他有学问，“博极群书”，议论风发，故久享“权威”之望。但他有很多好见解的同时，也不断地发出一些谬论。我从早也很崇拜他，后来通过几个实例，渐渐地认识了他的话不都值得重视，要小心，免为所惑。

例如他说六朝时没有“陶彭泽”之称，只有“陶征士”之号。近来有学者引了鲍明远集中恰恰就有“陶彭泽”之称，纪氏的“权威诊断”便被戳破了[1]。他说“呕心吐胆”这种话像是从李商隐所作的《李贺小传》中“呕出心肝” 来的，又说“煅岁炼年”像是从欧阳修《六一诗话》中“岁煅季炼”而来的，等等。然而，这仅仅是他的“疑”，而不曾另有良证确据。这只是理路的一种。另一理路却还要想到：难道不可以“疑”成相反的可能：李商隐所写的那种怎见得就是“首创”而不是

[1] “彭泽”一称的问题，并不在六朝之时之有无此例，而在于所有举例中皆称表字（如叔夜、士衡……），不应于陶独称此官。此等处疑是后人缀补所填，不足为据。换言之，彦和原来未必真举了陶诗的例句。

承袭或变用更早的旧语呢？如果是，又安知它不是从彦和之语化生而来的呢？这么一对比，都无确据，都是设想，谁也说服不了谁，这是事情的难解，都该承认的。但是，为什么纪昀那么一疑，就成了补逸是伪的主要“论据”？这就不能“想当然”了。如果我在这里，发表“新见”，其词云：

> 昔梅圣俞谓，状难写之景如在目前，含不尽之意见于言外。而张戒《岁寒堂诗话》引刘勰所云“情在词外曰隐，状溢目前曰秀”者，盖北宋以后人仿梅意伪托，而张戒误信为彦和之文者也。

试问，这能不能“说服”人？如曰不能，道理又安在？刘彦和说了很多“镂心”（《情采》）、“隽思”（《才略》）、“疏瀹五藏（脏）”（《神思》）、“雕琢情性”（《原道》）的话，为什么纪氏不疑“词殊不类”？为什么一到“呕心”，便非说这是从李义山偷来的不可呢？有研者指出，“左思练都以一纪”（《神思》），不是也和“炼年”相近吗？为什么非说它是从欧阳修诗话偷来的不可呢？最近又有学者举出一些“词殊不类”的例子，都同时又有学者也举出了反证，说并无“不类”之可言……即此可见，这种“案”是不好断的，也就是说，用这种办法争辩补逸的真伪，结果仍只是各执一词，互不相下。我觉得，像纪氏的首先发难，颇为动人耳目，然其说理逻辑性并不充分坚强，还有深细考究的馀地。那么，对待“隐秀”问题就更宜审慎些，权威者的话未必句句真理。

“版本根据”之争，也与上述“词之类否”差不多，各有理由，又是“南山秋气”，两不服低。说有根据，引述诸家载记，历历有自，非由引者杜撰，其逸文之复出乃从阮氏宋本，后又叠经叙录，流传有绪。其所涉诸人又皆可考按，多为藏书名家，并无不三不四之辈。说无根据，认为这“宋本”前无来龙，后无去脉，再也寻不见它的踪影了，所以“可疑”。这些事，我们版本学门外汉是没有发言权的。我此刻只觉得，若论此事，也不能孤立简单地对待。今世所存“宋本”，做做统计，是否每部书都是前有来龙，后有去脉，著录分明，略未湮埋迷藏过的？有无忽得一宋本，未详何自，而自非赝鼎可比的？因为钱功甫第一次发现，是“得阮华山宋本”，宋本者，所应指自然是刊本，而非影写和抄写本——藏书著录家对此用语是不会太含糊的吧。抄本当可窜入明人伪托之文辞。若是刊本，是否有明仿宋版之书？或某书真有过全部基本宋版而个别篇页抽换或楔入伪品之例？此在专家，考论若能加详，说服自然较力，否则只执着于该书之“宋本”未详来去之迹即认为“可疑”，进而断其为伪，恐怕从论证方法上说，是稍嫌粗略孟浪的。

又如，有人说“今所见元本（按：指元代刊本），每半页（按：当作叶）十行，行二十字，其款式当出宋本，则所脱一页（叶），当为四百字；今明人抄补者乃为四百十一字，即此亦足以知其为伪撰矣”云云，这也是属于版本范围的一种见解，从字数不合就定了谳，并且已经不再是纪氏的仅仅“究属可疑”了。然而，在我这外行看来，据朱郁仪的跋语（朱跋记述的是“宋刻”，则分明不是抄本了）说：

《隐秀》中脱数百字，旁求不得……万历乙卯夏，海虞许子

洽于钱功甫万卷楼检得宋刻，适存此篇，喜而录之……子洽名重熙，博奥士也。原本尚缺十三字。世必有别本可续补者。

这就又有了出入馀地。断谳者的依据是差了“十一字”，比“四百字”的版涵量要“超溢”；而朱氏清楚记明了许自钱处得宋刻原本实缺“十三字”。那么，所谓缺十三字，不知是否都是“占了格子”的？如果缺文就是指文辞缺漏不具，那个所缺的“十三字”与所“溢”的“十一字”，岂不正说明问题？十一与十三之差只是两个格子的事情，则可否是空格或墨钉的“占位”？读读专家的议论，竟不得见其委曲。如果有可能是如所拟的情形，则“四百十一字”在那一版面上又是完全“容纳”得下的了。立即断言“即此亦足以知其为伪撰矣”，必另有说，但是专家对此要紧之处却喜欢“要言不烦”。若此之类，又何足为治学之道哉！

纪氏的另一个疑点是，“且《隐秀》三段，皆论诗而不论文，亦非此书之体”。这实在也不成为很坚强的论据。比如《比兴》篇，如何又去论传记？《声律》篇，怎么又去绳经史？《比兴》虽兼论诗赋，慨叹赋不及诗，实以诗为主眼。《声律》自然也可包括铭赞之类，但主要精神仍然是说诗篇的事。这不必强扭硬辩，应该承认。依此而言，“四百字”之内，又要立论，又要举大量经史子集之种种例，那非得“宋本”原“脱两版”才对了！纪氏的逻辑性都不严密，一先假定“匹妇”一语是偷自钟嵘的，对不对他不管了，紧跟着就又判决：刘勰“成书于齐代”，怎么会采及梁代钟某之语？你看，这也成为一条“证”吗？

最近的疑伪论证新提出的一条理由是：补文中的主张呕心煅岁的刻

意而求，与彦和“自然会妙”相违反，可见其伪。

我觉得，这样议论的同志们可能太执一端了。试看，彦和本篇的结束就是“两扇”并举的，一是“自然会妙”，有如“卉木发英华”；一是“润色取美”，好比“缯帛染朱紫”。对这两种隐秀，彦和并未轩轾，只说一个“浅而炜烨”，一个“深而繁鲜”，同是“照文苑”而“侈翰林”的。事实明明白白，天工人巧，常须凑泊，谁说彦和是主张一味“自然”的呢！？

其实，只要平心静气地读读补文，可以看出它是说，隐秀应为立意之士、工辞之人所刻苦以求之事，而此人工，可伴天巧。这正是彦和的理论主张的一贯性。试看篇末，他指出已有的作品是胜篇不满十分之一，而秀句更不过百分之二，这是如何地稀少不足，令人难以惬心满意！正因如此，有心为文之士，当识此理，在自然会妙之同时，尤应懂得润色取美，必如此，方可望隐秀之佳篇美句，超越前人。这就是彦和的意思。他说：“万虑一交！”万虑是先决条件，是创作过程，文学哪里有什么“纯任自然”之理？万虑才只得一交啊！此交固极可贵，若执定只需此“交”，即应斥彼“虑”，岂不谬乎？那又是什么样的“方法论”呢？

那么，怎能硬说补文是违逆了彦和而一定为伪的呢？

大家已经像常识一样地讲，《文心雕龙》一书，上半部是“文体”，下半部是“文术”。其中一篇，就叫《总术》，试听其言：

> 凡精虑造文，各竞新丽，多欲练辞，莫肯研术。
>
> 才之能通，必资晓术。

是以执术驭篇，似善弈之穷数；弃术任心，如博塞之邀遇。

彦和认为，任心为文，是博徒“盼利市”“碰手气”“靠点儿顺”的侥幸心理和“运气”思想。其结果是偶一获赢，终必尽败，弄到连“多少”都“并惑”了，尚安望其“妍蚩”之“能制”乎？所以他的主张是：必须像弈者，“术有恒术，按部整伍，以待情会”。

《总术》实在是“文术”的总结（其下《时序》《才略》《程器》《知音》等都属于“术”外的书末“后记”，附说旁论了），可见他从来不曾倡导“纯任自然”。就算是“自然会妙”吧，那也必须是精于文术的作家，做够了“按部整伍”的功夫之后，才能有“以待情会”的结果——这正是“万虑一交”！所以，在彦和看来，文学创作都是“精虑”而“造”，哪有真正不“虑”而成“文”的人和事呢？

明白了这一点，那么再看补文，就不应认为它与彦和的“创作思想”“文艺理论”有什么抵触难通。补文中所显示的层次是：（一）先比作烟霭、容华；（二）随即指出烟霭、容华是天然的，而文学并不只靠天然；（三）所以才要刻意于隐秀之方、研练之术；（四）这种“人巧”的文，也与“自然”同为至美，所以说“不让乎天工”“有同乎神匠”了。

在此，我们还应回顾彦和在刚一开卷就说的：

云霞雕色，有愈画工之妙；草木贲华，无待锦匠之奇。

而《隐秀》正谓：

譬诸裁云制霞，不让乎天工；斲卉刻葩，有同乎神匠矣。

这一点也不是什么“矛盾”“冲突”，正是相反相成，一事两说。彦和意谓：天然的美，像是人间的良工巧匠画出织成的那样绮丽，而人间的文，也正像天工神匠的创作品一般美妙了。我觉得，这正是常山之蛇，首尾相应，虽是互喻，却当然是以“人巧”的“文”为主来讲话的。连那“无识之物”，都“郁然生彩”，我们这“有心之器”，反能“无文”吗？这种语意，不烦多讲而自明，但是却仍然有人误会，以为彦和是反对“画工”“锦匠”者，只取一味“自然”，而因此之故《隐秀》补文乃为大相径庭云云。这就去事实太远了吧。

《总术》之前一篇，名曰《附会》，其中有两句：“扶阳而出条，顺阴而藏迹。”

此所说即一篇之中的文术上的隐秀——秀与隐兼之理（这与《宗经》中所说的六经文体有晦显之异，《体性》中所说的才调性情有奥畅之分，俱非一义，须辨[1]）。而《总术》中又特为提醒说：“辩者昭晰，而浅者亦露。”“奥者复隐，而诡者亦曲。”

这就是毫厘千里，求秀而流为浅露，务隐而失之诡曲，则似而非是，流弊滋生了。这都各与《隐秀》篇是相为响应，互为补充的。

---

[1]　《隐秀》篇所论的并不是“文各有体”“人各有性”的那种隐与秀的风格之分，而是专指一篇作品中既能隐，又能秀，隐中有秀，秀中有隐，即隐即秀，相辅相成之义。因此，秀也是“挥之有馀，揽之不足”的，此最要紧处，而论者或未尽晓，将二者机械地割裂看待之；这也影响了他们判断真伪时所树立的标准。

粗说如上，大意只是一点：凡已有判定明人抄补的《隐秀》缺文是伪无疑的，察其论证，都不真正坚强有力。事情毕竟如何，还要深入细密研求才好断案。

我这样想法并写出来的意思，无非是恐怕论事掉以轻心，有是非难分的可能，须当尽量避免为宜。但是我并不是即此认为抄补之文毫无问题了。这问题主要表现为缺字太多。这现象，一方面说明这一篇的存亡是经历了事故的——倒不一定是明人之所为，因为如系明人伪托，四百字基本造出了，何难于凑齐“十三字”？！凑齐了，管它好不好，总令人不致一目而见其缺、启其疑，这点道理难道作伪者还不懂得吗？另一方面，它给不学无识之流留下了钻空乱填的机会。填字太糟，却又给“怀疑派”提供了“词殊不类”的印象和借口。如果我们把一些关键的原空字照空起来，勿从新填的坏文字，则观感就会不同，而有使学人多作思索的意味了。试看：

——□手（乎）□音（竟被填成“纤手丽音”！）

——远山之□烟霭

——不足□穷

——若百□而色沮

——而俱适乎□□

这些“空字”处，今存的补文，都不高明，肯定是后来妄人为“求全”而以意填入的。这些坏字，当然增加了纪昀等人的“词殊不类”的感觉。这些缺字，说是“作伪”者“江郎才尽”，是“富于万言，贫于一字”，硬是凑不出，那只是笑谈罢了。那么，此篇何以缺脱文字如此之多？这是需要研索的。缺脱过多，就有了不都是彦和原文（即早经别人缀补过）的可能了。对这一点，不能不考虑到我们的研究判断的工作中来。因为，历史的事物常常是异常复杂，大大超过一般理路想象的。将所感觉到的疑点，统统归到一个“明人伪托”上去，实在是一个过于简单化的、容易造成是非颠倒的思想方法。

有无一个可能，就是此篇此版，在宋时就已因遭事损而久有残缺了。其中大部分应看作是彦和原文，但也有相当多的字是叠经后人揣摩补拟的。补字问题已略如上述。至于大部应是原文，如：“始正而末奇，内明而外润，使玩之者无穷，味之者不厌矣。”“然烟霭天成，不劳于妆点；容华格定，无待于裁镕。”“使酝藉者蓄隐而意愉，英锐者抱秀而心悦。”凡此之类，词气格调，都是彦和的本色擅场，若说明人造伪者而能补出这样的骈俪之体来，我是不相信的。试看黄侃的补篇，功力何尝不深，用意何尝不至，然而它终究仿得不像，不能充六朝齐梁人的手笔，这个道理是耐人寻味的。

《隐秀》一篇，在《文心》全书中虽只是五十分之一，占量不大，在我国文艺理论史上的关系却不是微小。对它，已有了很多学者做出了研究成绩，但是还不能算足够了，应该继续努力，求得一步一步地接近真理。

一九八二年七月六日写讫

（《河北大学学报》〔哲社版〕1983年第2期）

“赢得青楼薄幸名”正解

古代作家，其某些作品之所以出名，各有原因，并不尽同。有的是内容方面有进步的思想，有人民性，较正确地反映了当时社会现实和群众的爱憎与理想，艺术成就又高，因此万口流传，千古不朽。有的则是艺术性很强，至其内容思想、感情趣味虽未必高明，却为某一种人（例如封建文人中的某一类型）所欣赏爱好，不断地称道、引用，于是也获得了声誉和“势力”。

属于前者一类的固然很多；属于后者一类的也不算少，这一类的“浮名”甚嚣尘上，有时表面上反而会比前一类还要“藉甚”。正因如此，我们今天对古代作品才更需要善于识别好歹，采摘精华，扬弃糟粕，以我们人民自己的尺度重新去衡量它们，既不震于“浮名”，也不昧于真质。正确的衡量尺度，佐以认真、深入的研究，虚心地参考前人的意见而不为其所欺。这样，自然我们的认识日益全面，评论也会愈见允当了。

"浮名"二字在此是借用，作"名浮于实"解；具有"浮名"的作品，当然不就是该作家的最主要、最重要、最好的作品（如果这个作家有这样作品的话）。但是"浮名"作品曾经脍炙一时，有相当的声势，对该作家说来有时却具有一定的"代表性"。因此为了全面研究这个作家，也不能无视于这类作品或一笔予以抹杀，——那样也有可能上了前人的当。因为，前人的识见和尺度不对头时，使坏作品享有了浮名，只是一种情况，而且或许还不难识别；而另外还有一神情况，我们或者更容易掉以轻心而忽略了它，因而也会上当，那就是：前人有时理解和着眼点不对头，把应该阐发、肯定的部分忽视了，而只对不值得称美的部分大加叹赏甚至崇拜。在这样的情形下，如果我们看到了问题的一半，只将错误的叹赏崇拜予以矫正，而忘记了有必要进一步重新研究作品本身是否还有其他意义和价值，其结果则仍然是半得之半失之。因为那实际在某一意义上也还是未能超越前人意见的限制范围，或者说上了"浮名"的当。只不过情况有所不同罢了。

下面试举杜牧的一首诗为例：

落魄江湖载酒行，楚腰肠断掌中轻。
十年一觉扬州梦，赢得青楼薄幸名！
（肠断，一作纤细；赢，一作占。）

——《遣怀》

杜牧享盛名的诗很多，这篇绝句，在"盛名"中虽不数一，也要数二，提起杜樊川的名字，总会联想起这篇“青楼”“名句”来的。过去有一部小说，写旧社会的罪恶制度之一——娼妓的，命名就叫《青楼梦》，这不足为异；所足为异的，例如南宋时候建炎、绍兴、隆兴年间扬州三次遭到金人南侵铁骑的蹂躏，焚劫极惨，而当世词人如赵希迈，作“竹西怀古”的《八声甘州》一调，痛愤于“几伤心、桥东片月，趁夜潮，流恨入秦淮”的同时，却写道：

> 千古扬州梦，一觉庭槐。

再有如姜夔，路经扬州，在感伤“入其城则四顾萧条，寒水自碧；暮色渐起，戍角悲吟”“自胡马、窥江去后，废池乔木，犹厌言兵”的情景下，却也写道：

> 杜郎俊赏，算而今，重到须惊。纵豆蔻词工，青楼梦好，难赋深情！

这可见“扬州”和“杜郎”之间的联系是多么“强烈”，而“青楼”诗之于杜牧，其为具有我所谓的“代表性”，也就不算不鲜明了。

唯其如此，——过去的封建文人（特别是其中的某一类型）既把上引《遣怀》绝句视为名篇佳作，当然就意味着对那首诗所表现的“风华”“才调”“艳致”“情怀”是十分欣赏了；既把这位“风流公子”“千金醉少年”的冶游行径美之曰“俊赏”，不免竟有艳羡之意了。另一方面，有些“正人君子”“道学名儒”，却又目他“轻薄”“侧艳”。例如南宋服膺张南轩、取号“诚斋”的诗人杨万里，就说过“道是樊川轻薄煞”的话；虽然“道是”两字意在反跌下文，但终然是给他标签了“轻薄”之名。如果这不代表一部分人对杜牧的印象与考语，那么岂不是成了无的放矢、“这话从何说起”了吗？

欣赏、艳羡贵公子的风流儇佻，诚然无聊；讥之为“轻薄”的，那又无过是从封建道德的眼光和尺度去看事论事。这都是过去的事了，我们今天和这些都了无交涉。我们是以民主性、进步性、人民性去衡量古代作品的。

我们以新的尺度标准严格地去衡量去要求像杜牧《遣怀》那样的诗，初步结果可能非常失望：那种生活，那种情调，和劳动人民的距离是太远了，它除去表现了官僚地主阶级的荒淫享乐的腐朽堕落生活以外，还有什么可谈的呢？除了反映出这种生活所决定的消极颓废、空虚无聊的思想感情以外，还有什么内容值得研究的呢？

可是古典抒情小诗的情形很不单纯，它的表现手法很多样，它所包涵的真正内容和它表面字句意义之间的关系有时很曲折，其内涵意义的深度也各有差异，总之，不都是“据事直书”，简单径直的。李商隐写给杜牧的诗曾说：“刻意伤春复伤别，人间唯有杜司勋。”大家都已知道这并不是李商隐在夸奖杜牧的“多愁善感”，而是别有内容。这种例子多得很。所以有时“手挥五弦”而“目送飞鸿”，有时“香草”“美人”，皆成寄兴。理解这样的诗，只靠字训句诂、胶柱鼓瑟的办法有时是不行的。

还是以姜夔为例，他在“次韵稼轩”的《汉宫春》里写道：

云日归欤，纵垂天曳曳，终反衡庐。扬州十年一梦，俯仰差殊。秦碑越殿，悔旧游、作计全疏。分付与、高怀老尹，管弦丝竹宁无？知公爱山入剡，若南寻李白，问讯何如。年年雁飞波上，愁亦关予。临皋领客，向月边、携酒携鲈。今但借、秋风一榻，公歌我亦能书。

这是姜夔在嘉泰三年（一二〇三）步和辛弃疾“会稽秋风亭观雨”一韵的。他自己，谈不到什么“扬州十年”；而辛弃疾则是从绍熙五年（一一九四）被论放罢后，家居上饶、铅山，到本年起知绍兴府兼浙东安抚，前后正满十年之数，此时稼轩已六十四岁。难道姜白石是说稼轩是位“冶游老手”吗？这是谁也不能想象的。稼轩废退十年，此时又出而作帅浙东，建秋风亭于卧龙山畔，登临赏雨而赋词，中有“山河举目虽异，风景非殊。功成者去，觉团扇、便与人疏”，“故人书报，莫因循、误了莼鲈。谁念我、新凉灯火，一编太史公书”等话，可见稼轩十年重起，感于事不可为，宦情颇浅，而救国用世之夙心又复不能恝置，内心矛盾痛苦极大。白石次韵诸语，正是针对这一情况而和答的，“年年雁飞波上，愁亦关予”，说到两人所同感的家国大耻，救亡大事。然则，他说“扬州十年一梦，俯仰差殊”，该是指稼轩“用舍行藏，进退出处”而言了。这和“冶游”显然并无任何关联。

但这是后人用典，用典满可以借语见意，变化权奇，并不足以说明杜牧原诗的问题。

那么，杜牧原诗到底是何时何地、什么情况下而作的呢？

杜牧是大和二年（八二八）二十六岁及第登科，十月应沈传师之辟赴洪州；四年随沈迁宣州。七年（八三三）春，奉沈命始至扬州，四月应牛僧孺之辟，为淮南节度推官，自此至八年都在扬州幕中。九年（八三五）赴长安直监察御史，分司东都，自此至开成元年（八三六）皆在洛阳。开成二年（八三七），杜牧三十五岁时，弟弟杜觊患眼疾，居扬州禅智寺；杜牧迎眼医石生至洛，请假百日，携石生赴扬州视弟疾。据《唐会要》：“职事官，假满百日，即合停解。”所以他在扬州住满了假期，就此弃官，不再返回东都御史分司职。（以上年月事迹谨据缪钺先生《杜牧行年简谱》所列。）

我们看，杜牧是大和七、八两年曾在扬州；中隔两年，又重到扬州旧游之地。前此后此，都再无居扬的痕迹了。那么，“十年一觉扬州梦”的话，究竟从何说起呢？而这个问题是必须得到解释才能谈到其他的。

不过，如果我们注意一下，他前者两年在扬，是因公事，是做幕僚；后者住过百日之限，只为私事，是在假期，而且就此弃官不做了（后来在八月又应崔郸之辟至宣州，那是另一个问题，不属于我们此刻讨论范围）。复次，若从开成二年（八三七）向前逆推，到大和二年（八二八），正满十年之数，而这一年也正就是杜牧及第登科、入仕作幕之始。于是我们不禁恍然而悟，《遣怀》一诗所谓的“十年一觉（读去声，醒也）”的“梦”，不是字面所写的“冶游梦”，实际是弃官留扬这一时期意中所指的“仕宦梦”。大和七、八两年始至扬州时，不可能有“十年一觉”的话；而此后他也绝无再作“扬州”梦的机会了，“十年”将更无着落，所以此诗当即开成二年所作。

此点一明，一切都随之而明了。杜牧本是赋性“褊狷”“疏直”的人，自言："邪柔利己、偷苟谗谄，可以进取，知之而不能行之；非不能行之，抑复见恶之，不能忍一同坐与之交语！"（分见杜牧《长安送友人游湖南》诗，《新唐书》本传，《樊川文集·上池州李使君书》）自己尝叹气："平生自许少尘埃，为吏尘中势自回！"（《书怀寄中朝往还》）这样的人，当然不见容于蝇营狗苟的黑暗宦场之间，他在弃官之后，感慨"遣怀"，于是写出了"十年一觉扬州梦，赢得青楼薄幸名"，这是多么愤激、辛辣、尖刻而又婉蓄的讽刺！我们怎么能把这种诗句仅仅看成是反映官僚贵公子声色荒淫的作品呢？

由此而言，姜白石和辛稼轩唱和，而引用"青楼梦"的典故，不但可以，而且是相当贴切了。

当然，杜牧作诗虽然可以托兴寓意，其所借以托、寓的事物，仍然必须有其相应的生活基础。如果杜牧根本没有过声色"风流"的行径，单凭"空中传恨"，他是不可能写出"楚腰肠断掌中轻"一类作品来的；这一层我们不但不必为杜牧讳，而且应该予以批判。

杜牧时常有"觥船一棹百分空，十岁青春不负公"（《题禅院》）、"十载飘然绳检外，樽前自献自为酬"（《念昔游》）、"萧洒江湖十过秋，酒杯无日不迟留"（《自宣城赴官上京》）的表示。这所谓"萧洒""飘然""落魄"，都是一意数说，都就是放浪"绳检"之"外"，不甘为封建礼法所拘的意思。（"落魄""落薄""落托""落度""落拓""乐托"，皆同；又声转为"潦倒""袉襶"等词，都含有性情放浪不羁的意思，在此不是"倒霉""穷困"义。如作者《张好好诗》中，写好好问杜牧：何事"少事垂白须"？"朋游今在否？落拓更能无？"即指杜牧的不羁行径。如解作"你还能倒霉、不得意吗”，那就不可通了。河北省地方语言，落魄为倒霉义时，魄读如“丕”上声；为放荡义时，即读同潦倒。）鄙夷仕宦而留情于沦落风尘的妇女，这里面也有一定的反抗封建的意义在。

所以说像杜牧这种诗，论其意义，过去的“浮名”，固然不对头，现在全部否定也不公允，应该正确估价，虽然我们也用不着过于夸大它的价值。这样的诗，对我们今天来说，只能具有历史认识价值，若作为艺术形象来感染读者，则是有毒素的。

末后，还有一个参证。秦少游的名篇“山抹微云，天粘（连）衰草”的《满庭芳》，过去也是几乎家弦户诵的，其后阕写道：

> 销魂。当此际，香囊暗解，罗带轻分。漫赢得青楼、薄幸名存。（下略）

这里也正是用了杜牧《遣怀》诗的故典。据说秦作此词，至为苏东坡所讥；确否姑不置论，但可见此等词语总不为人目为轻薄、侧艳。可是清代词学理论家周济对此词的批语却说道：

> 将身世之感，打并入艳情，又是一法。
>
> ——《宋四家词选》

这一看法，也许只是常州词派“夫词非寄托不入”的“有色眼镜”，但结合杜牧原诗而看，却似不为无见。诗家用“比兴”的说法去解释《诗经》，把每一篇都硬派成“美”“刺”，固然不全对头；可是后乎此的作家在原来的优良传统基础上和此说的强大影响之下也确实写了好些比兴手法的作品，这一点又不容否认。

本文所举的这首诗，作为例子不一定恰好，其中的一些看法也不一定正确，但用意在于说明我们研究古代作品，有时会遭遇到类似的情况，因此例子纵然未必很好，解释未必都对，而这一层道理或者有时不无参考价值，所以仍旧把它写了下来。这里并无要为杜牧诗作全面评价的意思。

一篇《锦瑟》解人难

锦瑟无端五十弦，一弦一柱思华年。

庄生晓梦迷蝴蝶，望帝春心托杜鹃。

沧海月明珠有泪，蓝田日暖玉生烟。

此情可待成追忆，只是当时已惘然。

李商隐这篇《锦瑟》诗，历来都被人认为是难解之作。再加上元好问的《论诗三十首》之十二特别提出了“望帝春心托杜鹃，佳人锦瑟怨华年。诗家总爱西昆好，独恨无人作郑笺”，王士禛也跟着起哄，说“獭祭曾惊博奥殚，一篇锦瑟解人难。……”于是它就成了大家猜测的目标。自宋以后诸家的解释，聚讼纷纭，凭空给这首诗增添了无限的神秘和奥妙。

其实，若论难解，义山集中尽有许多诗比它难解得多。对待这种本身有一定的困难而多半是由人哄起来的“难诗”，我们却有一个办法，就是力求摆脱那些先入为主的众说，去独立思考，而且应该首先把它看得“平实”些——先不要疑神见鬼，忙着索隐钩深。这样，事情或者会“有好转”。

下面谈我个人对这首诗的理解。

“无端”，犹言“没来由”“平白无故的”，这是诗人的“痴语”，不讲道理、硬怪别人的话。那张瑟，本来就依定制要有那么些条弦，好好的，没有什么“不是”或“错误”；而诗人忽然来埋怨它：锦瑟啊，你为何有这么多弦！“五十弦”，是玉溪写瑟惯用的泛语，他在《和郑愚赠汝阳王孙家筝妓二十韵》中说“因令五十丝，中道分宫徵”（旧注说明筝是由五十弦的瑟“分争”而“破”成的），在《七月二十八日夜与王郑二秀才听雨后梦作》中说“雨打湘灵五十弦”（《楚辞·远游》：“使湘灵鼓瑟兮”）可以为证。

“一弦一柱”，犹言“一音一节”，声声使人感动。承上面用“五十弦”，特从瑟的古制而言（后来的瑟只有二十五弦、十九弦），不过是为了制造气氛，以见“华年”往事的丰富、感情的复杂。有人以为：“弦五十，柱亦五十，盖言无端而忽已行年五十，因年五十而思华年之事。”（屈复《玉溪生诗意》）这样讲诗则是未免“胶柱鼓瑟”了（且慢说玉溪根本没有活到五十）。

“庄周梦为蝴蝶”的典故，无待繁引。这句是说瑟曲感人，不复成寐。何以证？玉溪在《偶成转韵七十二句赠四同舍》中说“怜我秋斋梦蝴蝶”，在《秋日晚思》中说“枕寒庄蝶去”，在《回中牡丹为雨所败二首》之二中说“锦瑟惊弦破梦频”。“庄生晓梦迷蝴蝶”，正是“庄蝶”之“去”（迷失，离去，不至），正是“惊弦破梦”所致。

“蝴蝶”的形象和它所引起的一切联想，在此所起的作用，都恰到好处。与李同时齐名的诗人杜牧，在《寄浙东韩八评事》篇中也写过“梦寐几回迷蛱蝶，文章应广畔牢愁”的句子，但从上下文的配合关系来比较，就可看出杜句运用同一典故的效果远逊于玉溪了。

“望帝春心托杜鹃”，只要知道“蜀魄”典故的，这句更无甚难懂处。问题是：这是怎样接下来的？又和瑟有何关系？关系是有的。单看他的《哀筝》，其颈联说：“湘波无限泪，蜀魄有馀冤！”就非常明白了。固然由于筝瑟之曲本多哀怨之音，另方面也正是因为弹奏者把他（她）苦痛的“春心”寄托在曲调里面了，故此才把它比喻为子规的啼血。苦情可见。

他在《银河吹笙》篇中，曾说：“……重衾幽梦他年断，别树羁雌昨夜惊。……不须浪作缑山意，湘瑟秦箫自有情。”大可参看。“重衾”一联的意思，分明和“庄生”这一联是一个类似的思路。

旧日作律诗，多讲究“起承转合”。提起这个，或许有人嗤笑，以为这是陈腐已久的陋规了，何必再加拈举？可是看问题最好两面看。这“陋规”是全由人的空想制造而有的吗？绝非如此。事实上它也是在艺术创作上的一种分析、归纳、概括的结果；其所以成为陋规，另有缘故。仅仅按照这条陋规去作诗文，自然不能保证文章准好，可能很坏；可是好文章却不一定非要脱离、违反这个“规”不可，许多实例证明好诗好文的章法有时竟然就是符合“起承转合”的。明白这一道理，对分析、欣赏古典文学作品，或者也不无些小帮助。

“锦瑟”“华年”，不待说，是“起”。“晓梦”“春心”，接着说进一层去，这正就是所谓“承”了。那么下面呢？如果此诗的章法也符合“起承转合”的规律的话，就应该到“转”。转，落在律诗的腹联上，很像词里的“过片”或“换头”。到这里，大抵前面文章达到小小一顿，似结非结，含意待申；下面就重新落笔，或异峰突起，或藕断丝连，或推笔宕开，或明缓暗紧……手法尽管不同，神理脉络，却是始终贯注的。

解《锦瑟》这首诗，夸张它的困难，是不必要的，但若说连一点困难也无有，那也不是平情之论。这首诗，我以为，若有难解之处，端属腹联两句，——但也只有这两句。其馀的，如已说的头四句和不待说的末尾两结句，都很好懂，实在不应该落个“晦涩”的批评。

这“转”，这“过片”，却实在有些迷离恍惚了。它到底讲些什么呢？理解它，乃成为理解全篇的关键。

古典韵文，格律严整的文体中，往往有“情生文，文生情”的复杂、错综的辩证关系，这又是一种不容忽视或否认的现象。

“沧海”“蓝田”，山水并举。蓝田是山名，不是地图上的县名，这一点要清楚。朱注说明：“《长安志》：蓝田山，在长安县东南三十里，其山产玉，亦名玉山。”这是很对的，冯注削去此条，不允。杜甫诗：“未试囊中餐玉法，明朝且入蓝田山。”（《去矣行》）就是指此了。文字学家讲过，从“仓”得音义的字，如“苍”“篬”“沧”，都指青碧色。沧海和蓝田正是对仗极工的例子。

“沧海”和“月”和“珠”的关系很密切，玉溪自己的诗曾说：“只将沧海月，长压赤城霞。”（《病中闻河东公乐营置酒口占寄上》）又曾说：“今来沧海欲求珠。”（《别臻师》）是例。“月明”

之境和瑟的关系又是很密切的，钱起诗曾说：“二十五弦弹夜月，不胜清怨却飞来。”陈季《湘灵鼓瑟》诗曾说：“一弹新月白，数曲暮山青。”是例。“月”“珠”互喻，诗中例最多，不烦列举；然后，“海”中鲛人泣“泪”为“珠”的想象，加入进来。于是“月”也、“珠”也、“泪”也，是三是一，几于难辨，于是产生出“沧海月明珠有泪”这一名句，是瑟曲之境界？是春心之苦情？也复是二是一，几于难辨。此所谓“情生文”。

照情理推测，似乎是先有了“沧海月明”这句，而下联是对出来的。此所谓“文生情”。作律诗，这种情况很普通，有点经验的作者都能承认，毋庸讳言。也许不足为训，但事实却是事实。

由“沧海生珠”这个典故和意念，很容易想到它的对子应归到“石韫玉而山辉，水怀珠而川媚”（陆机《文赋》语）这类意思上去。作者可能是由此决定用“蓝田产玉”来作对仗。比玉溪稍晚的司空图记下过早先诗人戴叔伦的话：“诗家之景，如蓝田日暖，良玉生烟：可望而不可置于目睫之前也。”从这来看，可知中晚唐的诗人都知道这个典故和它的含义（这典故的最初出处现在已经迷失了）。作者用来，正好表达了他的“春心”的一面：所谓“刘郎已恨蓬山远，更隔蓬山一万重”，正是一种可望而不可即、可即而不可得的痛苦之情。作者写这一苦情的句子，集中屡见不一，也不烦列举。虽然心似灵犀，只恨身非彩凤，“一寸相思一寸灰”，正都是这种苦情。

此所谓“情生文”“文生情”“情文相生”。

情文相生的结果，往往比作者原先初步所构思的，就要更丰富些。例如刚才说过，这一联主要由“水怀珠”“石韫玉”这一副简单而且合掌的对仗启发、生发而构成；可是写成了之后，由于诗人天才的想象、联想，巧妙的结合、酿制，那效果作用就大大的不同了。这里的关键，却又转而落到“月明”和“日暖”两个迥然不同的境界上去，而其终究，则依然是为一个主题服务。他的《曲池》诗曾说明：“日下繁香不自持，月中（犹言月光之下）流艳与谁期？”正也是在于说明：境界虽殊，痛苦则一。再参看他“荷叶生时春恨生，荷叶枯时秋恨成”（《暮秋独游曲江》）的话，词语各不相蒙，而消息却可合参。他自叙其“拙诗”时也说：“晓用云添句，寒将雪命篇；良辰多自感，作者岂皆然？……题时长不展，得处定应偏。……星势寒垂地，河声晓上天。夫君自有恨，聊借此中传。”（《谢先辈防记念拙诗甚多异日偶有此寄》）这些如果能结合起来体会，对于理解“沧海”“蓝田”一联，就有不少的帮助。

一结，是“合”，归结到“起”；“华年”之“思”，亦即“此情”之“忆”。“可”，意与“何”同，诗中常通用，“可待”即“何待”“哪待”。说此情岂待今朝追忆才无穷怅恨，即在当时已是不胜惘然了。然则，此际的追忆，其令人难以为怀的程度，就更可想而知了！两句话，却有几个层次。

瑟类乐曲最容易引起诗人的感情上的激动，玉溪自己说得好：“庾信生多感，杨朱死有情；弦危中妇瑟，甲冷想夫筝。”（《送千牛李将军赴阙五十韵》）《锦瑟》这首诗虽然绝不是咏“锦瑟”这件“物”，却实是写听瑟曲而引起的情怀。

情怀，情怀，到底作者是写什么样的“情怀”？何等的“春心”呢？总要有个大概的答复。还是请作者自己来说，更为明白。请看下面的句子：

泪续浅深绠，肠危高下弦；
红颜无定所，得失在当年！

——《晓坐》

柔情终未达，遥妒已先深。
……
蜡花常递泪，筝柱镇移心。
觅使嵩云暮，回头灞岸阴。
……

——《独居有怀》

声名佳句在，身世玉琴张。
……
骅骝忧老大，䴗鴂妒芬芳。
……

——《崇让宅东亭醉后沔然有作》

他这些话，可说都是本篇的最好的注脚。“得失在当年”，正就是“一弦一柱思华年”和“只是当时已惘然”。他是“多感”“有情”的人，可是任你“声名佳句在”，终究无济于“身世玉琴张”，因此他就感叹“多情真命薄，容易即回肠”（《属疾》）了。所谓“青楼有美人，颜色如玫瑰；歌声入青云，所痛无良媒；少年苦不久，顾慕良难哉”（《戏题枢言草阁三十二韵》），这就是他一生的心事。我想，这都是足够明白的诗句。

从这来理解《锦瑟》（乃至他的许多《无题》诗），并没有了不起的难处，旧来的“咏物”“悼亡”“忧国”“令狐青衣”“适怨清和”“自比文才”等穿凿附会之说，也自然不辩自消了。

李商隐的艺术手法是非常高超的。他最善于制造气氛，传达境界；他最善于运用形象，以实写虚，很少概念化；他最擅长“比兴”手法，不多用“赋”（直陈，平叙），他的想象、联想都非常的丰富、精妙，他的表达方式十分深婉曲折，出语有味，耐人咀嚼；他的作品的音乐性非常强，格律精，音乐美；他继承了《离骚》的“美人香草”的传统，创造了别人所绝无的一种芳馨悱恻之风，精深华妙之格，最富有一唱三叹的韵味。这于《锦瑟》中可窥一斑。

普通的印象，往往以为李商隐是一位“艳体”诗人，他的风格是“缛丽”“纤丽”“浓丽”“艳丽”。这如果不是一个严重的错觉，也是一个老大的误会。假使定要下两个字，那么我觉得还是《旧唐书》所下的“清丽”二字比较接近实际些。试从这篇诗看，他的风格确是清而且丽的。他的词采，是落落大方的家数，也不是纤细。

李商隐并不是一位只有词采，没有内容的作家，他的词采、技巧都是配合他的思想感情而为之服务的。

当然，所谓他的词采技巧是为他的思想感情服务，并不等于说他的思想感情一概是可取的。要讨论他的思想感情，牵涉遂广，不是本文的目的。但有一点可以附带指出，李商隐这个“虚负凌云万丈才，一生襟抱未曾开”（崔珏《哭李商隐》）的诗人，感情丰富而真挚，绝不同于某些“风流侧艳”“轻薄佻达”的庸俗作家那样令人不可向迩。单是他屡屡托于“杜鹃”以表春心，已足见他的心情是何等沉痛！这岂是儇薄轻浮的人所能具有的感情？“春蚕到死丝方尽，蜡炬成灰泪始干！”“深知身在情长在，怅望江头江水声！”这种感情的确是一种可以唤起读者的同情，使读者深受感动的感情。

从这些点来看，李商隐也不像是一个“无行”的文人，像有些人把他说成“轻躁浮华，偷合反复”那样。因为我们知道，一个作家的作品的风格，也就是他的人格、性格的一种反映。

南宋诗人杨诚斋

毕竟西湖六月中，风光不与四时同；
接天莲叶无穷碧，映日荷花别样红。

这首小诗，读者也许并不陌生吧？这就是杨诚斋的一篇为人传诵的绝句。杨诚斋，是一位值得介绍的诗人。

公元一一二六年，即宋钦宗靖康元年，金国攻陷汴京，北宋亡。第二年，康王赵构即位于江南，改元建炎，是为宋高宗，建炎元年也就是南宋的开始之年。在这种国势阽危、民生苦难的岁月里，却接连降生了三位大诗人：陆放翁、范石湖、杨诚斋。范生于靖康元年，陆生于前两年，杨生于后一年，亦即建炎元年[1]。他们三个，好像俗话所说的“挨

[1] 案杨万里生年，旧日多据《宋史》本传推算，谓生于宣和六年（一一二四），实误。杨氏生于建炎元年（一一二七）丁未九月二十二日。于北山《陆游年谱》一四页所引诸论据，最确。

肩儿”的弟兄，而他们三个也就是我国诗歌史上的“南宋四大家（尤、杨、范、陆）”之中最重要的三家。尤其有意思的是，他们三家又恰好都是相互交谊深厚、彼此十分钦佩的诗友。

三位诗人的伟大，就在于他们都是紧密地和时代呼吸相关，丰富而真实地反映了当时国家民族的各种问题，歌咏了祖国的山川草木、风物民情、各式各样的社会生活面貌，千载之下，历历如绘。读了他们的诗篇，使我们随着诗人的妙笔，一一领会那些历史上的可歌可泣的事情和壮丽优美的景物，为之忽悲忽喜，为之感奋、激动，加深了对祖国历史的认识，也就使我们更加热爱祖国。

本文先就杨诚斋一家略作浅介。

杨诚斋，名万里，字廷秀，江西吉州吉水人，出身清寒之家，绍兴二十四年（一一五四）进士，初任赣州司户、永州零陵丞，先后知奉新县、知常州，提点广东刑狱；最后官至秘书监；因与朝廷不和，很早就辞官退休；宋宁宗开禧二年（一二〇六）卒，得年八十岁整，谥“文节”。

诚斋一生为人，极有风骨，节操过人。他始终站在抗敌爱国的坚定立场上，和当时的投降派作不调协的斗争，平生最佩服的是爱国抗战的人物如张浚、胡铨等，最痛恨的就是误国害民、贪荣逐禄的那些只为自己的势利小人。他立朝敢言，无所顾忌，从皇帝宋孝宗起，到执政大僚，都被他“得罪”过，因为他对他们的阴私和罪恶，一贯无情揭发，所以他们又恨他，又怕他。有识正义之士则十分钦重他，称赞他是“刚者”，有“挺特之操”、足以“逆折奸萌，矫厉具臣”。这话毫无过情逾份之处。但是也正因此故，他不能久立于朝，皇帝也不肯加以重用。

诚斋的品格中另一特点是，在当时官场贪赃狼藉的恶劣风气中，他做官却不爱钱，有一位诗人赠以诗句，说他是“清得门如水，贫唯带有金”（只有官服束带上的金质饰物是他唯一的金财）。他视仕宦禄位直如敝屣，随时准备唾弃。在杭州做朝官时，把回乡的盘缠备妥，装于一箱，经常镇置卧处，又戒家人不许添买一物，“日日若促装”待发者。他既不留恋官位，因此也就能够当言即言，说走就走！在封建时代的历史条件下，能够抱这种黑白若画、去就分明的态度来做官的，非常难能可贵。这种可贵，不和其他官僚比较，也许是不容易充分体会的。

了解了他的时代，他的为人，才能更好地了解他的诗歌作品。

诚斋的诗，有哪些特色和价值呢？

第一，他写出了不少具有爱国主义思想的作品。从上面极为简略的叙述也可以想到，他那种坚定的抗敌救国的精神志气，不可扼抑，自然也写出了像《读罪己诏》那样词严义正、慷慨激昂、勇敢无比的正面的篇章，但更多的则是他的外含婉而内尖锐的对于卖国投降者的讽刺之作。这是由于诚斋对于我们中华民族的诗歌传统有他自己的理解和理论。他在所著的《诗论》表示出他的重要见解，他认为：诗是纠正不善的工具，是群众意见的代表，所以有过必讥，断无宽恕，讽刺讥议，实为古来诗篇的主要任务。他认为这种群众的讥议，好比冷天气对人的刺激，可以使他振作、强健起来。他说这种讽刺，能使当权主国者见了不敢怒而内愧至极！正因此故，他的诗，比起同时别位诗人的作品来，就带着更多的、更鲜明的讽刺性质和色彩。

例如，他在“雪霁晓登金山”的题目下，写下了这样一篇诗：

焦山东，金山西，金山排霄南斗齐。
天将三江五湖水，并作一江字扬子；
来纵九天上，泻入九地底；
遇岳岳立摧，逢石石立碎；
乾坤气力聚此江，一波打来谁敢当？
金山一何强，上流独立江中央；
一尘不随海风舞，一砾不随海潮去；
四旁无蒂下无根，浮空跃出江心住。
金宫银阙起峰头，槌鼓撞钟闻九州；
诗人踏雪来清游，天风吹我上琼楼，不为浮玉饮玉舟。

诗人放笔写到这里，读者一直不明白他主旨是要讲哪一点，更料不到他下面接出的将是什么话，并如何作结束。可是，他却接着（同时也就是结束）写道：

大江端的替人羞！金山端的替人愁！

看他这两句，巨笔如椽，猛烈一转，有力千钧，曲终奏雅，惊心动魄！

原来，南宋正像六朝“偏安”之国一样，（但诚斋在诗中表示过，南宋连六朝也不如！）把长江当作“救命索”，认为那条不能飞渡的“天堑”是巩固可赖的国防“工事”。这长江沿线上，又以马当、采石、金山三渡口为生死必争的要害之地，而南宋的昏君庸臣，不从根本上讲求挽救国家民族的大计，却以为这三“水府”有“保佑”他们的

“灵德阴功”，加以“封号”，祈祷“江神”“令虏不得渡”！而且，他们怕金国怕得要死，“议和”以后，对金国来使（敌人的政治侦探）百般谄媚，特将这“下元水府”金山的绝顶胜地吞海亭，定为招待金使品茶登赏之地！

诗人杨诚斋，这时正是以秘书监的身份被派来做这种迎接陪伴金使的耻辱差事的。明白了这些历史背景，然后才能够明白诚斋那首诗的真正思想感情的内容。那是诗人多么沉痛深刻的羞耻和愤慨啊！也是诗人对南宋小朝廷所作的多么尖锐锋利的讥议和讽刺啊！

然而，这种曲折、含蓄但又十分有力的讥议讽刺，其意义和价值却往往为评家所忽视，因此竟说诚斋诗篇并无思想内容可言。他们误以为，只有正面落笔、大声疾呼式的诗句才算有内容的作品，把显豁径直的风格当作一切南宋诗人的风格，并且用这种标准来衡量诚斋。十分显然，那样就很难领会这位诗人了。

第二，诚斋虽然身为士大夫，却写出了不少赞美和同情劳动人民的诗句。试读下面几篇：

田夫抛秧田妇接，小儿拔秧大儿插；
笠是兜鍪（头盔）蓑是甲，雨从头上湿到胛。
唤渠朝餐歇半霎，低头折腰只不答：
“秧根未牢莳未匝，照管鹅儿与雏鸭！”

——《插秧歌》

这写的是江南农民们在雨中辛勤力作的情景，他们热爱自己的生产劳动，家里来唤吃早饭，要他们就便歇一会儿，可是忙得不愿意停下来，口中却一面嘱咐来人，看好了小鹅雏鸭，以免它们作践了还没长得挺劲的新秧。形象鲜明，手法干净，把人物、情事、声口写得跃然纸上，栩栩如生。又如：

年年圩长集墟丁，不要招呼自要行。

万杵一鸣千畚土，大呼高唱总齐声。

儿郎辛苦莫呼天，一日修圩一岁眠。

六七月头无点雨，试登高处望圩田！（意谓：纵然一滴雨不下，我们兴修水利的圩田却照样长得好庄稼！）

河水还高港水低，千枝万派曲穿畦。

斗门一闭君休笑：要看水从人指挥！

这写江南修筑堤圩的劳动人民——实际是作者模仿“打号子”的民歌而为堤工们设计的新号歌。完全写出了集体的力量和气魄，并且充分表示了劳动群众的“人定胜天”的雄心和信念。再看一首：

清晨洗面开蓬门，巨“螳螂”在水上奔：

前怒（怒举）两臂秋竹竿，后拖一腹春渔船；

偶然拾得破蛛网，挈取四角沉重渊。

柳上螳螂工捕蝉，水上“螳螂”工捕鳣：

捕蝉顿顿得蝉食，捕鳣何曾得鳣吃？

——《水螳螂歌》

诗人以巧妙的联想和譬喻，写出了水上的渔船和渔民；然后画龙点睛地指出，这“水螳螂”何尝比得起真螳螂，真螳螂捕获了食物自己吃，而水螳螂却连在风波险恶中得来的鱼儿也享不到，从作者轻描淡写的笔端流出微微的慨叹，却是无限的不平。

第三，诗人以清新活泼的句子摹写了祖国江南地区的广阔美丽的风物。有人说他，“处处山川怕见君”，意思就是说山河景色见了这样善于摹写的诗人都“怕”起来——怕被他描写尽了，没得“脱逃”处！

诚斋在这方面的诗非常丰富，我们无法备举，也只好稍示一斑：

下山入屋上山锄，图得生涯总近居。
桑眼未开先着椹，麦胎才茁便生须。

秧畴夹岸隔深溪，东水何缘到得西？
溪面只消横一枧，水从空里过如飞！

蚕丼今岁十分强，催得农家日夜忙。
已缚桁竿等新麦，更将丫木撑（去声）欹桑。

晴明风日雨干时，草满花堤水满溪。
童子柳阴眠正着，一牛吃过柳阴西。

山根一径抱溪斜，片地才宽便数家。

漫插漫成堤上柳，半开半落路旁花。

——《桑茶坑道中》（“桑茶坑”，地名）

试看这样的诗句，有谁不为它所吸引而激起深深喜爱那些景色的感情呢？

应当指出的是，有人说这都不过是自然景色，这说法当然也不能算错；可是，必须看到这些自然景色中还包含着多么丰富的生活内容。即如我国古代劳动人民以自己的智慧创造的“枧”（音略同“简”，木制的田间通水之器），曾有哪位诗人细心留意观察过而且肯加以特笔描写呢？

这里面，其实正包含了宝贵的思想感情内容。评家有过一种意见，以为诚斋只会写自然景色，对别的不太关怀，因而价值不高。难道事情真是那样子吗？

诚斋的诗歌，寄托了爱国的思想，充满了生活内容，有极浓厚的生活气息，情调非常开朗健康，而且富有幽默的风趣（关于这一点，本文为篇幅所限，未能加以介绍）。他的作品浅显明白，接近口语，而又清新活泼，不剿袭，不模拟，摆脱开前人的各种陈词滥调，善于造句谋篇，工于审音下字，创出了在南宋时就已经为诗坛上所公认的独立风格——“诚斋体”。尽管许多“正统”派诗家不喜欢这种新体，力加贬毁，但文学发展史上所当充分估计的却不是那些随波逐流的“正统”诗家，相反，正是能够伐山开道、给后来垦创新园地的才应当得到更高的评价。

这也是介绍这位诗人不容不提到的一个重要方面。

我们读他的诗，除了欣赏以外，也要学习他那种关怀国家人民、热爱祖国和敢于革新诗风、敢于创立诗格的精神。

南宋诗人范石湖

数九隆冬，漫天大雪，以小贩为活的穷苦人民，岂但不能“饮酒赏雪”，也根本梦想不到居然还有“尊贵”的人士订出了“大寒暑不出门”之戒。事实上，他们连掩上门躲冷坐一回也不敢奢望，依然要在那冰天雪地之中奔走呼号，以求蝇头微利，养活家口。他们挨着冻，串着里巷，嘴里发出一种异常凄婉动人的“歌唱”之音——吆呼叫卖声。

凡有人心的人，谁能不为这种歌音所感动？自然，笙歌美酒，绣幕消寒，对这种声音充耳不闻，了不关己的，还是大有人在。但是即使能够寄予同情的，也未必就能够抒写所感，加以咏叹。这就不能不显示出诗人范石湖的难能可贵。

范石湖在“雪中闻墙外鬻（卖）鱼菜者，求售之声甚苦，有感三绝”的题目下写道：

饭箩驱出敢偷闲？雪胫冰须惯忍寒。
岂是不能扃户坐？忍寒犹可忍饥难！

忧渴焦山业海深，贪渠刀蜜坐成禽（擒）。
一身冒雪浑家暖，汝不能诗替汝吟！

啼号（平声）升斗抵千金，冻雀饥鸦共一音。
劳汝以生令至此，悠悠大块亦何心？

生在几乎千年以前的石湖诗人，还无法懂得，使穷民劳生至此的根本因由并不是什么“大块”（犹言“造物”）的意志，而是一个人为的社会问题；然而要紧的是，这种现象却使他在心中引起了一个极大的疑问号，正如他在另篇《咏河市歌者》（卖唱的歌女）中所写：

岂是从容唱渭城？个中当有不平鸣！
可怜日晏忍饥面，强作春深求友声。

日色已晚，饥肠辘辘之下，还要假为欢笑之容，强效春莺之啭，这是多么难堪的一种痛苦！诗人听出了这种歌音之中所隐含着的不平之鸣。是的，这是一种深刻的社会不平。而且从这里诗人似乎已然为他自己心中的那个巨大的疑问号找到了初步的、朴素的答案。

他亲自问询过这些穷人的苦况。一个诗题说道：“墙外卖药者，九年无一日不过，吟唱（叫卖）之声甚‘适’，雪中呼问之，家有十口，一日不出即饥寒矣！”这正证明了他所说的“忍寒犹可忍饥难”的那一层严峻无情的道理。他的《夜坐有感》诗也写出了同样的体会：

> 静夜家家闭户眠，满城风雨骤寒天。
> 号呼卖卜谁家子？想欠明朝糴米钱！

这可谓一箭中的，洞穿七札。

诗人彼时是个身为退休大僚、年老而衰病的人，他自己是在过着优越的“贵人养疾”式的生活。可是他并没有“饱汉不知饿汉饥”的自居于万人之上的想法，相反，他却能把两种截然不同的生活联系在一起，来对比，来思索。试读下面一首：

> 窗明似月晓光新，被暖如薰睡息匀。
> 冲雨贩夫墙外过，故应嗤我是何人！

其实，这还不止是对比，实际是自己站在穷人的立脚点上，转过来向自己毫不客气地讽刺了一下。

这实在已经不能不说是十分的难能可贵，而犹有加者，诗人不止对这些穷人由同情而起敬，又更进一步，和他们站在一起，要做他们的代言人，替他们鸣其不平。于是，他沉痛地写出了“一身冒雪浑家暖，汝不能诗替汝吟”的句子。

试想，这是一种多么伟大的胸襟怀抱！太史公司马迁曾说过：“……沐浴膏泽而歌咏勤苦，非大德谁能如斯！”借来称誉范石湖，觉得非常恰切。

范石湖并非是老来病发才同情穷民，而且他的同情也不只限于城市（他家住苏州）的穷苦小贩。他早年做低级地方佐吏时，已然写出了不少为农民控诉苦情的诗篇。试读一首《催租行》：

输租得钱官吏催，踉蹡里正敲门来。
手持文书杂嗔喜："我亦来营醉归耳！"
床头悭囊大如拳，扑破正有三百钱。
"不堪供君成一醉，聊复偿君草鞋费。"

一首诗，统共才八句，两句一换韵，一句一转，一韵一变。五十六个字，刻画了农民缴毕官赋（"输租"），取得收据执照（当时叫作"钞"，宋代原定钞有四种：户钞、县钞、监钞、住钞，有点像后世的"四联单"的意味，此指由缴租户收执的户钞）。本应无事了，可是里正（后世的保甲长之类）又踉跄闯来，敲门骚扰；及至把执照拿出来向他证明已缴，他才装得佯嗔佯喜，半醒半醉，刁像十足，说出"我不过是来闹碗酒喝罢了"的勒索本意；农民无奈，只得把仅有的一点辛勤储蓄，三百青钱（当时三四斗米的价值）从扑满（"悭囊"）里献出来，还得笑脸周旋，好言应付："这个不够喝酒的，您为'公事'跑破了鞋，对付弄双草鞋穿吧！"

你看他，写得如此地简洁了当，而又是如此地曲折变化，并且穷形尽相地把欺压者和被欺压者双方的语言、心理、情景都摹画无遗，使人深深感到——并且如同"看"到——那个时代社会的人民所遭受的难以言说的痛苦。可以体会得到，诗人在命笔成篇时，心中本是充满着多么强烈的憎恶与同情。可是尽管热情激荡，他却以十分客观的白描的手法，冷静写来，真是热涵于冷，冷中寓热。区区五十六字，惜墨如金而又跳荡波峭，艺术造诣高超得很。

范石湖，过去有“田园诗人”的称号。他所作的《四时田园杂兴六十首》和《村田乐府》等篇，最为脍炙人口，可惜我们这里为篇幅所限，无法逐一介绍。但是可以扼要说明一句：从中国整个古典诗歌史上看，他是肯于把最多的篇幅给予农村、最能反映农民生活疾苦的一位诗人，还很难找出第二个足以和他相比的例子来。

在北宋故都沦陷于金国侵略者已经四十四年之后，宋孝宗要派特使到金国去交涉极可羞耻的屈辱“礼节”并索要其祖宗的“陵寝”之地。金国很厉害，把忽然派遣特使去交涉问题一律看成是“求衅”，对特使不是杀害即加拘留，因此无人敢去。而范石湖慨然请行。临行前，安排了家事，立了后嗣，为极可能的最不幸的命运做出了生离死别式的准备，毅然凛然，启程北去。

范石湖此行，表现了令人崇敬的胆识和气节，冒着生命危险，不顾种种威逼恫吓，以金人所不能容的方式坚持提出了要求，使得敌人也不能不惊佩。不仅如此，诗人在此一行中，还给我们留下了一整卷极可宝贵的纪行诗篇。

这卷诗，共计七十二首，全部是绝句体，几乎是以日记兼“竹枝词”的形式记录下了他一路上的所见所感，精彩地收摄了每一个有意义的镜头特写。

下面试举二首，聊见一斑：

真定舞

虏乐悉变中华，惟真定有京师旧乐工，尚舞“高平曲破”。

紫袖当棚雪鬓凋，曾随广乐奏云韶；

老来未忍耆婆舞，犹倚黄钟衮《六幺》。

清远店

定兴县中客邸前，有婢两颊刺“逃走”二字，云是主家私自黥涅，虽杀之不禁。

女僮流汗逐毡軿，云在淮乡有父兄。

屠婢杀奴官不问，大书黥面罚犹轻。

再如另一类诗，借古人古迹，结合当前形势，发抒感慨，表彰了忠信，批评了朝廷，就若干具体事例斥责了那些卖国、误国者的不可饶恕的罪恶，读来令人义愤填膺，可谓无愧史笔：

雷万春墓

在南京（河南商丘）城南，环以小墙，榜曰“忠勇雷公之墓”。

九陨元身不陨名，言言千载气如生！

欲知忠信行蛮貊，过墓胡儿下马行。

双庙

在南京北门外，张巡、许远庙也，世称“双庙”，南京人呼为“双王庙”。

平地孤城寇若林，两公犹解障妖祲。
大梁襟带洪河险，谁遣神州陆地沉？

京城

倚天栉栉万楼棚，圣代规模若化成。
如许金汤尚资盗，古来李勣胜长城！

李固渡

洪河万里界中州，倒卷银潢聒地流；
列弩燔梁那可渡！向来天数亦人谋。

安肃军

旧梁门，三城，今惟一城有人烟；溏泺皆涸矣。

从古铜门控朔方，南城烟火北城荒。
台家抵死争溏泺，满眼秋芜衬夕阳！

安肃军，是北宋的政区名称，其治所约当于今河北徐水。北宋时，魏能守安肃军梁门砦，杨延朗守广信军遂城砦，二砦都是地逼契丹，而为敌人围攻百战不下的，所以当时有“铜梁门，铁遂城”的谚语。溏泺，是浅水停潴之地，由安肃沈苑泺直到海滨故河口（今天津一带），九百里，接连不断，宽广数十里，深不能舟，浅不能涉，北宋与契丹即以此为界。北宋诸臣，热烈争论：一派不顾事实，以为溏泺哪可仗恃，应皆淤为水田以增利；一派走另一极端，以为可以不图根本之计，只靠溏水即可卫国。而时至南宋，国势更下；当年的溏烁，犹可付之争论，今日则早已沦为敌区，淤为野草丛生的洼地，一望萧然；缅怀往事，此种遗迹只成为使人啼笑皆非的沧海桑田了！诗人不加一字议论，只在“争溏泺”之下用“满眼秋芜衬夕阳”七个字的当前实景，微微唱叹。可是，这里面是隐涵着多么深刻的意义，多么复杂的感情啊！

这种诗，实在是诗人范石湖的最高成就之一，而历来却少有人加以赏析评赞。

范石湖的诗作，内容颇为丰富，上面所列，不过举什一于千百而已，还有许多方面，值得提起。当然他的作品也有一些不足之处。他在思想上，受道、释影响不少，因而有些诗中流露消极情绪；有些作品艺术上失之粗浅，诡异，这也是应该指出的。

范石湖，名成大，字致能，自号石湖居士，生于靖康元年（一一二六）六月初四日，卒于绍熙四年（一一九三）九月初五日，年六十八岁。苏州人。官至参知政事（副宰相的身份），然为群小所挤，两月即罢，未得大用。

他平生著作极富，惜半归亡佚。他不止是文人诗家，陆游说他于“古今战守离合，得失是非，皆究其本末”，楼钥为他撰致仕的告文，也有“胸中之有甲兵，世称小范之才高”等语。足证当时人都熟知他的才干是多方面的，至比他为北宋时守边抵御西夏而又文采清俊的范仲淹。

他所生活的时代，是南宋初期全国阶级矛盾和民族矛盾都极为尖锐的时代。作为这种时代的诗人，必须能够对那个时代的特征都有所反映，才不愧为一个伟大的诗人，而由上所举，虽然极为粗略，也可见范石湖是够得上“不愧”二字的。

陆放翁诗漫举

南宋诗坛四大家，是尤、杨、范、陆四家诗人。看来，陆居最末。其实，在这种地方来争“名次”，那却是为名次所骗了。问题原在中国语文的特点上面——时时因四声关系而发生声调上的“安排和谐”（读起来顺口、好听）的现象。历史上有名的一则文人佳话是，唐初“四杰”中的杨炯向人表示：“愧在卢前，耻居王后。”那也就是“名次”之争。王、杨、卢、骆，尤、杨、范、陆，拿来一比，道理自明。在这种地方，平、上、去、入的“力量”原居首位，和“前茅”“后殿”之分可说关系不大。可惜杨炯及其同时流辈，对此声调之理尚未注意及之，以致期期而争，自今视之，就觉得大可不必了。

南宋四大家中，以年龄长幼序，以诗篇富俭计，尤、杨、范三家都应以兄视陆。以推陈出新而言，陆不及杨；以关切民生而论，陆不逮范。但陆的爱国篇章之多夥，与其呼声之响亮，则为杨、范所不能匹。

扬钟振鼓，气涌如山，是以醒人也猛，入人也易。历来知陆者多，道陆者众，大抵以此。

陆放翁蒿目时艰，忧心国势，满腔义愤，不能自已，形诸梦寐，见于吟哦，触事而发，拈毫即来，举不胜举。其六十一岁时所作《书愤》，久为人传诵。句云：

早岁那知世事艰，中原北望气如山。
楼船夜雪瓜洲渡，铁马秋风大散关。
塞上长城空自许，镜中衰鬓已先斑。
出师一表真名世，千载谁堪伯仲间！

放翁此诗与其他诗人的爱国篇什之不同，在于他是以国家之干城自许，自认有能力带兵，杀敌救国，壮志极豪，又叹息朝廷只知妥协求安，不肯任用贤才，以致自己只能老死山间。他所说的“出师一表”“谁堪伯仲”，隐然有以诸葛亮自拟之意，可见他的自信是多么坚强了。再拿他的《追忆征西幕中旧事》绝句来合看，其心事尤为昭然若揭：

大散关头北望秦，自期谈笑扫胡尘。
收身死向农桑社，何止明明两世人！

小猎南山雪未消，绣旗斜卷玉骢骄。
不如意事常千万，空想先锋宿渭桥。

所以他时时有“志士凄凉闲处老，名花零落雨中看”的悲哀蟠踞胸中。

放翁诗中屡次提到的大散关，在今陕西宝鸡西南。南宋初，高宗绍兴三十一年，宋、金为争夺大散关曾有剧战，到后来，订立投降和约，割地纳款，东以淮河为国界，西即以大散关与金为限；加以诗人曾随宣抚使王炎做过幕僚，到过陕中，所以他时时忆及当年“从军”之事，写以壮语。试读其《山南行》：

我行山南已三日，如绳大略东西出；
平川沃野望不尽，麦陇青青桑郁郁。
地近函秦气俗豪，鞦韆蹴踘分朋曹；
苜蓿连云马蹄健，杨柳夹道车声高。
古来历历兴亡处，举目山川尚如故；
将军坛上冷云低，丞相祠前春日暮。
国家四纪失中原，师出江淮未易吞；
会看金鼓从天下，却用关中作本根。

他看出，要图抗金，江淮岂足利赖，根本大计，端在关中（亦即其“感事”诗所谓“鸡犬相闻三万里，迁都岂不有关中”“庙谋尚出王导下，顾用金陵为北门”），成竹在胸，目光如炬。诗笔精整而又遒实，气势甚壮；其摹写景物，形象生新，尚在其次。是以评家说，放翁古体诗篇实胜其七律，而浅者往往只能赏及后者，恐不为得也。

放翁的这种诗句，无论是针砭朝廷的昏庸，还是激扬义士的斗志，乃至表达人民的愿望，从任一方面来说，在当时都发生了不可低估的意义和作用。对于后世，影响尤大。

在不同的天气里，风雷雨雪，都能引起放翁的爱国热情。例如《十一月四日，风雨大作》一题，他写道：

僵卧孤村不自哀，尚思为国戍轮台。
夜阑卧听（去声）风吹雨，铁马冰河入梦来！

又如他在《雪中忽起从戎之兴，戏作》一题中也写道：

铁马渡河风破肉，云梯攻垒雪平壕。
兽奔鸟散何劳逐？直斩单于衅宝刀。
群胡束手仗天亡，弃甲纵横满战场。
雪上急追奔马迹，官军夜半入辽阳。

无不豪情壮语，激励人心。

当然，也不能不看到，诗人的爱国之情虽无虚假，作为感动读者的诗句来说，有时也要分别实情和拟作。所谓拟作（放翁自称为“戏作”，总之是一样），就是为表现而表现，结果也就容易流为一种空言或高调，特别是当他在那万首之富的一部集子里把同一的或类似的意思反复写来写去，再三再四，形迹似别，而内容悉同，读多了，就不免给人以空泛而单调之感。因此有的陆诗选注者一面选其《醉歌》诗：

百骑河滩猎盛秋，至今血渍短貂裘。

谁知老卧江湖上，犹枕当年虎髑髅。

一面于注中指出：放翁写他猎虎的往事集中不下六七见，但“或说箭射，或说剑刺，或说血溅白袍，或说血溅貂裘，或说在秋，或说在冬”，甚至清初一位“师法陆游的诗人也要说：‘一般不信先生处，学射山头射虎时’（曹贞吉《珂雪二集》《读陆放翁诗偶题》五首之三）”，正足说明这个问题了。

在清代中叶，还有一位著名的诗人赵瓯北（翼），他曾因读放翁诗而有作，大意云：放翁口口声声说要从戎杀敌，叹息平生无用武之地，可是要真的使放翁有了率师阵战的机会，其结果则可能是大败而归。诗写得很滑稽有趣，读之令人失笑。赵瓯北是整个清代诗人中最最推崇佩服放翁的人，他出此语，绝无轻薄之意，而是指出古代书生好为大言之情。我们当然也不应该全以“实效”来责备诗人的言志托意，但是上面的例子却可以看出放翁的空言高调，终究多少给读者以不实的感觉，难以尽掩。因此，我们要领会陆诗的真正价值，具眼认取其佳作，就须不为假象所误。放翁《读史》诗有云：“南言莼菜似羊酪，北说荔枝如石榴。自古论人多类此，简编千载判悠悠！”论文又何尝不然。即如放翁有《山头鹿》篇，写道：

呦呦山头鹿，毛角自媚好。
渴饮涧底泉，饥啮林间草。
汉家方和亲，将军灞陵老。
天寒弓力劲，木落霜气早；

短衣日驰射，逐鹿应弦倒。
金檠犀筋命有系，翠壁苍崖迹如扫！
何时诏下北击胡，却起将军远征讨？
泉甘草茂上林中，使我母子常相保！

这种诗，虽然也还不就是放翁的至佳之作，但就形象譬喻、事理感情来说，都比那些一味高调空谈为深刻感人得多了。而选者却往往遗此而取彼。

放翁另有《溪上作》一首七律：

伛偻溪头白发翁，暮年心事一枝筇。
山衔落日青横野，鸦起平沙黑蔽空。
天下可忧非一事，书生无地效孤忠。
东山七月犹关念，未忍沉浮酒盏中。

“东山”“七月”，都是《诗经》的篇名，前者指军士之事，后者言农家之情，这也正就是“天下可忧非一事”的实际内容。换言之，放翁所关怀的，不止国势军戎，也还有民生疾苦。举一首《首春连阴》为例：

入春十日九日阴，积雪未解雨复霪。
西家船漏湖水涨，东家驴病街泥深。
去秋宿麦不入土，今年米贵如黄金。
老妪哭子那可听，僵死不覆黔娄衾！

州家遣骑馈春酒，欲饮复止吾何心！
出门空叹岁华速，已见微绿生高林。

州官对罢职闲居的“乡绅”应酬很周到，宋朝的士大夫享有特权，待遇非常优厚，可是放翁有酒难咽，看到、听到人民的困苦，此心何忍！这种诗，无论从内容看还是就艺术言，都是很好的作品，感人至深。

但是，也应指出，放翁所写的更多的有关农民的诗句，却是以“田家乐”之类为多。说得明白些，就是乡绅地主以他们的观点来看事物，说农家的生活如何如何“快活”，或则写到农民父老们见了他如何殷勤款待。而评选家们却往往凭了这些而侈言放翁的思想感情是如何的已与农民“打成一片”云云，则是有些太不顾事实了。

放翁有《九月七日，子坦、子聿俱出敛租谷，鸡初鸣而行，甲夜始归。劳以此诗》一题，这是说他的两个儿子出去收租敛米，十分“劳苦”，故作诗以“慰劳”之。诗起首说：

仲秋谷方登，螟生忽告饥；
艰难冀一饱，俯仰事已非。
贷粮助耕耘，客至更相依。
……

这就是地主在春耕时放粮出贷，秋收时追本取利，根本不是什么“客至相依”的事情。诗继言：

共敛螟之馀，存者牛毛稀。
吾儿废书出，辛苦幸庶几（读如机）；
夜半闻具舟，怜汝露湿衣。
既夕不能食，念汝戴星归；
手持一杯酒，老意不可违。
……

则是对儿子夜出收租敛谷的“辛苦”心颇不忍，而农民如何呢？放翁接云：

官富哀我民，榜笞（责打逼租）方甚威；
渠亦岂得已，抚事增歔欷！

至此，地主诗人完全道出了心事，因为自己要逼敛“螟馀”（虫灾所剩）的一点粮食，也是出于“不得已”啊！

我们清楚地看到，南宋乡绅和官府是如何的站在一起向穷苦小民施加压榨的残酷事实。如果说这种诗有什么“价值”，那恐怕就在于它证实了这一历史事实吧？但绝不会像评选家们所说的什么“打成一片”。他们一方面隐讳放翁的这一侧面，一方面又肆行美化他和农民的“良好”关系，殊非科学的态度。

放翁诗全集，万首之富，绝大部分是写景寄情之句，颇多佳作。例如《临安春雨初霁》云：

世味年来薄似纱，谁令骑马客京华。
小楼一夜听春雨，深巷明朝卖杏花。
矮纸斜行闲作草，晴窗细乳戏分茶。
素衣莫起风尘叹，犹及清明可到家。

有目共赏，众口脍炙。《西村》云：

乱山深处小桃源，往岁求浆忆叩门。
高柳簇桥初转马，数家临水自成村。
茂林风送幽禽语，坏壁苔侵醉墨痕。
一首清诗记今夕，细云新月耿黄昏。

写得极好，其一种清新灵秀之气扑人眉宇。

不过，放翁的七律，其病亦显然。最不可取的是两联对句时时有意凑对子，为作诗而作诗，以致琐屑纤巧，落于小家数。像“重帘不卷留香久，古砚微凹聚墨多”，这种联语，致为《红楼梦》作者曹雪芹（借黛玉之口）所讥，知道此事的人已经很多了。其实，放翁联语尽有并此亦不如的，如“活眼砚凹宜墨色，长毫瓯小聚茶香”，“临窗静试下岩砚，欹枕卧看灵壁山”，都又下前例数等，实是已堕恶道。这是难以为贤者回避的。

指出这些，绝不是要贬低放翁的价值，恰恰相反，汰去糟粕，精华乃益见光彩，愈是盛名久享的名家大家，愈是需要认真地去抉别他们的短长美丑，使之各不相掩，而后真面愈见。

放翁工于诸体，五七言古诗而外，七言绝句也极多佳篇。提到放翁的七绝，首先令人想到的会是那首传流众口的《剑门道中遇微雨》："衣上征尘杂酒痕，远游无处不销魂。此身合是诗人未？细雨骑驴入剑门。"这样的小句，写得确是很有风致。但终嫌作态自喜，不能尽免于"习气"。我认为放翁七绝中最好的篇章，还要属另一种。例如《太平吟》：

纷纷红紫已成尘，布谷声中夏令新。
夹路桑麻行不尽，始知身是太平人。

小诗写春尽夏初的景色，摄尽神理。南宋时候，江南农村得到相对的安定，生产大为高涨，诗人也反映了这种情况。但是，这都不是诗人的本旨。他的高妙的手法，只在"始知"二字，微微唱叹，却说尽了无限的感慨：当时举国上下，贪图苟安，以为暂时危机未追，即是升平乐世；而诗人则久而不忘根本大事，忧心蹙蹙。仅此四句，亦深喟，亦微讽，看似轻描淡写，而实不啻暮鼓晨钟，允称高手。

又如《小舟游近村，舍舟步归》之四：

斜阳古柳赵家庄，负鼓盲翁正作场。
死后是非谁管得？满村听说蔡中郎。

小诗写出了民风土俗，农村娱乐之事，情景如画，真是自然而然，略不假于雕琢藻饰。而古今是非，莫谓死后即空，自有人民在说，听曲艺鼓书时议论评判，这就是他们自己“史论”的形式和“演说”的讲坛。

这种小诗，不矜才，不使气，不作态，而尺幅千里，包容广大，这才是放翁的绝作。

放翁，名陆游，字务观，山阴（今浙江绍兴）人，生宣和七年（一一二五），卒嘉定二年（一二〇九），寿八十五岁。一生著作极富，散文造诣尤高。十二月二十九日，临终，尚赋《示儿》诗，全篇云：

死去原知万事空，但悲不见九州同。
王师北定中原日，家祭无忘告乃翁。

这是这位老诗人一生的爱国精神的总结，赍志而殁，死不忘国，感人最深。在历史上每当民族蒙难、外祸侵寻之际，诗人遗作所发生的长远影响，辄复显示于世。

又如专门喜欢作『好对』『佳联』，这其实是一种文人习气，有时与真诗已经是两回事，只图摆样子，作陈设，所以连林黛玉也批评他那种『重帘不卷留香久，古砚微凹聚墨多』，说这种诗千万学不得，一入了这个路子，是再也学不出来的，皆因世人不知诗，才喜欢这种浅近的句子。

从《剑南诗稿》中的农村诗说到“俗气”

《剑南诗稿》（以下简称《诗稿》）向称万首之富，其中有不少爱国诗篇，为人传诵、研究。但也有很多“农村诗”，直接或间接地写到南宋的农民情况，却很少人加以讨论。《诗稿》作者陆游本人一生做过知严州、秘书监等官，最后封渭南县开国伯，食邑八百户；其父陆宰曾官转运副使，直秘阁，赠少傅；其祖父陆佃官尚书左（一作右）丞，赠太师，封楚国公；其曾祖陆珪为国子博士，赠太傅；其高祖陆轸为进士，官吏部郎中，直昭文馆，亦赠太傅：他们是五世的官宦“世家”。陆游自淳熙十六年（一一八九）罢官后，除中间曾有一年左右的短时间入都做官而外，直至嘉定二年（一二〇九）病卒止，差不多是二十年的长时期家居山阴，度其乡绅生活。在这段长时期中，他写下了大量的诗篇，而其绝大部分就是描写他这种“农村生活”的。这些诗，又都是作者以个人的身份、口吻直接向读者讲话的抒情诗（即不同于比较“客观”的叙事诗，如“新乐府”等形式）。这就更便于我们研究作者对待农民真实的看法和感情了。

以下，请看我所作的一个简略的介绍和一些浅近的分析。

《诗稿》卷四十八有《弊庐》一诗，写道：

弊庐虽陋甚，鄙性颇所宜；
欹倾十许间，草覆实半之；
碓声隔柴门，绩火出枳篱；
缚木为彘牢，附垣作鸡埘；
黄犊放林莽，苍鹅戏陂池。
佣耕食于我，客主同爨炊；
瓦盎设大杓，菹苋羹园葵；
一饱荷锄出，作劳非所辞；
上以奉租赋，下以及我私。
有钱即沽酒，阡陌恣游嬉；
亦有扶持者，婢跣奴髻椎。
欲画恨无人，后世考此诗。

陆游所谓“客”，有时指佃户，有时指长工、短工等雇农。其卷六十六《初夏闲居》之四的后半首曾写道：“箫鼓赛蚕人尽醉，陂塘移稻客相呼；长安青盖金羁马，也有农家此乐无？”“客相呼”句原有自注，说：“乡中谓佣耕者为客。”即亦一证（关于“客”指佃户，下文举例另见）。作者以“弊庐”为题，描写了他的家庭经济生活：待客以一饱，他们就会“作劳非所辞”；其劳动的果实，则要供奉两重：一方面是官府，一方面是田主。田主有了收入，沽酒嬉游，并有婢奴陪伺。作者以为此景值得“入画”，并特为留诗作证。这固然是士大夫们在不得志的时候总是以“野人”自居、与当权得势者的对比的一种常见的思想的抒写，但把这种生活乐趣的基本由来是客农的劳动这一点如此明白不讳地吟咏起来的，确不多见。

《诗稿》卷四十四有《初晴》一诗，写道：

袖手东窗初日明，残编未负老书生。
不胜多病畏寒雨，正得一霜方快晴。
客户饷羹提赤鲤，邻家借碓捣新粳。
柴荆莫怪无车马，恰要无人识姓名。

其第五句自注说：

庄，月以鸡鱼之属来饷，谓之“送羹”。

在这里，则“客户”即指佃农。他们要按月给田主送礼，鸡鸭鱼肉之类。

陆游所说的“庄”，当然就是乡绅私家的田庄。陆游家至少有一处田庄，《诗稿》中常常写到它，最多用的名字是“东村”，也有时说作“东庄”（如卷四十《步至东庄》诗）或“东皋”。卷四十二有《视东皋归》诗，卷六十四亦有《视东皋归小酌》诗。后一题有句云：

筑陂下麦晚归来，围火烘衣始此回。
但得诸孙传素业，真无一事挂灵台。

身誓生生辞禄食，家当世世守农耕；
授时《尧典》先精读，陈业《豳诗》更力行；
最好水村风雪夜，地炉烟暖岁猎鸣。

这是写下庄巡视督察回来以后的满意心情。其卷五十七《北窗》诗又写道：

老人日夜衰，卧起常在背；
窗间一编书，终日圣贤对。
东皋客输米，粲粲珠出碓；
南山僧饷茶，细细雪落硙；
吾儿亦解事，稀甲自锄菜。
一饥既退舍，百念皆卷旆：
闲身去俗远，澄念与道会；
宿痾走二竖，美睡造三昧。
挂冠反布韦，上印谢银艾；
庭中石苍然，此客真度外。

这则是写到东庄佃户送来了新春的租米，精美如珠，饱食以后，百虑俱消，去俗远世，“挂冠”的心情曲曲折折地反映出来，但以饮食为得意的主题，也与别家不同。

与此有关的，就是作者常常闲游东庄的诗句。如卷四十《与儿子至东村，进父老共语，因作小诗》一篇，写道：“豆芋行将熟，鸡豚亦已繁；丰凶岁所有，农事更深论。”这“父老”，其实就是老佃户。又如卷六十九《初冬步至东村》诗，就更进而写出：

八月风吹粳稻香，九月荞熟天始霜；
男耕女馌常满野，宿麦覆块皆苍苍。
丰年比屋喜迎客，花底何曾酒杯迮？
家人但觅浩歌声，不在东阡在南陌！

事实自然是东庄的佃户们看见“东翁”到了，迎接招待，似有宾主之乐。当然，诗中的“喜气”与“和美”，也不一定全无诗家粉饰。例如他在《步至东庄》诗中曾写道：“……荞花雪无际，稻米玉新舂；身已风中叶，人方饭后钟。儿能哀老子，努力事春农。”现此番秋收来到庄下，人以“饭后钟”待之，故转而期望儿子抓紧春耕，以求补偿。这似乎就流露出，谈到“儿能哀老子”确是事实。陆游的儿子是帮他的得力助手。《诗稿》卷四十另有一篇诗，题曰《九月七日，子坦、子聿俱出敛租知，鸡初鸣而行，甲夜始归。劳以此诗》，其文云：

仲秋谷方登，螟生忽告饥；
艰难冀一饱，俯仰事已非。

贷粮助耕耘，客主更相依。
一旦忽如此，欲语涕屡挥；
共敛螟之馀，存者牛毛稀。
吾儿废书出，辛苦幸庶几（读如“机”）；
夜半闻具舟，怜汝露湿衣。
既夕不能食，念汝戴星归；
手持一杯酒，老意不可违。
秫瘦酒味薄，食少鸡不肥；
颇闻吴中熟，多稼彻王畿；
亦欲就饱处，无羽能奋飞。
官富哀我民，榜笞方甚威；
渠亦岂得已？抚事增歔欷！

在这首诗里，作者交代得很清楚，描写得很具体，事情是了然的；秋收已然在望，不料虫灾突然发生，虫馀之禾，已稀若牛毛，农民面临绝境了；可是用放粮为手段的田主，却要收本讨息，因此虽然明知可收之禾根本无几，还是要去“共敛”——去抢夺仅存的一点粮谷。为此，儿子不惜披星戴月、夜起晚归，把整个的时间精力都放在“敛租谷”上，煞是“辛苦”，以至做父亲的心里疼惜非常，夕不成餐，准备了鸡酒等待“慰劳”那出去收租的儿子，还在抱歉：酒既不厚，鸡也嫌瘦，殊不足以与其“辛劳”相“称”也。

陆放翁口口声声宣称自己“穷”得很（这种诗在《诗稿》中也非常多），然而，这里向我们说明了，有粮可以放贷，也还有酒有鸡可以消夜（虽然酒“薄”了些，鸡“瘦”了些）。至于农民，处此灾年，是怎样情况？当怎么活下去？作者不著一笔。相反，他却另有了一番见识和议论。他说，官府也正要逼征秋租，人民无从缴纳，便施用榜笞拷打之威，做地方官的岂是愿意如此的吗？——他也是不得已啊！

诗人在别处是表示过反对官吏的严刑逼租的，例如他写《农家叹》篇，就曾说：那些贫苦的农民是“牛领疮见骨，叱叱犹夜耕”的，而县吏打门征租，“一身入县庭，日夜穷笞榜（bēng）；人孰不惮死，自计无由生……”因此有的选注者选讲此诗时，即加按语说：“陆游出身于官僚地主阶级，因此诗中言农家乐的不止一首；但是农民受到鞭挞以至求生不得、求死不可的惨状，终于冲破他的阶级偏见，在这首诗里充分反映出来。”

可是，事实真的是这样的吗？

上引“敛租谷”一诗，便是最好的回答。

实际上，农民的惨状并不曾“冲破他的阶级偏见”。相反，正是作者的阶级偏见，决定了他在敛租诗中所表白的心理和议论。他以“岂得已”三字，轻轻地就为官府严刑逼租的罪行找到了“借口”和“论据”。

在宋朝，如当时人所记载的，每到秋收之际，官家和私家（田主）是同时来逼租的，正因为农民无力应付这两门并进的一虎一狼，所以官、私两家谁来晚了谁就要“落后”，遂尔形成了“争着抢粮”的局面。农民一年辛苦所获，不旋踵而为两家抢空，白忙一年，依然从头冻饿起，如此循环，无有已时。陆游的敛租篇，恰好为这种史实做出了“后世考此诗”的见证。

因此我们就可以明白，作为民间地主，在“争着抢粮”这一点上，他和官府“两家”是有矛盾的，地主诗人以“笞榜”为词，可以开口表示反对官府；但是超过这一点，他们却仍然是“一路而来”之人，他们的根本利益是一致的，是联合在一起来对付农民的。陆游的“岂得已”三字，不但是为官家逼租作出了借口，而且也为自家逼租作出了借口。反过来，也可以说，正是在为自家“不得已”而向农民抢粮时，这才更好地“体会”到了：原来官府和我一样，也是出于不得已才这样的啊！

这正是封建田主的立场观点、心理心情。这里哪有什么“冲破了阶级偏见”之可言？

至于他把放粮盘剥农民说成是“助耕耘”，把田主和佃户之关系说成是“客主更相依”，这不禁使人联想到同时理学家亦作者友人朱熹的《劝农文》中的一段话：“乡村小民，其间多是无田之家，须就田主讨田耕作；每至耕种耘田时节，又就田主生借谷米。及至秋冬成熟，方将一并填还。佃户既赖田主给佃，生借，以养活家口，田主亦藉佃客耕田纳租，以供赡家计。”

试看，封建士大夫，其论调竟是如出一口，都说成是“交相依赖”“彼此互助”的“合作”“并活”关系。

在上述的这种观点之下，陆游在他退居乡里的二十年间，便写下了大量的“农家乐”诗句。

这些诗，连篇累牍，虽然形式亦有不同，归根结底，本质还是一个，就是田主之乐。由于数量太大，即“举什一于千百”也无此篇幅，因此只好略去那些比较一般的如“塘水苍鹅戏，郊原黄犊鸣；闲身有乐事，倚杖看农耕”之类不举，而另以更有些具体内容的稍作例证，然亦很难显示出这些诗在《诗稿》所占的分量和重量。

《诗稿》卷七十三《杂赋》之五，写道：

海上鱼盐聚，烟中鸡犬声；
耕农叱牛去，醉叟策驴行。
敛薄民差乐，烽消盗略平。
悠然憩松下，我亦有幽情。

这是他把自己的“悠然”的“幽情”变成农民的感觉，而且是在以“敛薄”“盗平”为大标目来颂扬南宋朝政。至如卷六十六《入梅》诗，则更写出：

今年入梅日，云脚垂到地；（原序云：“吴俗以芒种后得壬日为入梅，今年正以此日重云蔽天，比夜乃雨：父老以为有年之候。”）
芬香小麦麨，展转北窗睡；
甲夜闻雨声，起拜造物赐；
三登于此卜，一饱可坐致；
语儿高尔囷，戒妇丰尔馈；
击壤歌太平，门无督租吏。

丰年大有，雨顺风调，是人人都以为喜的事情，农民自然更是如此。但是陆游这里所表示的欢喜，却不能和农民的喜悦不加分别。因为，他所以歌颂“太平”的一个重要前提就是“语儿高尔囷”，先叮咛那些善于敛租的儿子助手说：把咱们家的米囤、粮仓高高地打整起来！由于上文已经引及他的儿子为收租苦而废然欲叹的事实，我们的感受才更具体。

和“农家乐”直接关联着的，还有一种诗，因为找不到合适的名称，姑拟“训农诗”以概之。这种“训农诗”，内容又可以分为两部分：一是教训农民的，一是教训田主的，而此二者又正可以说是“相反相成”，“互文见义”。

《诗稿》卷六十八《农家》诗写道：

吴农耕泽泽，吴牛耳湿湿；
农功何崇崇，农事常汲汲；
冬休筑陂防，丁壮皆云集；
春耕人在野，农具已山立；
房栊鸣机杼，烟雨暗蓑笠；
尺薪仰有取，断屦俯有拾。
洪水昔滔天，得禹民乃粒；
食不知所从，汝悔将何及！
孩提同一初，勤惰在所习；
周公有遗训，请视《七月》什。

卷七十三又有《秋日村舍》诗，其二云：

川云惨惨欲成雨，宿麦苍苍初覆土；

芋肥一本可专车，蟹壮两螯能敌虎；

村村婚嫁花簇檐，庙庙祷祠神降语；

儿孙力稼供赋租，千年万年报明主！

卷七十九有《闻吴中米价甚贵二十韵》诗，其内容说：斗米千钱，嗟汝“蚩蚩”众民，将何以自全？作者跟着提出自己的解答：“我欲告父老，食为汝之天。”只要一方面诸事节俭，不要赛会、游船，“筑室勿斫削”，“妇女省钗泽”，一方面趋利要比人薄些，有“众役”之事则比人走在前些，这就行了。接着说，不要贪图大富大贵，以免获罪；短褐饭豆的生活，可终天年，可传世业，胜过朱门。结论说：“为农最得策，本无禄与权；时平自逸乐，奉牲祭其先；不幸有散徙，均为寓民编。吾诗不足征，请读《七月》篇！”

很明白，这就是乡绅田主的“中庸哲学”。

这种哲学教训，有时还变形、假托为农民的话语而获得宣传。例如《诗稿》卷五十五有《记东村父老言》一诗，诗云：

原上一缕云，水面数点雨；

夹衣已觉冷，秋令遽如许。

行行适东村，父老可共语；

披衣出迎客，芋栗旋烹煮。

自言家近郊，生不识官府；

甚爱问孝书，请学公勿拒。

我亦为欣然，开卷发端绪；

讲说虽浅近，于子或有补。
耕荒两黄犊，庇身一茅宇；
勉读《庶人》章，淳风可还古。

《庶人》是《孝经》的第六章，所谓“用天之道，分地之利，谨身节用，以养父母，此庶人之孝也”。作者正是向农民父老宣传这种从地主阶级立场出发的礼教。（可并看卷五十七《农事稍闲有作》诗，写“年丰远近笑语乐”的种种“美景乐事”时，结尾也说：“《孝经》《论语》教儿童。教儿童，莫匆匆，愿汝日夜勤磨砻，乌巾白纻待至公。”）又如同卷即另有《记老农语》一诗，诗云：

霜清枫叶照溪赤，风起寒鸦半天黑；
鱼陂车水人竭作，麦垅翻泥牛尽力。
碓舂玉粒恰输租，篮挈黄鸡还作贷；
归来糠籺常不餍，终岁辛勤亦何得？
虽然君恩乌可忘？为农力耕自其职；
百钱布被可过冬，但愿时清无盗贼。

糠籺不饱，终岁徒勤，倒是实情，但是力耕尽职、以报“君恩”的思想，规规矩矩向统治者和地主纳租送礼的思想，以及布被过冬、但愿无盗的思想，自然是作者的，而并非真是农民的。

陆游还写了很多的“训儿诗”，却也与“训农”有密切关系。

《诗稿》卷四十一《示儿子》云：

禄食无功我自知，汝曹何以报明时？
为农为士亦奚异？事国事亲惟不欺。
道在六经宁有尽？躬耕百亩可无饥。
最亲切处今相付：熟读周公《七月》诗。

卷五十七《示儿》云：

闻义贵能徙，见贤思与齐；
食尝甘脱粟，起不待鸣鸡。
萧索园官菜，酸寒太学齑。
时时语儿子：未用厌锄犁。

卷三十八有一诗，题云："三山卜居，今三十有三年矣，屋陋甚，而地有馀；数世之后，当自成一村。今日病少间，作诗以示后人。"诗句说：

印累累，绶若若，换君朱颜君不觉；
冠如箕，剑拄颐，苍头庐儿笑君痴。
不如短褐归乡舍，上毕租庸下婚嫁；
横陂引水莳禾黍，高陆黎荒种桑柘；
比邻毕出观夜场，老稚相呼作春社；
鸡争舂米茅檐底，犬吠行人槿篱罅。

数椽幸可传子孙，此地它年名陆村；
藜羹一饱能世守，殊胜养牛并上尊。

这和卷四十九《示子孙》诗所谓“为贫出仕退为农，二百年来世世同”“吾家世守农桑业，一挂朝衣即力耕；汝但从师勤学问，不须念我叱牛声”等诗篇，皆可合看。作者是在教训儿子，不必想做官（其实这也只是“话头”而已，他的儿子一个个地走上了仕宦之途），把我们的“素业”（民间地主的产业）扩大起来，成为专村，传之无穷。这就是他们这些人在不能进而必须“退”时的“人生理想”和“处世哲学”。这若都解释成为什么“重农”作品，就把事情弄糊涂了。

上文引及的和一般流行选本所收录的陆游诗句，其中有时也偶有一些片断的句子写到农民的困苦生活，但其间有一个极分明的特点，就是：其所以致此的原因总是被写成天时或其他影响，如雨旸丰歉水利兴废者是。“老妪哭子那可听，僵死不覆黔娄衾”的惨状，那是由于“去秋宿麦不入土”和“入春十日九日阴，积雪未解雨复霪”，以致“今年米贵如黄金”的缘故；“南邻更可念，布被冬未赎；明朝甑复空，母子相持哭”的惨状，那是由于“风怒欲拔木，雨暴欲掀屋……岂惟涨沟溪，势已卷平陆”因而麦不得坐收的情由。“县家血湿庭前土，妻啼儿号不敢怒”的人民，写得好像是很苦了，可是一到丰收，那就“小巫屡舞大巫歌，士女拜祝肩相摩；芳茶绿酒进杂遝，长鱼大胾高嵯峨”了，而且“县符未下输先足”了。所以作者认为，只要“木刻吏，蒲作鞭”，那就“自然粟帛如流泉”了，人民就会“熙熙如登春台”了。

陆游认为与农民为对的，除了官府，倒是还曾提到豪家（其实是因为这二者和乡绅中小地主是有其内部矛盾一面的）；至于像他们这样的，和农民就完全是美好的“客主更相依”的关系。正因此故，在他的这么多的农村诗中，很难得见有反映客主矛盾的作品。有的，却都是公然露骨地描写农民如何来“供奉”地主的诗篇，其情调是赞美、欣赏这种关系，而绝不是相反的意思。

这一点，是《剑南诗稿》所有农村诗中的一个最大的特点。

有一种意见则认为：从陆游的身份和时代来说，他这样来看待农民问题，是很自然的，这有何足异?

诚然如此。但是，我觉得陆游如此写农村诗也许并不足异，足异的却是我们今天对陆游这种诗的看法。

问题不是要我们来替陆游“设身处地”地寻找这样写诗的“理由”，而是，他既然写下留下来了，成为一种社会存在了，我们却应该怎样处置它?

一般向广大读者介绍陆游作品的选本，其任务和目的不是要来收录这样的诗篇，可以理解，毋庸多论；但是我所见到的许多有关陆游的研究、评传、年谱、介绍等现代专著，以及许多文学史中评价陆游的专章中，却大多数对陆游的这一方面是绝口不谈。这就确实非常“足异”了。

有人也许会驳辩，说：陆游这一作家，我们主要是作为爱国诗人而加以肯定的；至于他的农村诗，并不是他作品中的主流和重点，又有什么必要这样来强调突出它呢?

可惜，这一驳辩理由一点儿也站不住。只要翻一下我上面所说的那些专著、专章，马上就会看到，陆游的“关切人民疾苦”的精神差不多是一致被列为仅次于爱国思想的一大优点。姑勿论这样列法的根据是否充足和妥当，只要反问一下，“关切人民疾苦”既然已被列为第二个大优点，那么，当我们指明这些“关切人民疾苦”的诗句实际绝大多数是“乡绅哲学”诗时，为什么就应该又以“并非主流和重点”之故即不必去谈它，即可以置而勿论了呢？

实际上，这是用不着担心的，批评陆游的这种诗，一点儿也不影响他在爱国诗篇方面的成就和价值。相反，倒是我们应该讲求一些实事求是的精神，不要只因为陆游是爱国诗人就连他的乡绅诗也一变而为“有高度人民性”。这种实事求是的态度，非常要紧。

但是，当我们看到一些研究者用专章的篇幅把陆游说成生活如何如何“贫困”，他和农民的关系如何如何“良好”，他的思想感情如何已与劳动人民“打成一片”或“渐趋一致”，说他“西村劳农”（《诗稿》卷五十）和“东村舍药”（《诗稿》卷六十九《东村》诗）这类行为是如何“关切爱护人民”，甚至说他“一晴一雨，皆与劳动人民共呼吸”，……当我们听到这些极口歌颂、美化、颠倒、隐瞒的说法时，我们不禁要问：这样高抬陆游，实事求是的精神哪里去了呢？起码的科学态度又哪里去了呢？最令人费解的更在于：上述那些论著、文章等，都是在以阶级斗争分析文艺作品最为流行的时期写出来的，那时如有在阶级的立场观点不鲜明突出的，要被视为“白专道路”的，然而对陆游的农村诗却竟然又换了一副眼光和逻辑去评论了！这如不是“势利眼”战胜了科学态度，又是什么呢？所以学术风气是个问题。

陆游不仅是南宋四大诗家之一，即在整个中国诗史上来看，也足称一大名家。他写了很多令人感动的佳篇，不少名句为人传诵；随意抑扬，信口褒贬，都不能改变他在文学史上的地位。但是我们在评论文艺时，不能以“势利眼”从事，得名的，就隐恶扬善，只拣好的说，想尽办法为之美言称颂，反过来，就贬得一无是处。这种风气不值得提倡。陆游存诗极富，好诗甚多，可是也有不小的缺点，比如他和白居易一样，喜欢把同一个意思写来写去，诗貌不同， 诗质无异，重复太甚，读之令人叹惜其笔墨之不肯自珍自重。又如专门喜欢作“好对”“佳联”，这其实是一种文人习气，有时与真诗已经是两回事，只图摆样子，作陈设，所以连林黛玉也批评他那种“重帘不卷留香久，古砚微凹聚墨多”，说这种诗千万学不得，一入了这个路子，是再也学不出来的，皆因世人不知诗，才喜欢这种浅近的句子。“不知诗”，三字十分重要。在文学艺术上，如果“不知诗”，则见了俗品十分喜欢，对真诗上品，反而不能接近。这种道理，就说明了陆游的思想和艺术，有其庸俗的一面，而且特别喜欢表现它，看得出他那种沾沾自喜的气味是很浓重的。学子初习我国传统诗歌，所宜注意。我此文的用意，仅是想以陆游为例，略言其故，而并不是我对陆诗抱有什么“不然”之成见的事情，我想有识之士是能领此拙意的。

诗应也为儿童作

诗人大都喜爱儿童，所以他们往往把儿童们写入诗篇。你读过吗？如果还没有，我来介绍几篇。也许你会发现这些诗很可爱，而且希望再多多读到些篇呢！

诗人有时回忆自己小时候的事情，把它写下来。例如李白，看见月亮，他就写道：

小时不识月，呼作白玉盘。
又疑瑶台镜，飞在碧云端！

儿童的想象力是特别丰富的，常常看见一件东西，就想起许多别的东西，而联想在一起，或是把这一种东西来比喻另一种东西。可是，你看李白小时的联想和比喻能力多么好，他把明月想象成一个白玉做的盘子，又疑心是瑶台（瑶也是美玉的意思。古时放置镜子的台座叫镜台）上的明镜，忽然一下飞在云端（头，犹如说云头、云里、云上）里去！诗人写诗离不开联想比喻，这样才能把诗句写得更为可爱，更为动人，在这个意义上讲，每一个儿童都是一个小诗人，只是他的语言能力还不强，不能把他的美丽的想象表达出来罢了。

唐代的另一个伟大诗人杜甫，有一次写他自己儿时的行径，是这样写的：

忆年十五心尚孩，健如黄犊走复来；
庭前八月梨枣熟，一日上树能千回！

你看，那时这个小杜甫是够顽皮的罢。当然，好爬树摘果子，有时并不是完全值得鼓励的事情，杜甫这里的用意，只是着重写他小时的健壮、好活动，这也是少年儿童健康的表现。他接着就说："即今倏忽已五十，坐卧只多少行立。"他是在五十岁身体已衰时想望少年时的精力饱满，所以才那样带着夸张手法而下笔的。

诗人们不仅写自己小时，更多的还是写他所见到的儿童。清代诗人袁枚有一首诗，说道：

偶寻半开梅，闲倚一竿竹；
儿童不知春，问草何故绿。

的确，儿童们最善于留心观察新鲜的事物，大自然的变化，最容易引起他们的注意。当早春时，诗人正在看梅花，看竹子，儿童忽然问道：这草是什么缘故自己就会绿起来了呢？大人们往往为他们迫切的好奇心和求知欲所窘住，因为，回答他们提出的有趣而又有价值的各式各样的“怪”问题，并不是一件容易事，也不是一两句话所能说得清楚。例如，这个小孩所发的疑问，你想一下子怎么回答呢？诗人感觉到，大自然和生命力的奥秘，儿童们开始在思索了，这就是寻求知识、研究科学的萌芽或第一步，诗人抓住这个有意味的题材，在一刹那之间，写成一首小诗。你看，诗人、儿童，他们若凑合一起，是很有意思的事呢！

宋代的杨万里，也喜欢写儿童。他自己在初夏午睡起来，写道：

梅子流酸软齿牙，芭蕉分绿上窗纱。
日长睡起无情思（读如“四”），闲看儿童捉柳花。

松阴一架半弓苔（弓是指量地的面积，五尺为一弓，这里指松树荫罩的一小块阴凉地方），偶欲观书又懒开。
戏掬清泉洒蕉叶（掬是用手捧），儿童误认雨声来！

有一次他在旅行途中，看到一幅景象，就写入小诗：

篱落疏疏一径深，树头新绿未成阴。
儿童急走追黄蝶，飞入菜花无处寻！

你讲讲看，为什么黄蝶飞入菜花之中就没处可寻了呢？他又写道：

晴明风日雨干时，草满花堤水满溪。

童子柳阴眠正着，一牛吃过柳阴西。

你看，牧牛的小孩睡得甜不甜？又有一次，他在冬天看孩子从盆底弄出一块冰来玩，就写道：

稚子金盆脱晓冰，彩丝穿取当银钲（钲音“征”，锣类乐器）；

敲成玉磬穿林响，忽作玻璃碎地声！

你看，他从弄冰、穿绳当锣写起，写儿童敲得正热闹，忽然一下敲破了，碎在地上，哗啦一声，如同玻璃纷散。多么生动有趣！

儿童最喜欢玩耍，诗人笔下的儿童们玩得很起劲，并不胡闹：

村居何处见时节（时节就是季节、节气、节日）？春去春来自一年！

谁与儿童话寒食？也将杨柳插门前。（宋人张炜作。宋时风俗，寒食节家家折杨柳枝插在门前，叫作“明眼”。）

半雨半晴白昼长，似无似有绿阴香。

儿童刻竹记新笋：一夜风吹一尺强！（元人萧应元作。一尺强，犹如说一尺多长。南方的小朋友一定知道竹笋长得最快。）

可笑庭前小儿女，栽盆贮水种浮萍。

不知何处闻人说："一夜一根生七茎！"（宋人文同作。贮音"主"，盛着的意思。）

又如清朝诗人高鼎，有两首诗写道：

牧笛声中踏浅莎（莎音"梭"，草），竹篱深处暮烟多。

垂髫村女依依说："燕子今年又作窠。"（髫音"条"，头发。）

草长莺飞二月天，拂堤杨柳醉春烟。

儿童散学归来早，忙趁东风放纸鸢！

小读者们，你看他写得多么好，也许会叫你觉得，放了学忙着去放风筝，这写的就是你自己吧！

可是，儿童们并不总是这般清闲，他们也爱劳动，而且劳动得很出色。宋朝大诗人范成大有一首著名的诗写道：

昼出耘田夜绩麻，村庄儿女各当家。

童孙未解供耕织，也傍桑阴学种瓜。

各当家，是各抱一行、各做一种事情的意思，也就是男的管耕田，女的管绩麻织布。未解，是不懂得、还不能够的意思。农村中的儿童，连最小的也养成了喜欢劳动的习惯。和范成大同时而且齐名的另一位诗人陆游，也曾写道：

生草茨庐荆作扉（茨音“磁”，拿茅草类盖屋。庐，草房。扉，门），数家烟火自相依。

大儿饲犊舍边去，小儿捕鱼溪口归。

露草干时儿牧羊，朝日出时女采桑。

一床絮被千万足，不解城中有许忙！（不知道、不理会城中人有那么多忙事——争名夺利。）

可见农家的儿童们的工作很多，他们并不是只会玩耍或放风筝，百事不问的。

农村里的儿童往往管牧放牛羊，诗人写他们的诗篇最多，举不胜举，这里只举三两篇看看：

草铺横野六七里，笛弄晓风三四声；

归来饱饭黄昏后，不脱蓑衣卧月明。（宋人吕岩作。）

前儿牵牛渡溪水，后儿骑牛回问事；

一儿吹笛笠簪花，一牛载儿行引子。

春溪嫩水清无滓，春洲细草碧无瑕；

五牛远去莫管他，隔溪便是群儿家。
忽然头上数点雨，三笠四蓑赶将去！（宋人杨万里作。）

朝牧牛，牧牛下江曲；
夜牧牛，牧牛村口谷；
荷蓑出林山雨细，芦管卧吹沙草绿；
乱插蓬蒿箭满腰，不怕猛虎欺黄犊！（唐人李涉作。）

你看，牧童把草蒿折来插在腰间，当作弓箭，要射老虎保护牛犊，勇敢的气概如同真的勇士一样。不过，牧童们在旧社会里的命运并不总是那样快活的。明代诗人高启有一首诗说：

尔牛角弯环，我牛尾秃速；
共拈短笛与长鞭，南陇东冈去相逐。
日斜草远牛行迟，牛劳牛饥唯我知。
牛上唱歌牛下坐，夜归还向牛边卧。
长年牧牛百不忧，但恐输租卖我牛！

“输租”是什么呢？就是交纳地租。剥削者，是不让牧童们快活幸福的。这首写得还含蓄。请你再看一首清人曹楙坚的诗句：

牧童面色如死灰，十牛五牛觳觫来（觳觫，音“斛速”，牛吓得颤抖）：

今宵牵向城外宿，城里明早吃牛肉！

牛兮食我草，牛兮耕我田（牛兮，犹如说：牛啊牛啊），无田无草那养汝（你）？

养汝那得到春天？夜半喂牛对牛哭！

牵牛进城牛有犊。牛乎尔（你）勿怨，听我语与汝：

卖汝得钱能几许？有男卖男、有女卖女！

你看农民被害到这般地步，他们卖牛算什么？最惨是要卖儿女换钱吃饭，清人张云璈的《卖女词》说得好：

八岁小女儿，生长在茅屋。

去年阿爷（爸爸）死，有母不能育（不能养活她）。

卖女钱十千（十吊铜钱），聊以继饘粥（饘音“旃”，稠粥）。

得却手中钱，失却心头肉。

女泪盈一把，母钱盈一匊（一捧）。

阿女泪未干，阿母钱已足！

诗人们从儿童的神态、心理、生活、游戏、劳动……直写到他们的命运。不知是否已有人将从古至今的“儿童诗”编选成册，不但成人资以研览，即青少年们取为读物，由此接触我们自己的民族传统诗歌，也是一件极有意义的普及文学遗产的形式。

诗词杂话

论周美成上元词

周美成《解语花》，全用复笔，取其本词中一语以概之，曰："光相射。"上元佳节，时当新正之望日，临夕则圆蟾素彩，初照人间，故曰元夜；而垂灯叠鼓，万户腾欢，倾城出赏，故又曰灯节。是则月也，灯也，人也，箫鼓也，语笑也，成一最极奇妙之人寰仙境，此乃中华民族之一大艺术创造，举世更无。于此境中，月与灯，月与人，灯与灯，灯与人，人看月，人看灯，人亦看人（姜白石所谓"沙河塘上春寒浅，看了游人缓缓归"也）。如此无数层次之间，皆"相射"（交互辉映之关系）也。是以光辉相射，神彩相射，欢声相射，气息相射，情感亦相射。天上之素娥，人间之楚女，亦相射。既明斯义，方知“桂华”与“香麝”亦相射。而静安一代大师也，竟以“桂华”为“败笔”（在彼视之，“隔”即败矣）。此种论评，岂不贻误来学。何者？破坏诗心，降低艺术敏感故也。复次，须知下片随马之暗尘，钿车之罗帕，皆含芬散馥，遥遥与“桂华”相射。凡此种种，常人不识，无足怪者；静安不识，异矣。乃复进而贬之为“代字”，可乎？客曰：此或一时失言。余曰：言何以失？神慧之失照也。

【附说】美成“楚女”“纤腰”，全用“楚王爱细腰”一典，与地望无涉。近人拘视此词，以为美成作此词时身在楚地云云，岂其然乎？况宋人用“楚女”者甚多，所谓楚女吴娃，燕姬赵女，不过称其美耳。

再论周美成上元词

美成《解语花》上元词，全以“因念”二字为过脉，实境虚境交相映照。以章法论，非罕见也；但美成写来格外出色，今之语所谓“有代表性”是也。何以独取上元为题？盖此节日最是人民生活中头等太平乐事。及时世既移，年华不再，心境惘然，追念昔年岁时节序之欢，辄怅怏不能为怀，故词家多谱此事，非学步效颦也，不谋而合也，亦即人人所有之情怀，有不得已于言者也。故美成此篇用笔绮丽，而主眼只在“年光是也；唯只见，旧情衰谢”两句耳。寻其参证，随手拈举，若向子谭，自“紫禁烟花一万重”“人物嬉游陆海中”写起，至“而今白发三千丈，愁对寒灯数点红”（《鹧鸪天》）煞拍。若毛滂，上言“闻道长安灯夜好，雕车宝马如云。……玉皇开碧落，银界失黄昏”，下便云“谁见江南憔悴客，端忧懒步芳尘。……酒浓春入梦，窗破月寻人”（《临江仙》）。章法全同，而前后两联特胜。又若李易安之《永遇乐》，脍炙人口，其上片先写谢绝游侣，无心随赏之意，出笔特与众异。下片另起追忆，曰：“中州盛日，闺门多暇，记得偏重三五。铺翠冠儿，捻金雪柳，簇带争济楚。如今憔悴，风鬟雾鬓，怕见夜间出去。不如向帘儿底下，听人笑语。”笔墨不同，而章法神理与美成一也。姜白石云：“芙蓉影暗三更后，卧听（去声）邻娃笑语归。”情境亦一也。吴梦窗独标异彩，乃云：“卷尽愁云，素娥临夜新梳洗。暗尘不起，酥润凌波地。辇路重来，仿佛灯前事。情如水，小楼熏被，春梦笙歌里。”（《点绛唇》）其笔墨超妙，境味清绮，手法又别，而细按之，实际之怅然怀抱，其致亦一也。至旷达如坡老，宜于此事不同流辈，然其在密州值元夕，亦不禁今昔之情，至云：“灯火钱唐三五夜。明月如霜，照见人如画。帐底吹笙香吐麝，此般风味应无价。”写境界又与美成暗合。下云：“寂寞山城人老也。击鼓吹箫，乍入农桑社。火冷灯稀霜露下，昏昏雪意云垂野。”两相比照，读之令人不胜悲慨。如是种种，足见上元风俗，关系于吾民族之诗心画境与夫物华人事之感叹者，为何如耶，岂可以为小事而不深思哉。至于欧公之“不见去年人，泪湿青衫袖”（《生查子》），稼轩之“众里寻他千百度，蓦然回首，那人却在，灯火阑珊处”，又令情痴情种为之泪尽心绝者；然美成“钿车罗帕”一韵，亦已隐隐包之。梦窗最富才藻，而“素娥”一处亦不脱美成思路。美成所以为大家，于此参之。又白石词，世竞赏其《暗香》《疏影》，静安已有微词，但白石《鹧鸪天》诸曲，专写岁时节序者，无一篇不佳。如“隔篱灯影贺年人”，如“卧听邻娃笑语归”，皆其最佳之作，顾世人绝少选录称赏，信乎谈艺之难欤。

选字重要

选字，乃诗词工夫一大关捩，未可以“末节”而忽之。唐人诗云“云带残雷气未平”，不朽之名句也。然雷何谓残？岂有“全雷”之说乎？故知残非残缺不完之义，即是残馀未尽之谓耳。然则何不径作“云带馀雷”？岂不清白通顺有加乎？岂知倘若如此，声调意思皆败矣。清人论范石湖使金过汴京绝句“父老年年等驾回”，谓用“等”字，不避俗语为首创，是矣，然其故何也？试思倘作“盼驾回”“望驾回”“待驾回”“候驾回”，神情语味，皆黯然无复精彩可言矣。此中消息，宜细参寻。此条专论常言中之义同、义近、义似诸字之选择，与辞章家所谓“炼字”一义有别，不可混为一谈。炼字易知，选字难晓。论两宋词人者，多赏其炼字功夫，而不知其选字尤精，宜有细心人详为抉示。复有流传之“改字”故事，如“小窗深”“小窗明”等等，自改也，亦是一种选字法，特与音律相关。至南渡太学生俞国宝《风入松》，本曰“明日重携残酒，来寻陌上花钿”，佳句也，正以其全是本色，而皇帝见之，以为“寒酸”，乃赐“御改”，易为“重扶残醉”，而人争颂其高焉。余即不然。携残酒，穷士子以一日之游作两日之赏会耳，贵在本色如实而写之。在上者挥霍不尽，日费数万，自不屑“残酒”之“重携”，然而隔夜而犹“扶”其“残醉”，而来游陌上，是何恶态？直不可向迩，而谓之“高”乎？此种直是“改意”，“改神”，已与选字无关，偶复牵连及之，为一笑之资可耳。

天阙

老杜《游龙门奉先寺》“天阙象纬逼，云卧衣裳冷”，注者解“天阙”异说最多，亦有改字为“天阙”“天阅”者。余按今论者多附会龙门本有阙门一义，而不思杜律最细，此诗则仄韵之五律也，颔颈两联，最忌句法类同，如解“阙”为名物词，而上一联之“阴壑”“月林”皆以实字起句，岂其可乎？故知“阙”“阅”虽未必然，然以为此字当是动词，实为有见。按《天问》集注引《列子》“……故天阙西北，日月星辰就焉”，《淮南子》作“天倾”“移焉”，意同。盖少陵于高处远望夜空，见西北星辰繁密，故曰“象纬逼”，“逼”正谓“就焉”，而“阙（缺）”字实用古本《列子》。必以“天阙”定指阙门，则“云卧”又有何地可以牵合？少陵句法不应草草如此。

奇在何处

长吉诗："女娲炼石补天处，石破天惊逗秋雨。"东坡诗："十日春寒不出门，不知江柳已摇村。"试问哪个是奇句？人莫不曰：长吉奇，东坡此处平常句耳。我说：君未之思也。石破天惊，似奇实不奇，何则？文从而字顺，不奇也。江柳摇村，似无奇而实奇，似文从字顺而自创之新语言也。试问"江柳"者何耶？与"山桃""水荇"语例同乎？不同也。与"湖莲""海藻"语例同乎？亦不同也。然则"江柳"已奇。然犹未至奇也，至奇者"摇村"也。试问何者为摇村？讲常语"语法"者（大抵从西方语法套来的），必曰：摇，及物动词也；村，宾词（旧云"受事"）也。如是则江柳摇动了村庄也。西洋学生学汉语，如此理解，不足为奇；若中国人而如此讲说，是说相声的"歪讲逗哈"了。于是乃悟，东坡造语奇于长吉，特人不觉耳。此类甚多，不遑枚举。曰诗人之奇也，固无不可。究其实际，则吾夏语文之奇也。少游词"碧水惊秋，黄云凝暮"，试看"惊"字、"凝"字，是何神力！若于此等字之极精至奇处漠然无所感受，可去而学剑，莫来问津诗词。然而试问"惊秋"者又何耶？依"语法"，是"惊动了秋季"？还是"惊讶秋景"？皆不是也。"凝暮"者又何耶？你试试看——或者改成"白话"说上一说。此少游之奇乎，当然也是他的一奇；然而究其实际，亦吾夏语文之奇也。飞卿名句："鸡声茅店月，人迹板桥霜。"若按字译成西文，不成句法之莫名其妙的糊涂的零字汇凑在一处者也，而自吾夏韵语之标准言之，乃极精妙传神之诗也。盖西文者，离开主词、宾词、联介词、转折词……一步不能走，一句不能成者也，譬如若律“鸡声茅店月”，必须“寻找”谁是“句主”，谁是“谓语”。又鸡声与茅店之间，是何“关系”？用何“介词”？弄清之后，又要“研究”那店之与月有何“关系”，若谓无关系，焉能连着说来？然则“茅店的月”乎？“茅店的‘上面’或‘旁边’之月”乎？……如此等等，若弄不清，则半句也译不成也。然而到他弄“清”译“成”时，已是一个毫无韵致神味的死句子了，“诗”已不复存在。故余尝谓：如此等例，觉汉字好像火车车厢，前后有“钩”，一撞就可联上，初无待什么“介词”之类也。你看奇与不奇？此天下之至奇也！而唯于吾夏语文中见之。醉心“洋化”者，连洋文也是“最高级”的，想使祖国语文也像他一般“慕化”于洋文，而不识吾夏语文方为真正最高级最进化的语文，良可悲也。而言诗者，多不知吾国诗之许多特色，无不根源于吾国语文之特点也，其诗句中诸字，自有其特殊的“组联法则”。上来所举三类，如“江柳摇村”，如“碧水惊秋”，如“鸡声茅店月”，犹不足以开某些只慕洋化者之柴塞乎？以上只论“句法”“字法”。至若历来讲“神韵”，讲“意趣”，讲“兴象”，讲“意境”，讲“格调”，亦皆不知从源头上说起，多是“半路出家”之功行也。此源头维何？曰：无他，仍然只是吾夏语文的极大特点特色有以致之。试思：倘非汉语四声韵部，其音节声调之美何由而来？有音节声调之美，始有律韵声情之美；有律韵声情之美，始有韵味神致随之以出。是之间，复有吾夏语文之形音义三者之微妙之关系在，聆音而味义，睹形而兴思，种种艺术的丰富联想与心理活动，亦俱由此而发生极为复杂的精神创造与感受（包括享受）。此与纯音符的语文所唤起于人的头脑心灵者，迥然异趣。故讲神韵，讲兴象，讲意境，离开吾夏语文之极大特点特色（即其极高级的进化的语文特质特性），皆为无根之游谈矣，为玄虚神秘矣。其实有根有柢，不玄不秘。大诗人大词人，皆最极精通自己民族语文的艺术大师也。是以居今之日，欲使学子热爱祖国民族诗歌，必须先使之热爱吾国语文。且诗歌乃是民族传统的，具有极大特色的，呼之为“古典”“古代”，已是不讲科学，更目之为“旧体”，岂非导引后代子孙轻藐自己的文化菁华的“名目”乎？

晏小山词笔之妙

诗词者，说话的艺术也。俗语有云：“一样子话，百样子说。”学诗习词，最宜有味乎斯言。譬如相思苦念之情怀，写者多矣，“思君令人老”，直抒胸臆，由来尚矣；而“一日不见，如三秋兮”，则从另一角度、另一方式而言之。倘加搜集而分类编列，当成类书之异品，艺苑之奇观。然至北宋词人晏小山，有二句堪称空前，其词有云：“……云渺渺，水茫茫，征人归路许多长。相思本是无凭语，莫向花笺费泪行。”相思极苦之人，无可慰藉，忽得一纸音书，珍逾拱璧，其书之来也，写之以彩笺，诉之以深忆，直切吾心，若神药之医患，甘露之溉烦……故置之怀袖，一日百遍循诵矣。若此种种，词人一字不写，翻曰书中虽诉相思，而口笔只为空话，真乎假乎？思极而虑生，既对来书流泪以读之百遍，乃唱叹而言曰：花笺写诉相思，岂为准据，流泪以读，将无徒然乎？曰“本是”，曰“莫向”，言辞明决之至矣；而其相思相忆之苦情，千回百转之心境，方始跃然于纸上，而百世之下，犹令吾人为之荡气回肠，泫然欲涕。而说话的艺术之高超，可谓至矣尽矣。然非至情过人，文心绝世，安能有此哉。论者常言：文似看山不喜平，是也，然此指通篇铺次布局贵有起伏变化，忌平衍板呆耳；若吾所举，乃篇外笔前，另有一番“不平”，纸上不见铺叙，而以一笔束括千回百转之无限意致与笔致者，尤为诗词家所难所贵，特宜标举，庶几不负才人之灵心慧性。

东坡与“豪放”无涉

世传坡公自云，柳三变词，当令十七八女郎唱“晓风残月”；至于己作，宜关西大汉铁板铜琶唱“大江东去”云云。历来征引，以为“佳话”。余效《石头记》中宝玉之言曰：全是“混账话”。坡公何等高人，出语断不至如此浅薄庸陋。此种最易入人，故最害人。浅识者最赏此等话头。于是有误以为使气骂座、恣肆叫嚣为“豪放”，又并真豪放之意气亦无一点，只以剑拔弩张之种种作态以充作之，满身伧气，满纸“客”气，而又时时捉襟见肘，吾读之浑身起栗，犹自谓我学东坡

“豪放”也，岂不糟蹋坡公至尽，无以复加乎！故“豪放”“婉约”二名一立，其弊遂滋。于此，当服王静安，解道“读东坡稼轩词，须观其雅量高致”。豪放云乎哉。余读东坡韵语，有一总感觉，即其五衷之内，悲感最深。而世人以为东坡“旷达”者，皮相之论也。盖东坡之为人，情至深，义至重，于宇宙人生万物，感受极敏锐，见理极深透，而才质过人，常以潇洒之笔写之，如不着力而成。潇洒者，才人风流之一种表现，与“豪”与“放”，两无交涉，而浅人误认为一耳。其所为诗词，读之常令人恻然心动，愈作旷达超脱语，愈觉其悲感之深，何尝有所谓豪所谓放哉。其《读孟郊诗》所云“诗从肺腑出，出辄愁肺腑”，移以评坡自为诗，最恰至切之“第一句子”也。抑犹有一义：坡公情最深至，故处世最多不可堪，其苦痛亦最甚，无以为遣，则从“思致”为解，亦即其自谓“胜之以不战”者是也。故坡之诗文，多具哲理意味。《赤壁赋》之变与不变；《水调歌头》之不求长聚但愿千里明月能共；《洞仙歌》之屈指只盼西风，不道流年偷换……随处而可遭矣。其惜花，守岁，别弟，念友，无往而不深情至恋，至于无可奈何处，乃聊以自创之哲理自解之，斯殆静安所谓雅量，于是貌似旷达超脱，群以“豪放”目之，此事之益可悲者。而坡笔之潇洒，则高致所由生。余谓雅量尚可陶冶以企望之；独笔之潇洒最难学致。此则欲不归之于天赋，又何所归乎？世又每言坡有仙气，称之曰坡仙；以吾论之，亦即其潇洒之笔，高致生焉，迥异庸陋尘俗，有是者即仙之所类矣。然仙者遗世而独立，无复执着人间、热爱人生之至情，故亦无复忧世悯俗之深悲；而坡则异是，恰相反也。以此言之，坡公至深极厚之人间情种也，仙于何有？故名实之际，表里之间，自昔为难事，而于赏会诗词，益可见焉。

近世有专为他人“贴标签”之月旦专家，则不知又为坡公准备下何等名色，呼牛唤马，坡公一笑领之矣。

清新俊逸四难

少陵于诗许人者二语四字，曰“清新庾开府，俊逸鲍参军”。诗而至于清新俊逸四者备，能事尽矣。清者何？声之清也。故曰“清歌一曲断人肠”；故曰“雏凤清于老凤声”；故曰“清词丽句必为邻”。清庙之瑟，朱弦疏越，一唱三叹，其声清也。新者何？意趣之新也。故曰“诗清立意新”；故曰“新诗改罢自长吟”。此新，非旧作新篇之谓，意趣新也。俊者何？神俊。逸者何？气逸。声清意新，易辨；神俊气逸，难知。须精音律，具“音乐耳”，方能声清。须富感受，具“诗心”“诗眼”，方能意新。须天赋好，人品高，方能神采飘逸，才思颖发。是以四者难并，兼二已为中上之选矣。俊逸之义，六朝人始大发明而崇尚之，论人讲神观俊特，论文讲风气遒举，即于《世说》一书中已可备见。故少陵既标清新，复悬俊逸，而后者尤难。如晚唐诗，牧之独富磊落英多之气，是俊逸也。南宋诗，唯石湖特有俊爽奔逸之致，是俊逸也。然常论不知及此。至今诗歌艺术论，术语概念，多假自西方，“形象”也，“性格”也，“修辞”也，“技巧”也，“描写”也，“刻画”也，非谓吾夏诗歌艺术中无是，然而以为即此足尽我国民族传统诗词之能事，则宁不令人生数典忘祖、取粗舍精之叹者乎。或曰：清新俊逸，是足尚矣，然何以不及字法句法？岂不讲哉？古来以此乃前提，乃必然之基本功，并此而不能，复何与于诗歌之事？岂不讲哉？早“讲过”而超越了也。知此而后可与语中国诗。

诗词中的代字

王静安论词极恶代字，何其弗思也。代字者，吾国汉字文学发展之必然结果，其根源端在汉文字形音义之极其丰富精微，此乃吾民族文化之最极宝贵处也。依静安，则“树头树底觅残红”为不可，必曰“觅馀花”始克称佳矣。循此以推，“落红成阵”固非名句，即“林花谢了春红”亦有“语病”。试问“碧落”者何耶？“黄泉”者又何耶？必令白傅改其诗句为“上穷天空下穷地”，无代字矣——而岂复成语，遑论为诗乎？地，仄声也，而词人某句某律当用平，始曰“平沙”“平宪”；草，仄声也，而词人于某句某律当用平，始曰“芦莎”“碧茵”。反之，平声“花”，觅“萼”以为代；“芦”，觅“荻”以为代。依静安皆大忌也。信如此，岂独无诗，必将吾夏高度进化之语文变为最简单之低级语文而后止。至昔人谓咏桃不可直说破桃字，当云“刘郎”；咏柳不可直说破柳字，当云“章台”……此则另是一事，辞意俱陋，静安非之，吾亦非之。然《人间词话》所举非此类也。况复由此而立一成见，悬一禁条，作诗填词，必不可用代字，则贤者失言，愚者学语，弊将何极？吾于静安，不能不有所商略者，非好辩也，求于心安与不安而已。

论王国维“境界”说

王静安云：“……然沧浪所谓兴趣，阮亭所谓神韵，犹不过道其面目，不若鄙人拈出境界二字为探其本也。”谓兴趣、神韵为“面目”，已奇。又云：“言气质，言神韵，不如言境界。有境界，本也；气质神韵，末也。有境界而二者随之矣。”又云：“词以境界为最上。有境界，则自成高格，自有名句。”这三则，道出了王先生以境界为本，为体，而历来论者所提的诸说为末，为貌。至其论姜、陆时，说：“古今词人，格调之高无如姜白石，惜不于意境上用力，故觉无言外之味，弦外之响，终不能与于一流作者也。”“南宋词人，白石有格而无情；剑南有气而乏韵。”至此，静安于力主“境界最上”之时，仍不能承认“情韵不匮”之高级标准（六朝刘彦和语也）。更奇者，静安既言所标境界为“最上”，有境界则一切随之；而当他评苏、辛时，却又说：“读东坡稼轩词，须观其雅量高致，有伯夷、柳下惠之风；白石虽似蝉蜕尘埃，然终不免局促辕下。”信如是，则所谓“高致”者，是否境界之外另一标准？抑有了“境界”而高致亦即“随之”自生？假若有境界者自应都能随生高致，何以又独于苏、辛“须观其高致”？若并不能有境界即有高致，又毕竟以何标准为“最上”——境界？高致？如曰二者宜悉具，则境界不可为“最上”矣。要之，静安之词论，自有甚高价值，但若仔细推敲，也还是有很多问题尚待分晓，未必探本之极致耳。静安有时又有逻辑不周密之失，如以白香山与吴梅村对比高下，以为虽皆歌行能手，一不隶事，故高；一多隶事，故下。我不禁要问：王先生亦知梅村所处何世？所咏何事乎？易代之际，难言之隐，切骨之痛，而欲于避忌百端、形势难测之时言之，隶事借古，以避时祸，犹不知如何，而王先生欲其与白傅之历史条件等量而硬比之，宁不可异？南宋词之所以为南宋词，种种缺陷，诚如静安之所指摘——盍亦一论其时与势之去北宋已远乎。故古今贤哲，必以通论为难，有以也。

岳飞《满江红》真伪

传世岳武穆《满江红》，论者以为于宋元无可考，始见于明人所编遗文集，当出伪托。又云贺兰山在西北，与金人无涉，方位乖舛，足见其为伪词。余曰：此词真伪，固难断言，第就质疑者所论而察之，明人有《永乐大典》中所收昔贤遗集，清代多不复存世，则安在明人必不能得一传写本乎？若南北宋之间词家每言西北，如“西北有神州”，如“西北欃枪未灭”（赵鼎《花心动》），此等不一而足。盖自南渡人士而言，“北望长安应不见，抛却关西半壁”（胡世将《念奴娇》），正其地理观念也。若谓“贺兰”不能借用，乃伪作者之马脚，则张元幹固亦云“要斩楼兰三尺剑，遗恨琵琶旧语”（《贺新郎》），亦不得用西域国名为喻，亦为伪词矣？论词恐不宜如此胶瑟。余以为此词有真气，非伪托者所易追拟，又上片“三十功名”“八千里路”一联，归到“莫等闲、白了少年头，空悲切”，慷慨风流，悲壮深婉，一时俱到，亦不似明人所能到。胡世将词又云：“阃外何人回首处，铁骑千群都灭。拜将台欹，招贤阁杳，空指冲冠发。栏干拍遍，独对中天明月。”思致神理，皆当时名将之真实写照；即其“塞马晨嘶，胡笳夕引，赢得头如雪”，亦尚觉不逮“三十功名尘与土，八千里路云和月。莫等闲、白了少年头，空悲切”之空际传神也，——而可轻议岳词为明人手笔耶？反证不足立，何如宁信其真，亦不至为鄂王面上涂墨，若误夺真词，压良为贱，始真是涂黑矣。

讲诗宜自根基起

久想和从事教育工作的同志们谈一点拙见，就是如何诱导青年学生们理解我们的民族传统诗歌的问题。

我用“民族传统诗歌”这一名目，是针对流行的“古典诗歌”“旧诗歌”等提法有意而为之的。因为我认为流行的提法不科学，有语病，应当让初学者从基本认识上弄得清楚些，防止给他们以先入为主的错误概念。比如什么叫“古典”，是等同于“古代”么？但“古人”作那诗时就是“当代”“现代”得很呢，“古典”原是指艺术流派而言，不是指时间先后。何况唐宋元明清，很多诗人写出来的佳句简直“口语化”得再也无法“进一步口语化”了！怎么又是“古典”？至于“旧诗”“旧体”云云，我觉得更是大欠妥当，极不恰切。溯其原因，大约是从五四运动“白话文学”兴起之际，有些人便以为中国诗也必须“打倒文言”，并且将“白话诗”误会为嘴里随便说的大白话，照样子写在纸上，分了行，就是“白话诗”了。还有，翻译西方诗歌的人，大抵是采用“白话”无疑了（只极少数个别人也用传统诗体去译外国诗），“白话译诗体”对当时诗坛的影响是不小的，这也不言而喻。于是乎，历来的传统诗歌的体制自然就变成“旧”的了、“古”的了。这也罢了，但一个名目总代表一种观念概念，导致一种理解；这种名目便也使相当多的人发生了错觉误会。他们以为那些“古”“旧”诗词是一伙“古人”“旧人”在那里毫无道理地生堆硬砌，闭门造车，为了适合自己的口味而凭空造出来的形式、格式、文字把戏，那么复杂的“格律”规定，都得严守，这岂不是人为的枷锁，艺术的桎梏？其为既“古”且“旧”，流毒不浅，必须像垃圾一样“处理”掉才行，是清楚的了。

发生了这样的“理解”的，别的不说，只说一端，就是忘记了十分重要的事情，忘记了中华民族传统诗歌体制的所以形成，完全是由于中华民族的主要语文即汉字语文本身所有的极大极鲜明突出的特点特色，这种特点特色，决定着民族传统诗歌的一切特点特色之产生、之发展、之成熟完美；而且这是经过了祖国数千年文化历史上无数艺术大师们的探索、实践、积累而取得的最辉煌的成就！这绝对不是某一个人，某几个人，出于一己的“心血来潮”弄出若干“花样”来，并且“命令”大家都来“服从”他们、一致“履行”的模式。

这样的一种传统诗歌，是我们民族文化的菁华的高级表现，无比宝贵，怎么把它当成了一种只是单纯“古”“旧”的“古董”了呢？

若问祖国语文的特点特色，所以形成民族传统诗歌的这种特定格律和体制的根本因素，究竟都是些什么，在此小文之中只能粗举浅说，聊为提引。

一是汉语单音而有四声平仄。这是一个极大的特点。外国人学汉语最难的一关就是通晓四声，大量的人因过不了这一关而放弃了学汉语的“野心”，可知其难，可知其重要。四声是平、上、去、入，在声调上有极鲜明的区分：平（阴平、阳平，相当于“第一声”“第二声”）可以曼声长延而不变其调。上、去（即“第三声”“第四声”）抑扬亢坠，构成声调变化的主要“部分”。入（普通话废而不用，但南方实际语音中则极为显著）极短促，其声才发即止，好像极急速的“快读”而“不及读完”它似的。在诗歌中，平仄两大声类的分法是：平即阴阳二平，仄即上、去、入三声统包在内。口语四声不清，听者不懂；诗歌平仄不调，尽失音乐节奏之美。实际上，四声平仄的运用，在日常俗话中也时时可显示它的巨大的规律性。比方，张王李赵，只举四汉姓，那次序都是符合阴阳平、上、去的，遑论其他（成语、格言……）。这种具有四声平仄的语言所写出来的诗，“先天”就有自己的独特的格律要求，不是“人为”的，更不是可以拿“外国的如何如何”来作什么驳难或借口的。只学过“西洋诗歌理论”的，自然也无从理解我们的传统诗歌为什么要如此组织音节——必合乎此种规律，方能悦耳动听，音乐美极其强烈感人。

第二是汉语的“特别组联机能”。从小时只接受过西欧语法观念并用来解释和要求汉语的人，将永远不会懂得我们自己的传统诗歌的妙处。比方唐人写游子在外，遇上过年，除夕一人守岁的况味，写道是——

乱山残雪夜，孤烛异乡人。

这种精彩的名句，你看它可有“主语”（过去也叫作“句主”）？不但这儿没有那个“主”人，而且哪儿又是“谓语”？在欧西语文中，没有“主”“谓”，特别是没有“动词”的，根本不成其为“语文”——不成话！可是你在上举两句十个字里找找看，哪个字又是“动”作之“词”？

上面一例，毕竟还有“乱”“残”“孤”“异”四个是“形容词”附加在那六个“名词”之前。更奇的例，我还可以举给你看——

鸡声茅店月，人迹板桥霜。

这实际是十个“名词”组联在一起，就成了最脍炙人口的名句，你道奇也不奇！？凡是作过一点外文翻译的都会知道：你若想把它译成外文，那“麻烦”不在于别的，而在于你首先得“找出”谁来充当“主语”。然后再在每个字与字之间都得“找出”一种“合理关系”，并因此而加上一大串的“介词”“联词”“转折词”，这才“成话”呢！其结果，就是古人说的“将活龙打作死蛇弄”，那本来灵通活妙的诗句，必须弄得一僵二死三无气，呆相尽出，一丝活意也无，这才算“合语法”，可判“及格”呢！

即此可见，我国一位有识之士（第一流的学者、科学家），把汉语华文评为世界上最进化的高级语文，是不虚的（我们有些人却把祖国语文看成陈旧的应当废除的东西）。以这样的高级语文写的诗，必然有它自己的表现法和神韵境界。过去探索中国诗的奥秘的，往往忘记了这一切的最重要的源头就是这个独特而神妙的语文本身，而不是天上掉下来、外面“按”上去的“装饰物”。

第三是汉语中数量惊人的双字联绵词语，反映了中华民族对于客观世界的深刻而高超的体察感受。比方说，春寒是“料峭”，严寒是“凛冽”。春风是“骀宕”，秋风是“凄紧”。就是观察人物，也要分出“潇洒”“飘逸”“庄重”“骀宕”“倜傥”……这些举之不尽。你试从外文词典里找找看，可有“相当”“相应”的词语以供“翻译”？再比如，我们的“朦胧”“迷离”“苍茫”“依稀”“缥缈”“微茫”“恍惚”“仿佛”“空濛”……你要查找外文，只能找到一个“不清楚”，只好用这个词儿来算数。我们的诗圣杜甫的名句：“此身饮罢无归处，独立苍茫自咏诗。”这里“苍茫”二字起着无比重要的作用（反映了他的身世、处境、心情、精神高度……），难道我们可以“今译”成“一个人站在不清楚的地方……”？岂非笑话。问题是，“不清楚”这是何等平庸乏味的语言（和观念）；而我们以上举的那些，又是何等丰富超妙的体察领会的表现法，那本身就具备了诗的神韵和境界。这是头等重要的事情，可惜很多人视而不见，见而不思；“敝帚”还要“自珍”，却总以为什么都是“洋的”好。

我只粗举三端，已约略可见，讲我们的民族传统诗歌是不能用简单化的非科学认识去给它贴上“古”“旧”的标签的。我们的高级语文既不“古”也不“旧”，这决定我们的民族传统诗体不会是简单的“古代文物”。

我用这篇小文向老师们呼吁：盼望您们诱导我们的青年一代，要正确理解我们宝贵的诗歌传统成就，首先要从热爱祖国语文做起，方能逐步地深深领会其中道理。

诗的存在

诗在哪里？“在诗集子里。或者在选注本中，在报章杂志的诗歌栏内。”这固然不错。只是太狭了些，太拘泥于形迹了。

诗，涵怀于我们的广阔的艺海中，几乎是无往而不在。

诗，对于我们中华民族来说，不仅仅存在于“诗歌”这一块园地里，它遍被于艺术的世界，“渗透”在每个艺术分类中。

“诗中有画，画中有诗。”这种话，艺苑文坛的人是烂熟的了。怎么讲呢？很简单，不就是这个里头有那个的成分，那个里头又有这个成分吗？这原也不错。不过，在我们的传统艺术理论看来，中国画不止是其中“有”诗，画的就“是”诗。

易言之，诗是语言文字的诗，画是线条色彩的诗。推之，音乐，对我们来说，也就是声音旋律的诗，曲艺是说唱的诗，戏剧是念、唱、做、打，综合音乐、舞蹈、画面、雕塑（一种“立体的画”），熔之于一炉的诗。没有诗，上述的艺术品种——中国老百姓喜闻乐见的那些民族形式，将是不可能的，也就是说，不会是中国绘画、中国歌曲、中国戏剧这个样子的。

四十年前，在大学读西语系，一次在系主任——一位美国女士家里，谈起诗。那时我从一个“大孩子”式的天真出发，未免“夜郎自大”地夸耀起我们中国的古典诗是如何的高超美妙来。这时，在座的另一位美国女教师（好像是教经济学的）问我说：“你们古代的那种诗，除了一些小小的感情的图画之外，还有什么伟大的作品呢？”我当时意气甚盛，听了大不受用，驳了几句，她还“将”一“军”：“你们就没有史诗！”

这下子，我被她问“倒”了，因为我们确实“没有”史诗呀，硬证面前就难以强词夺理，但心里说：“你哪里能懂中国诗？史诗，史诗，难道只有它才是‘伟大’的？要说史诗，中国不是‘没有’，那就是太史公的《史记》！那是一部真正伟大的史诗。你能懂这些吗？”为了礼貌，嘴里没说出来，心中赌着一口气。

事后想，莫要怪她，她到底是道着了一层真理：一点不错，我们中国古典诗主要是“小小的感情的图画”，（恰好也是“诗中有画”了呀！）翻译成普通词语，就是篇幅不是太长的抒情诗。

谁不承认这一点，谁就无法懂得中国的诗，也就难于懂得中国的其他艺术。

上文所讲的，实际就是说，中国艺术的一大特色，就在于从其素质来看，无不具有极为浓厚而又十分凝练的抒情诗的“气质”在。

我们的祖宗，很会写诗，一部诗总集那么早就出现了，这部名字就叫"诗"的总集，虽然后来被经典化了，加上了"经"字，但它的最主要的本质也还是"小小的感情的图画"。我们古代把韵文分为两大类，西晋的陆机在《文赋》中早就作出了概括，指明这两大类之一是"缘情"的诗，另一是"体物"的赋。可见，"诗"与"情"是不可分的，换言之，我们的诗从早就是抒情体。汉人的赋，果然是"体物"之作，比如"三都""两京"这些描绘诸大都会的赋，有人甚至说是"类书"和"词典"，但是这种赋"生活"的时期确实不久，很快就"变了质"。魏晋六朝，赋的"缘情"的成分越来越浓，曹子建的《洛神赋》，陶渊明的《闲情赋》，谁也不会承认它们还是"体物"之作，说它们是另一种形式的抒情诗，才更为得实。六朝的一些极精彩的小赋，如《别赋》《恨赋》《月赋》《雪赋》，形似赋物，实则满篇都是情致，与汉赋迥异其趣。这就是，因情而写景，写景是为抒情。"情""景"交融，"诗""画"合一。这条线，贯串着我们的文学艺术历史。

清人许梿，在《六朝文絜》中选录了谢庄的《月赋》，并有"说明"云："此赋假陈王、仲宣立局，与小谢《雪赋》同意。（谢朓的《雪赋》，也是假借两位古人以为'故事情节'的。陈王：曹植。仲宣：王粲。）兹刻遗《雪》取《月》者，以《雪》描写著迹，《月》则意趣洒然。所谓写神则生，写貌则死。"

这层道理，无比重要，我想外国的研究中国艺术的人，如果不先把这层道理弄得比较明白，事情是不好办的。许梿选取《月赋》而舍却《雪赋》不录，原因没有别的，就是后者的"抒情诗的素质"不如前者。那么由此又可知，中国的诗，"写神"而"生"，是核心，是灵魂，是第一要义。

试看谢庄是怎样来“赋”这个“月”的？——

> 陈王初丧应、刘，端忧多暇；绿苔生阁，芳尘凝榭；悄焉疚怀，不怡中夜。（暇、榭、夜，古音谐韵，应读xià、xià、yà。）乃清兰路，肃桂苑，腾吹寒山，弭盖秋阪；临浚壑而怨遥，登崇岫而伤远。

评者此处评曰：“怨遥伤远，一篇关目。”可知名为赋月，实是抒情，一语道破。接下去：

> 于时斜汉（银河）左界，北陆南躔；白露暧空，素月流天；沉吟《齐》章，殷勤《陈》篇；抽毫进牍，以命仲宣。

由此引出仲宣，是为开端，仲宣因而答对，构成全篇的主体。不能备引，且看其中一段：

> 若夫气霁地表，云敛天末；洞庭始波，木叶微脱。菊散芳于山椒，雁流哀于江濑；升清质之悠悠，降澄辉之蔼蔼。列宿掩缛，长河韬映；柔祇雪凝，圆灵水镜；连观（去声，楼观）霜缟，周除（庭除）冰净。……
>
> 若乃凉夜自凄，风篁成韵；亲懿莫从，羁孤递进。聆皋禽之夕闻，听朔管之秋引。……

评选者又有几段话，也是值得我们寻味的：

数语无一字说月，却无一字非月。清空澈骨，穆然可怀。

笔能赴情，文自情生。于文正不必苦镂，而冲淡之味，耐人咀嚼。

以二歌总结全局，与怨遥伤远相应，深情婉致，有味外味。后人模拟，便落套觉厌矣。

即此可见，抒情诗的实质，早已变换了赋的原义。许梿虽然是在讲赋，实际论的全是中国诗的道理。

赋犹如此（以“物”为主题对象的“铺陈”叙述文体），它可知矣。

我们的曲艺大鼓书，说唱艺术，该以“故事”为主了吧？其实不然。尝听过三位鼓老——刘宝全、白云鹏、金万昌的鼓书，那些段子，看来好像是为了传写历史人物的可歌可泣的事迹，但细一分析，“情节”实在是微乎其微，真正的“主体”，倒是一片唱叹之音，每一段书，都是一篇绝好的抒情诗篇。

我们的戏剧，总该是以“情节”为主了吧？其实又不尽然。拿西洋“戏剧”的定义概念来“套”我们中国歌剧，往往是似是而非，牵强得很。我们的古典戏，实在也会被外国观众看作“小小的感情的图画”。

我们并非没有过“连台大戏”，要演“三日夜”才完的“全本”。可是，说也奇怪，它们的命运也有点像“汉赋”，剩下来的——久经“考验”、千锤百炼、百观不厌的许多名戏，实际上却是今天连外国人也知道称呼的“折子戏”。道理安在？说我们中国人、中华民族天生爱看的就是折子戏，像是一种“解释”，但什么问题也没有说明。

我想，原因之一（如果不是全部），可能就也是折子戏者，本来即是“全本”之中最富有“抒情诗的素质”的那些单出，亦即诗意最浓的精华部分。

对刘宝全来说，不但《长坂坡》是唱叹的诗，就连《闹江州》也是诗——“故事性”始终不是主脑的东西。白、金二老的“红楼段子”，那就更不待言了，那真是绝妙的一篇篇的唱出来的抒情诗。《女起解》，有什么“情节”好瞧呢？一个老“长解”差人，一个沦落不幸的妓女，只此二人，绝少“动作”“热闹”，不过在起解的途中，抒叙了她的情感而已，而观众能为之静坐凝神地“听”它。《夜奔》一出戏，通场只一个“短打”武生，腰横一剑而外，绝无任何陪衬，从出场到闭幕，载歌载舞，英风俊骨，尽态极妍，观者满堂，被他一人“吸”住，一动不动。英雄失路，急奔梁山，仓皇窘迫，这是“故事情节”的力量吗？那情节实在“场外”。

所以，女子苏三也好，英雄林冲也好，浑身是胆的赵云也好，鲁莽可爱的李逵也好，《山门》的鲁智深，《弹词》的李龟年……一句话，到了“段子活”、折子戏里，抒情诗而已。

小说如何？也有“抒情诗的素质”吗？有的，那就可以举《红楼梦》。曹雪芹写人，个个是栩栩如生，呼之欲出，但她们什么模样？你就说不上来，想不出来。谁能说得出林黛玉到底是怎样一个形象？这正是“写神则生，写貌则死”。曹雪芹写“事”，也是充满了抒情诗的气息和境界，比如灯伞溪桥、秋窗风雨，或是冷月寒塘、中秋联句，这都容易看到和讲起，问题还不单在这里，曹雪芹实际上处处是运用着诗的手法。如其不然，《红楼梦》的魅力也就不这么大了。

曹雪芹是大诗人。司马迁好像没留下诗句，但我深信他也是大诗人，否则的话，他怎么可能写出那样一种中国式的伟大史书来呢?

还有鲁迅。请读读他的小说、散文，处处有诗在。

“小小的感情的图画”，也对——也大错。像我们文学史上的杜甫，他的一切——无论是“感情”还是“图画”——都不能算“小”，司马迁、曹雪芹、鲁迅，也莫不如此，他们都够大的了，放在世界文学总和上去称量称量就知道。

在我们中国的艺术世界里，诗无往而不在，以上便是证明。

附录

《范成大诗选》后记

一

范成大，字致能（致，一作至），号石湖，平江（苏州）吴县人。生于北宋钦宗（赵桓）靖康元年（一一二六）夏历六月初四日。就是这一年，金兵正式南侵，先是久围太原，守城的王禀等人坚守二百五十多天，宋政府坐视不救，粮尽无援，以至吃皮甲、吃草木，最后竟至人吃人，遂被金人攻破。王禀领饿兵死战，投水殉国。太原一陷，金兵就分两路长驱南下，终于兵临汴京（开封）城。四十五年以后，范成大曾就这件事假借唐代张巡、许远死守睢阳，保卫国家，以至食尽壮烈牺牲的故事为比拟，而诘问道：

平地孤城寇若林，两公犹解障妖祲。

大梁襟带洪河险，谁遣神州陆地沉？

正是，在神州陆沉的年月里诗人降生而且成长起来。同时的诗人杨万里曾有过“乱起吾降（生）日，吾将强仕年（四十岁）；中原仍梦里，南纪且愁边”的感慨，范成大正是一样。

谁使神州陆地沉的呢？不是别人，正是宋朝以赵家父子为首的腐朽透顶的统治集团。赵佶（徽宗）、赵桓等人荒淫无道的结果，在次年（一一二七）四月竟被掳北去，金人随带搜劫走的是金子约三十六万两，银子七百十四万两，后妃、太子、宗室等数千人，以及大量的珍宝、图书、卤簿、仪器、其他宝贵文物。还有百工技艺、妇女、倡优等无数人民，也被掳往金国。黄河以北，被金兵破坏得数百里不见人烟。人民遭祸之惨，难以笔述。

这时，赵佶的另一个儿子赵构，在南京（河南商丘）即位，改元建炎，这就是臭名昭彰、万民唾骂的宋高宗；从此开始了南宋“小朝廷”的局面。

赵构不顾多少的忠言谏议，不管多少的有利条件，一直往南逃跑，引得本来没有那么大野心也并无足够力量的金人一直在后面追上来。最后，一度逃亡入海。建炎三四年间，金兵渡江，将最富庶的临安（杭州）、平江焚掠一空。诗人的故乡平江府因为是咽喉要冲，先已遭受够了“随驾”诸军的骚扰，民不聊生；到此，烧毁得只剩下一所寺院，大火五日不熄，百多里外都看得见浓烟；据记载，人民死亡达五十多万。

诗人这时年才四岁，全家丧乱流离的情形不问可知。

之后，赵构就想收拾临安，稳坐杭州，歌舞西湖。这个局面最后定于建炎八年（一一三八）；诗人时年十三岁。赵构的一贯投降卖国的政策，就是坚决镇压人民爱国武装力量，杀害足以消灭敌人、使敌人丧胆的大将和战士，宠用卖国汉奸为宰相，放逐、迫害一切爱国的官、民，加紧压榨农民的膏血，以便于一方面供给巨额财物于敌人（“岁贡”），一方面穷奢极侈地荒淫享乐：在上述几个方面，他的做法是无所不用其极，而且终其位略无改变。

范成大的家世情况，父亲以上无可考，父亲范雩，宣和六年（一一二四）进士，官至秘书郎。范成大十四、十五岁时，先后接连遭到母、父之丧。十六岁时，全国人痛心疾首的“绍兴和议”卖国条约订成，刘锜、吴璘等英雄的卫国战功虽然未至成为白费，而岳飞收复河山、直捣黄龙的雄图却是“十年之力，废于一旦”，整个被汉奸阻挠破坏，本人也被害冤死。从此，淮水、大散关为界，中原尽行放弃，赵构向“大金皇帝”谨守“臣节”，岁“贡”银二十五万两，绢二十五万匹。从此，南北的人民，都长期陷入极其惨重的灾难之中。当时国事、家事，是那样不幸，少年时期的黯淡无比的岁月，给正在成长的诗人的人生观和性格上的影响，无疑是巨大的。从父母死后，他十年不出，料理了两个妹妹出嫁的事；取唐人“只在此山中”的诗句，自号“此山居士”，无意科举。据他的诗自叙，当时并无“一廛”的居处、“三椽”的房屋。

可是他究竟是秘书郎的后人，“山中”计划只能算是“理想”，当后来他父亲的同年名叫王葆的一位前辈先生拿“先君”“遗志”这类

“大道理”来逼他学习举业的时候，他还是接受了“好意”，跟着王葆学起来。绍兴二十四年（一一五四），他二十九岁时，中了进士。从此开始了他此后三十年的仕宦生涯。

大约从绍兴二十五年起，他被派为徽州的司户参军，直到三十一年冬天，共历六七年之久（一般是三年任满），经过了三位州官的代换，说明他在初期“宦途”上很“沉滞”。最后一位州官上司是“名流”洪适，洪适比较能看重他。由于洪适的帮助，才得离徽入杭，去做京官。

绍兴三十一年的秋天，金国完颜亮又大举入寇。十一月，虞允文大败金兵于采石（安徽当涂），危势得解。完颜亮不久为部下所杀，金军退去。次年春天，范成大由徽州到杭，监太平惠民和剂局。此时南宋朝廷主和派势力暂时稍煞，二月派遣起居舍人洪迈使金，探试收复河南“陵寝”，以定和战；夏天，赵构传位给他养子赵昚（慎），这就是孝宗。赵昚一上来，有意恢复一些措施，略反赵构的做法，主战爱国人士进用，一时颇有些新气象，人心十分振奋。

次年（一一六三），改元隆兴；四月，决定了二十年以来所未曾有过的北伐计划。老将张浚，指挥李显忠、邵宏渊进攻。李显忠一出兵就连下三城，气势极壮；各地忠义民兵和金国汉军纷纷归附，希望很大。可是文臣中仍然是主和派执政，多方挠阻，加上邵宏渊以私情一意破坏李显忠的军事，不幸致成一次大溃败。赵昚马上动摇，进用秦桧党羽汤思退做宰相，尽撤江淮的边防，想割地求和；次年，张浚解职，不久即死。这年冬天，金兵再犯淮南，烈士魏胜战死，楚州陷落。民心痛愤已极，赵昚不得已将汤思退流窜永州，未到就吓死在路上。到此，秦桧的势力才算告一段落。——当然，大官僚地主集团的主和投降派，并不从此就失势，他们是始终要出卖国家、人民以求苟安偷活、自荣自利的。

一一六五年，改元乾道，这时所谓“隆兴和议”已成：宋朝除自己放弃了海、泗等四州以外，又割商州；改称“叔（金）侄（宋）”之国；“岁贡”改称“岁币”，银、绢各减五万两、匹——而宋皇帝须向金使跪拜接受“诏书”的“礼仪”却忘了“更正”。从此，两国对峙的局面算是“稳定”下来，南宋耻辱小朝廷“太平”下去，大官僚地主们十分“庆幸”，更又一心一意地加紧剥削人民了。

范成大到这时已然四十岁。他来杭州四年之间，由圣政所检讨官历枢密院编修、秘书省正字、校书郎，升到著作佐郎。乾道二年（一一六六），除吏部员外郎（这是才要由史馆、图书职务转入政事部门），言官指责这是超躐等级的迁升，范成大就请领“祠禄”，回到苏州。他的进退，可能和洪适——徽州旧上司、宰相兼枢密——的进退有关联。到四年秋天，因早已经起用，这时才到知处州（浙江丽水）任。在处州，设法兴修水利，灌溉很广；又在当地人自创的基础上设立“义役”法，使胥吏无法措手贪索，想减轻役法害民的程度；处州因“丁钱”重得以致人民连男婴都不敢养育，他后来又为设法请减。

五年（一一六九），召到杭州，宰相陈俊卿以为范成大有才干，荐除礼部员外郎，兼崇政殿说书、国史院编修，仍旧都是所谓“清职”。十二月，升起居舍人，兼实录院检讨。曾就处理狱犯的酷虐和两浙“丁钱”太重等事进言，获得一些采纳。

六年（一一七〇），发生了一件对南宋国势并无多大关系、而就范成大个人来说却颇不简单的事情。

赵昚总算比赵构还顾点廉耻：屡想收复河南“陵寝”之地，并坚持要更改那个人人以为奇耻大辱、独独赵构甘心乐意的跪拜受书礼。他和左、右相陈俊卿、虞允文商议，陈惧怕“起衅”（惹起战端）而不表同意，后竟因此罢相。虞荐二人可做使臣：李焘、范成大。李也算是号称有气节的名流，听得这个差使，吓得说：“这岂不是要葬送我！”不敢应承。范成大慨然请行。这年闰五月，就命他为起居郎，借资政殿大学士，为“祈请国信使”。临行，赵昚问他外议汹汹、人皆畏怯的事，他说：“无故遣泛使（贺正旦、生辰的常使以外的特派专使），近于求衅，不戮则执（不是被杀即是被拘留）。臣已立后（后嗣），仍区处家事（并安排了家事），为不还计（为不能回来作预备）。心甚安之。”赵昚为之感动，说：“我不败盟（撕毁和约）发兵，何至害卿。啮雪餐毡，理或有之（像苏武使匈奴被羁囚十九年，备尝艰苦）。不欲，明言，恐负卿耳。”范成大毅然在六七月间启程北去。

正式国书内，只载有索取河南“陵寝”的事，而要改受书礼仪一节，大臣不同意（不敢）载入，却叫范成大自己设法去交涉。金法严厉，不许使臣递私人书奏。范成大在金国皇帝面前诸事都“行礼如仪”以后，突然拿出私书来，要求接受。金皇帝又惊又怒，厉声责斥负责外交事务的宣徽副使，说宋使从来没有人敢这样放肆过，加以恫吓，后来竟至要起身离位，情形极为紧张。范成大屹然不动，坚持必须递上私书才肯退去。金国皇帝竟无法，最后被迫答应接受。事后，范成大才知道金国太子当时就要杀他，经人劝阻，算是未施毒手。金国臣僚又亲向范成大表示钦佩；因为他们看惯了的是宋使的卑躬屈节、辱国丧权，还少见这样的事情啊！

范成大回来，赵昚看到金国回书里面提到此事时有“出于率易，要

（要挟）以必从”的话，知道范成大是真心舍身为国。后来金使南来，还详细地向宋臣描叙当时的种种情状。因此，这件事为朝、野、南、北所一致称道。我们今天看来，这件事本身并没有什么光彩可言，它只说明了宋朝一向在金国面前的卑屈可耻，范成大此行在外交使命上也并未（实际也绝无可能）获得结果，但在爱国主义的坚强精神上仍然发生了好的影响和作用，所以值得称赞。在敌人面前奴颜婢膝、摇尾乞怜的宋使们，永远是最可耻、也最为敌人瞧不起的。

因使金的功劳，范成大得升官中书舍人；此外还要照例晋两级。可是因为范成大在金国获悉夏国向金人泄漏了夏、宋之间的密约，回来后曾警告朝廷不可轻信夏国，执政大臣不乐，独不给他照例晋级。七年（一一七一），赵昚要任用奸佞“外戚”张说做签书枢密院事（军务要职），物议哗然，可是都畏惧张说的势焰，不敢讲话。范成大“当制”（中书舍人要替皇帝起草授官的告文），扣留“词头”，径向赵昚缴驳（缴回命令，不同意授给此人此官，拒绝起草）。赵昚变色，范成大不为所动，从容喻谏。张说做签枢的事居然因此而罢。这件事连同他上年使金不屈的事，是当时最常为人提起的两桩有气节的表现。——范成大很明白这已经是得罪了赵昚和佞幸，于是就又自动请领“祠禄”归里（后来，赵昚终于又把张说任命为枢臣，而且因此免了御史李衡等四人的官。人作《四贤诗》纪愤）。从此，范成大在仕宦道路上结束了前一阶段：即史馆“清秘”、文学词臣的阶段。

从这个时期起，赵昚在初期的、表面的那点朝气已尽，暮气、邪气日益深重，充分露出了封建统治者的本来面目：不顾谏阻，一意任用佞幸曾觌、龙大渊、张说、王抃等人为重要官职，勾结盘踞，卖官鬻爵，正人如虞允文、梁克家等都相继被排挤而去。不久，志在恢复的虞允文死于四川。最后一次派遣泛使汤邦彦，辱命而还，从此收复河南之议也就完结，再不提起。这时，老一辈的人才已经凋落无馀，后起爱国有为之士如辛弃疾等人则不过浮沉外郡，在谗毁打击下讨生活。全国地方官吏，都是朝中宰执台谏等要人的亲旧宾客，贪赃狼藉，专门向人民敲骨吸髓。正税、杂税、强征、巧派，把农民的“法定”租赋翻高到几倍，有的甚至到十几倍。农民无立锥之地，还要负担重税，被逼得逃田弃屋，或流亡城市，或落草山林，聚义反抗。大官僚地主则地连数县，租米有每年收到百万石的，却不负担租赋、职役，奢侈淫逸达到极点。赵昚个人，号称“恭俭”“圣德”，一味“孝敬”赵构，“过宫”看问一次，单是“贡献”零用钱有时多到几万，其他可以想见。汤思退死后，宰相大臣，更换频繁，虽然贤愚不等，但差别不大，好的也不过是具位、画诺的文书庸吏而已。这时全国的情形诚然有如当时朱熹所说：“……陛下（赵昚）之德业日隳，纪纲日坏，邪佞充塞，货赂公行，兵愁民怨，‘盗贼’间作，灾异数见，饥馑荐臻，群小相挺，人人皆得满其所欲……”南宋小朝廷的罪恶，人民所遭受的痛苦，也可以略见梗概了。

在这种情形下，范成大不能在朝中立足，从乾道八年（一一七二）冬天起复以后，到淳熙九年（一一八二）五月，十年之间，除了中间一度短期在朝，都被派到边远外任，流转于静江（桂林）、成都、明州（宁波）、建康（南京），做地方大吏。他在各地，都能在职权范围内或多或少地施行一些善政，直接间接地使重压之下的人民略得喘息。在桂林时，因监司官尽取盐税，使得下层州县加倍苛敛，他就抑监司以解州县，苛敛得以稍减。对边区不加歧视，人民很爱重他。在四川帅任中，能够治兵选将，施利惠农，边防得以巩固，减酒税四十八万缗，停“科籴”五十二万斗。在明州，前任皇子赵恺（魏惠宪王）遗留的害民虐政，尽行罢去。在建康，移军米二十万石赈救饥民，减租米十几万斗，受赈的据说达到四万五千几百户，没有一户流离失所的；又代下户（贫民）输纳“秋苗钱”和“丁钱”一年。所有这些，我们还很难说直接受实惠的一定就是贫苦人民，但是在贪赃狼藉、残酷剥削的官风中，这究竟是值得赞扬的。有如他在明州写的一首小诗所说：“老身穷苦不须忧，未有毫分慰此州；但得田间无叹息，何须地上见钱流！”表明了他反对苛敛、主张减轻农民负担的愿望，他的做法就是从这一愿望出发的。

当然，范成大终归是属于统治阶级的大官僚。他的一些措施，例如“义役法”，恐怕实际上主要还是给中小地主阶级谋了利益。他对被官府逼得“造反”的“群盗”也是不肯容情的，例如在建康帅任，他就镇压了被称为“劫江贼”的“静江大将军”徐五。类似的事情一定还有。这在今天看来，自然是对人民犯罪的恶行。

他由桂林、四川两任回朝以后，在淳熙五年（一一七八）四月，以中大夫做了参知政事，这是他由文学词臣走到了“宰执”大臣的仕宦高峰。可是这时赵昚的政见已经同他不合了，不多久的功夫就对他厌倦了，于是御史得以借私憾细节来攻击他，立即得罪落职，再领祠禄。他做参政一共才两个月的时间。

从六年起知明州，到九年（一一八二），在建康任得疾，五次上书，请解职退休，得回乡里，这时他年已五十七岁。他的仕宦生涯从此基本上告一结束。后来虽曾两次起知福州、太平州（安徽当涂），或则坚决辞谢，或则才一到任就告休回来，实际并未任事。而此时赵昚已经传位给他的三子赵惇（光宗），这是个荒淫昏懦、丧心病狂、“以无能之人，负大逆之名，始望其为人君，后竟不能为人子”的昏君，南宋的国事，更无一丝毫希望。范成大这时虽然也曾“应诏上书”，极论苏民、求将、固边、屯田、理财等要政利病，但摆在昏君面前，照例不过是废纸罢了。他在名义上虽然是“身事三朝”，事实上他的真正仕宦经历却是和赵昚统治期间相终始的。

赵惇绍熙四年（一一九三）夏历九月初五日，范成大卒于家，年六十八岁。后来谥曰“文穆”。他死后，南宋小朝廷政局不久就转入韩侂胄专权的另一糟糕局面。

以上只是一个极简略的轮廓叙述，由于水平限制，对范成大为人的分析批判是很不够的。加以材料上的限制，也增加了我们的困难，例如我们所有的基本资料只是一篇周必大所作的范公神道碑；《宋史》本传也就是那些事迹而更加简略，没有提供其他参考材料或线索。而神道碑和“行状”这类文字，即使没有夸饰，也是只举好事，都将死者说成一个无可指摘的“完人”。此外宋人记载中有关范成大的正反面材料也都很少，他本人的文集也不可得见：这都增加了我们了解上的片面性。可以提到的，如他出头反对张说做签枢（当时只有他和张栻二人），张说却向人扬言：“张栻和我素不相合，攻击我是自然的；范致能为什么也如此呢？我这亭子的木材还是他送我的呢！”如果不是张说造谣反扑[1]，那就无怪有人说范成大“会做官”。不过，他不像周必大，当皇帝要给曾觌加官做“少保”时，大家都料定周必大不肯同意草制，可是他不但应命草制，而且还写出了“敬故在尊贤之上”的词句，大为舆论所讥。这里的区别是很大的。再看先后攻击范成大的言官如林安宅、谢廓然等人，都是和权幸们勾结肆恶的著名奸佞，可以说明范成大不是他们的同流，而是敌对。陆游在《梦范参政》诗中曾用力写出：

梦中不知何岁月，长亭惨淡天飞雪。
酒肉如山鼓吹喧，车马结束有行色。
我起持公不得语，但道“不料今遽别”！
平生故人端有几？长号顿足泪迸血！
生存相别尚如此，何况一旦泉壤隔！
欲怀鸡黍病为重，千里关河阻临穴。
速死从公尚何憾？眼中宁复见此杰！
青灯耿耿山雨寒，援笔诗成心欲裂！

可以看出，像爱国诗人陆游这样的痛悼和怀念，绝不止是出于一点个人

[1] 张说等辈惯于造谤诬人，以达到排挤陷害的目的，可参看《四库提要》卷一百五十九《雪山集》提要：“《宋史》本传颇以气节推（王）质，而周密《齐东野语》载：张说为承旨时朝士多趋之，惟质与沈瀛相戒勿诣（张）说；已而质潜往说所，甫入客位，瀛已先在，物议喧传，久之皆不安而去。与史殊相乖刺。考史称虞允文以质鲠亮不回，荐为右正言，时中贵人用事，多畏惮质，阴沮之云云。则质非附势求进者，殆张说等惧其弹劾，反造此谤，史所谓‘阴沮之’者，正指其事，密不察而误载也。”按王质，字景文，兴国人，著《雪山集》。

之间的朋友交谊，“眼中宁复见此杰”[1]，这种沉痛的语言里，还有不少内容在。这对范成大的为人评价方面，也未始不是一种有力的参证。

二

综观范成大一生，约略可分为五个时期：由十四五岁初为诗文、连遭亲丧起，十年不出，为第一个时期。从习举业、中进士、初做徽州司户，这十年左右，为第二个时期。入杭做京官以下，约十年，为第三个时期。外任镇帅，亦约十年，为第四个时期。从建康告闲退休，亦约十年，为最后一个时期。时间上很匀整。而他的诗歌作品，也正由于生活上的变化，可以按照以上五个时期来划分，大致上是合适的。

比起同时齐名的另外两位诗人陆游、杨万里来，范成大自编的诗集中存诗的开始算是最早的（陆、杨二家的诗，早年的都删去不存，陆游存诗尤晚）。最初期，他在艺术风格上还未臻成熟，内容也欠充实，

---

[1] 陆游《渭南文集》卷十八《筹边楼记》曾说范成大：“方公在中朝，以洽闻强记擅名一时，天子有所顾问，近臣皆推公对，莫敢先者。其使虏而归也，尽能道其国礼仪、刑法、职官、宫室、城邑、制度，自幽蓟以出居庸、松亭关，并定襄、五原，以抵灵武、朔方，古今战守离合、得失是非，一皆究其本末，口讲手画，委曲周悉，如言其国内事，虽虏耆老大人，知之不如是详也。”楼钥《攻媿集》卷三十八“资政殿大学士通议大夫范成大转一官致仕”告文中也说：“胸中之有甲兵，世称小范之才高（按指北宋时范仲淹守边抵御西夏的事）。”都可见范成大不止是个文人诗家，而有多方面的才干。

我们所能看到的是：孤独寂寞的情怀；十分消沉的心境，所谓“青鬓朱颜万事慵”；虚无、厌世情绪，所谓“吾将老泥蟠”；道家思想，这么早就在他诗歌中露出根芽。这在一个二十岁左右的少年身上，都是不相称、不健康的。对农村风物的摹写，也已然有了开端，可是，他此时笔下用力写的尚是自然景物，除了“深村时节好，应为去年丰”以外，他还不能对其他重要问题作任何反映，因而使读者感觉到南宋苏州农村风景只有可爱，那无疑是被他美化了的结果。总之，这一时期的诗还是比较浮浅的作品。但是他写出的“莫把江山夸北客，冷烟寒水更荒凉”，不仅具体反映出当时江南的残破的真实情景，也显示了这个少年对南宋政府的批评，以及他忧国爱国的思想，是很值得提一提的。苏州当时为金国来使所必经，一年两度来往，供应骚扰，也成为人民的灾害。绍兴十四年（一一四四），特建姑苏馆，“专以奉国信贵客”，“体势宏丽”，又作台，“制度瑰特”，供金使登临观眺，可谓无耻之极。少年诗人的冷笔，给赵构朝廷深深地下了一刺。这是非常可贵的。

大约二十五六岁以后，他的诗转入另一阶段。虽然还正在发展期，却不容忽视。和前一阶段比起来，内容显著地丰富了，在艺术风格上也更成熟、更多变化了。首先是对国家的关心有了进一步的表现，或因祖国景物、地理形胜而发，或通过咏史的形式来表达，或用更深婉的“比兴”手法而咏叹。例如，写建康，说“拂云千雉绕，截水万崖奔”，如果我们参看陆游在《老学庵笔记》中所说的“建康城，李景所作，其高三丈，因江山为险固，其受敌唯东北两面，而壕堑重复，皆可坚守；至绍兴间已二百馀年，所损不及十之一”，那么就更能体会到那十个字两句中所包含的意义的丰富；说“赤日吴波动，苍烟楚树昏”，上句写反顾江南，下句写前望江北（楚，这里不是一般常指的湖南、湖北，或宋人所指的江西地，而是指淮南一带乃至更北的陷金地区，宋以淮安为楚州），说明地扼南北宋金之冲要；而“赤日”“苍烟”，“波动”“树昏”，从字面的背后，也透露了更深刻的内涵；由此，再结到“向无形胜地，何以控乾坤”的主旨，隐隐提出应当建都于此地的正确主张，就非常有力。像《胭脂井》小诗，尖锐地讽刺了赵构这个荒淫皇帝。还有所谓“比兴”的手法，另是一种小诗，例如：

乌鸦撩乱舞黄云，楼上飞花已唾人；
说与江梅须早计：冯夷（水神）无赖欲争春！

——《欲雪》

赫赫炎官张伞，啾啾赤帝骑龙；
安得雷轰九地，会令雨起千峰！

——《剧暑》

这里面都隐含着向政府提出的警告和期望，是诗人生活在黯淡苦闷的岁月里所发出的呼声，提醒南宋朝廷早做打算，盼望早一时打破那个沉闷、窒息的“和议”局面。

由于“少孤为客早”，范成大这时大概为了生活或其他缘故，已经开始各地奔走流转；为了科考，他也不得不驰驱于建康、临安等地。行旅虽然使他厌倦，但却开阔了他的眼界，丰富了他的生活，有更多的机会去接触人民：这对他是极其重要的。因此，他这时期写行旅，写风土、名胜，都已有较好的作品。特别是写农村的作品，日益发展提高起来：《大暑舟行含山道中雨骤至……》一诗，写大雨中农民作苦不息，而说出“嗟余岂能贤，与彼亦何辨？扁舟风露熟，半世江湖遍；不知忧稼穑，但解加餐饭；遥怜老农苦，敢厌游子倦”，农民的辛苦，同情和自惭的心理，写来已不同于最初期的只于农村风物“赏心”而已了。不久，四首效王建的《乐神曲》《缫丝行》《田家留客行》《催租行》就又向前跨进一大步，由单写农民体力劳苦而深入到“去年解衣折租价，今年有衣著祭社”“输租得钞官更催，踉蹡里正敲门来”了。写南塘村的“田舍火炉头”，写圩田决坏（壤？）的“空腹荷锄”，到开始为官后的《后催租行》，就更有了“黄纸放尽白纸催”“去年衣尽到家口”、二女“亦复驱将换升斗”的描写，南宋农民受到残酷剥削的惨状，已然获得了真切的反映。因公外出旅行，也将所看到的地方贫瘠凄苦的景物写入小诗。范成大一向有“田园诗人”的称号，普通多指他在晚年写作了六十首《四时田园杂兴》而言，但是应该注意到他从早期就特别关怀农民的事实，而田园诗人的称号，在范成大说来，更不是王维式的“即此羡闲适”，这是重要的一点。

在此之外，一首《姑恶》诗值得特别注意。写姑恶鸟的诗，宋人中不止范成大一个，例如或者说：“姑不恶，妾命薄！”或者说：“放弃不敢怨，所悲孤（辜负）大恩。”在谴责那种虐待儿媳致死的恶婆母时都还有所顾忌，忘不掉“止乎礼义”的“大节目”。可是范成大却写道：

“姑恶妇所云，恐是妇偏辞；

姑言妇恶定有之，妇言姑恶未可知。”

——姑不恶，妇不死！

与人作妇亦大难，已死人言尚如此！

这是一扫“温柔敦厚”“怨而不怒”的奴隶“诗教”，直截了当地为被迫害的妇女喊冤、向吃人的封建礼教作反抗的呼声。一个中古时代的青年诗人，胆敢写出这样的诗句，其思想之先进，特别是他的勇敢，也许是不易为生活在自由时代的我们马上充分体会的。所惜者此后他在这一方面却没有发展下去。

在这时期范成大写他个人的诗，仍然有“孤穷”“霜露”的悲痛情绪。厌恶仕宦利禄的思想，在诗中显示得特别强烈，——这本不是什么坏事，只是这种思想常常和消沉、虚无的情绪交杂在一起，所谓“少年豪壮今如此，只与残僧气味同”，颓气得十分严重。他的自幼多病，也增加了他的痛苦和苦闷，至有“化儿幻我知何用，只与人间试药方”的叹气。另一方面，也有时流露一些个人英雄主义的“抱负”，但又说“我若材堪当世用，他年应只似诸公”，说明那个时代环境给他加在身心上的种种痛苦和矛盾，表现了消极的、不健康的一面。

但特别令我们不能满意的是两点。第一，这时候他诗中已然出现了佛家“偈语”式的东西，例如：

> 苦相打通俱入妙，病缘才入更何疑。
> 丈夫解却维摩缚，八字轰开不二门。
>
> ——《病中三偈》

这种文字，是旧体诗中最劣等的魔道；我们今天从思想性、艺术性各方面看来，更是没有一丝毫可取处，只成恶趣。这个恶劣根芽，到他后期还有严重的发展，下面还要说到它。第二，他自从做了地方卑吏之后，一方面极度憎恶这种生活，借蚊子慨叹“小虫与我同忧患，口腹驱来敢倦飞”，可是，另一方面也作了一些无聊的诗句，在赏红梅、阅番乐的时候与知府或同僚唱和，或向上司阿谀献颂，“五云丛里望三台”“报道紫皇思侍臣”式样的句子开始出现，这是宋朝士大夫们作应酬诗时张口即来的陈词滥调，读起来使人惋惜这个最厌恨利禄的青年诗人在宦场中不久也沾染上了官气，表现了他庸俗的阶级本质的一面。

第三个时期，即主要是在杭州做京官时期的作品。一般地说，由于生活的贫乏，这些作品显得很暗淡无力，远不如上一时期的作品能吸引读者的心目。内容大部分是和士大夫同僚的唱和，或游湖，或赏梅，或听声乐。“应制”体也开始出现，虽然只有一首，却都说明了生活决定创作的真理。我们说他这一时期作品内容贫乏，是恰如其分的。

这一时期关怀农民的作品几乎绝无仅有了。特别令人不解的是：此期中间曾夹有一任处州“亲民”的经历（如上面所述，他在任上很做过一些于民有利的事，证明他是很关怀人民的），可是在诗集中却找不到一点写处州的痕迹。事实上，所有属于处州的作品，一共只有六首绝句，而且都是为题“莺花亭”而作，内容是借纪念北宋词人秦观，而发抒自己的“游子断魂招不得，秋来春草更萋萋”“垆下三年世路穷，蚁封盘马竟难工”的情怀，慨叹空遭“圣时”，不遇“知己”。其间感伤情绪极为浓重，甚至在全集中也算得是最感伤的作品。也许，他这一时期的其他作品曾遭佚散？或因故删削不存？我们此刻对这个疑问，已感无法解答了。

当然，这里没有一笔抹杀他这一时期的作品的用意。他在“冬祠太乙”的诗里，不忘记“愿挽灵旗北指，为君直捣阴山”的志愿（太乙神，主兵事，其旗据说常指向敌人）。在祭社神的诗里，也不忘记写农民年凶岁荒、又加瘟疫侵袭的灾难，要社神“为国忧元元”，使人民有饭吃、少生病。他在写送给汤思退、胡铨、周必大、陆游、洪迈等人，以及挽吊陈康伯、杨存中、郑作肃等人的诗篇里，都对时事、政局作出了一定的反映，而且，他的政见是站在端人、正义、爱国这一边的，颇有史笔，这是不可以忽视的。而且如果我们对当时的政治情况了解得再多些，或许还会从这类诗里发现更丰富的内容。

尽管如此，假如这一时期作品中没有了他在乾道六年（一一七〇）使金时所作的那一整卷诗句的话，那么我们所指出的他此期作品的暗淡贫乏，还会显得严重得多。有了这一卷使金绝句，顿然改观，内容饱满，精彩倍出。我觉得，这一卷诗是范成大集中最好的作品之一，值得着重地称道一下。

自从卖国汉奸集团订了“和议”以来，每年往来于道中的“和平”使臣，络绎不绝，耗费着大量的从人民剥夺而来的脂膏财物，以屈辱和无耻去讨金人的“欢心”，正如当时名词人张孝祥所写：“干羽方怀远，静烽燧，且休兵；冠盖使，纷驰骛，若为情（令人何以为情）！”历年这些大量的“冠盖使”中，只有极少数的有心之士曾把北行的见闻记录下来，成为宝贵的历史社会文献；至于诗歌中，在这方面的反映则尤为稀少可贵，偶有一点，极其零碎，不成篇幅，内容也或狭隘或空泛，给人的印象并不深刻。而范成大这卷诗，几乎是以日记的方式来逐次地写作，到一处、遇一事，就有一处一事的观察和反映，随时随地描写陷金地区的种种真实情景，而贯串在这些反映和描写之间的则是一条极鲜明有力的爱国主义思想的线索，使七十二篇绝句构成了一个有机的整体。这个“冠盖使”，除了在金国面前表现得十分坚强以外，还专力地写成了这卷爱国诗，或者可了解那许多“同使”之羞罢？

这一组诗，按内容分类，大致有以下几等：第一，针对沦陷地区的景色、地理而写的爱国诗，瞻望收复河山的壮怀和壮语。第二，借古人而发抒感慨，批评政府的错误，如上引借张巡、许远而议论“谁使神州陆地沉”者即是。第三，写沦陷区人民的盼望祖国恢复，如“茹痛含辛说乱华”的老车夫；叹息“曾见太平”的种梨老人；天街上“年年等驾回”的父老；迎迓扶拜、争看“汉官”的白头翁媪。——都使读者如闻其声、如见其人，这些被赵构等人出卖、遗弃，而且遗忘了的苦难忠贞的遗民父老们，在诗人的作品里获得了关切和同情，也获得了永远不朽的生命。第四，描写金国的风土、习俗，种种落后、残破、野蛮的景象。第五，诗人自己报国的决心。第六，借古迹而抒感，如“戚姬（汉高祖刘邦的宠姬）葬处君知否？不及虞兮（楚霸王项羽的爱人）有墓田”“纵有周遭遗堞在（曹操所筑的讲武城），不如鱼复阵图尊（诸葛亮的八阵图）”等是，实际仍然是爱国主义思想。其中，例如写安肃军的沈苑泊：“台家抵死争溏泺，满眼秋芜衬夕阳！”写黄河的李固渡：“列弩燔梁那可渡？向来天数亦人谋！”这类诗，就北宋的腐朽昏庸的若干具体事实，沉痛地指责了卖国、误国者的罪恶，读来令人义愤填膺，无愧史笔，远远胜过了当代人的一些同类作品。也还应该指出：范成大这种诗，完全运用十分平易近人的、几乎像“竹枝词”式的绝句小诗，精彩地收摄了每一个有意义的镜头特写，“传统”诗家们充分运用这种诗体的例子并不很多，原因是他们看不起这种诗体，认为是“俚俗”，“格调不高”。

第四个时期，即在外面做四任边区大吏的时期，作品最富，竟然占了全集三十三卷中的整整十卷之多。这么多的作品，虽然整个说来并不是范成大最重要、最出色的诗，但是却构成了集中的另一特点，即山川行旅诗，——至于他在安居下来、住在帅府以后的诗，从数量和内容上讲，就大都没有什么可说的，十之九不过是个人的心境，倦游、叹老、嗟病、悲凉、寂寞，无多可取。而在行旅诗中，由于他西至四川、东至明州、南至桂林、北至建康，实际是走遍了南宋疆域的四极之地，反映面就十分广阔。祖国的山川形势，人民的风土生活，都得到了描写，而且他在这些方面，如早期就已有所表现的，是具有才能的，写得都很真切、细致、清新、丰富，令人得到一个总的感觉：充实。

衡阳道中的一首小诗写道：“黑羖钻篱破，花猪突户开；空山竹瓦屋，犹有燕飞来。”这不但写出了当地的农村景物，而且如果我们想到过去的文人画家，都不肯写猪这个动物，以为它“不入品”（诗里并不是没有出现过“猪”这个字，但都是作为“肉类”而写及的），写了，就会“破坏”了“大雅”，那么，于此不能不佩服范成大的肯于突破“雅道”。《合江亭》诗，想象江水合流如同诸侯的“尊王攘夷”：“安知千载后，但泣新亭囚！”有力地讽刺了南宋的衮衮诸公（当然，像到陆游晚年所写的“新亭对泣亦无人”的情形，那就每况愈下了）。“我题石鼓诗，愿言续春秋！”诗人表明了自己要以“史笔”来写诗的素志。《黄罴岭》，写深山中的几乎是橧巢而栖的农民穷苦生活。《潺陵》《荆渚堤上》，写湖南农村遭到破坏以后的惨状。《劳畬耕》，着重写了吴农的受尽极残酷的剥削，由于官府的苛虐强夺，胥吏的贪奸凶狠，地主的私债煎迫，以至于逃田弃屋，室无炊烟。“晶晶云子饭，生世不下咽（咽喉）；食者定游手，种者长流涎！”十分深刻地揭露了剥削的残忍，阶级的不平。《夔州竹枝歌》，描写了背儿采茶的妇女，“买盐沽酒”的水果贩，另一面则官僚吃好米，穷人吃豆粟：“东屯平田粳米软，不到贫人饭甑中！”以及“绣罗衣服生光辉”的大贾商人的“当筵”荒乐。这无异是南宋封建社会各阶级、阶层生活的缩影。《峡石铺》写稻田：“新秧一棱绿茸茸，茅花先秋雪摇风：——后皇（大地）嘉种不易熟，野草何为搀岁功？”在诗句中寄托了更深刻更广泛的含义。《初发太城留别田父》，说明诗人离开成都时，唯一作诗惜别的就是农民父老，因听说昨夜雨透、丰收有望而欢喜“伸眉”。《离堆行》，向每年要“吃”四五万只羊的神提出抗议：“更愿爱羊如爱人！”《鲁家洑入沌》，写出：“夜后逢人尽刀剑，古来踏地皆耕桑；可怜行路难如此，一簇寒芦尚税场！”诗人实际上已然告诉了我们：人民所以如此苦难，谁又是天生下来甘愿去做“盗贼”的？一簇寒芦，尚设税场，不就是官逼民反问题之所在吗？

还有一类诗，如《入分宜》，写“入国观政”，说明由水道的有无桥梁就可以看出地方官的贤否。《铧觜》，就前人后人兴修水利为民造福的事而感叹：“无谓秦无人，虎鼠用否耳。”《麻线堆》，写蜀道之难，作诗劝地方官修路，而说：“勿云此事小，惟有行人知！”“官吏既弗迹，谁肯深长思？……工费嗟小哉，政须贤有司。”所有这些，连串起来看，范成大作品中关怀民生疾苦，并不是偶然的、个别的现象，而是一贯的、经常的意志所在。南宋的大官僚，旅行在祖国河山土地上的，每年不知有多少，有几个曾给我们留下了这样多的正面有关生民利害的作品呢?

范成大在这一时期所作的诗也并不是都值得赞美的，或者即使是可取的诗中也时时夹杂着应该批判的糟粕。上面所举的《潺陵》诗，写当地兵灾以后的残破，他却说：“老翁雪髯鬓，生长识群盗。”虽然这一带地区遭受破坏的情形和原因很复杂——例如有金人敌兵的洗劫，也有毫无原则的具有叛徒、流氓军阀性质的“盗军”孔彦舟等人的烧杀，也有“平盗”官军的比孔彦舟等更加凶暴的劫掠杀戮；——但钟相、杨么等人民武装力量是这一地区的最好的忠义兵营，在爱国民族气节、政治措施、军队纪律等方面都是非常杰出的。破坏最甚的主要还是官兵方面的惨无人道。而范成大尽管提出“人言古战场，疮痍猝难疗；谁使至此极？天乎吾请祷”，同时也对“一簇寒芦尚税场”的苛政予以批评，但由于他本人的阶级限制，他是不能认识孔彦舟和钟相之间的区别并且同情后者的，所以依然糊涂笼统地使用了统治阶级一贯污蔑人民起义军的字眼：“群盗”。这个和他给杨万里的诗里把“闽盗”沈师称为“狐兔”是并无二致的；如果再拿他亲自镇压“靖海大将军”的事实来合看，他的立场就更显然了。我们读他这类诗，一方面肯定他能反映出“归来四十年，墟里迹如扫；莫讶土毛稀，须知人力槁”的历史情况，一方面对他的统治阶级的立场观点，则必须加以严肃批判。由此，也就可举一反三地明白：在《合江亭》诗中，他只知呼吁“诸侯”来“勤王”，而不知抗敌救国的南北人民武装力量才是国家抗敌的真正的依靠。他的阶级立场确定了他的局限性。

其次，他虽然忧国、爱民，但是总的说来，他的人生观是消极虚无的，“今古纷纷一窖尘”，这种思想在他诗中可以时常碰到。他从很早时候就和道家结了不解之缘（其开始则可能是由于自幼多病，一生几次大病垂死，仅剩皮骨，因而讲求道家养生法），后来和释家衲子交游来往的迹象也很多，这就使他的集子里出现了两种诗：一是羡慕仙佛的诗，一是大量采入佛经、禅宗的词句、典故、话头的“诗”。前一种诗，如果是由于南宋政治腐朽、现实黑暗，因而在精神上不免产生一种想要“蝉蜕浊秽”、追求幻想的“光明”“自由”世界的缘故，那么虽然不好，也还有情可原；但范成大的这类诗却是对具体的某些“仙迹”的描写和羡慕，这就使人感到可笑。例如他登大峨山看到所谓“光相”（一种光学自然现象），居然自以为是“神灵”为他而现示的，写出“我本三生同行愿，随缘一念犹相应”等句子，当时的楼钥就在《跋范石湖游大峨诗卷》一文里加以微词讥评，说：“使石湖再登大峨，必须别有一则佳话也！”今天看来，更是愚不可及。后一种“诗”，尤为恶劣乏味，读来使人不欲卒篇，掩卷思卧。从北宋苏轼、黄庭坚起，开始了以释家语言而入诗的坏风气，例如“溪声便是广长舌，山色岂非清净身”“两手欲遮瓶里雀，四条深怕井中蛇”之类，不但思想内容无多足取，即是从艺术角度来看，这也是最糟糕的文字，岂但不成其为“诗”而已！作俑者固然无聊，但向这方面严重发展、“青出于蓝”的却是范成大。他早年就写过“偈子”诗，上文已经提过，到这一时期的末后，有迹象重新抬头，及入下一时期，便加多起来，像“要识见闻无尽藏（音葬），先除梦幻有为观”“第一圆通三鼓梦，大千世界一窗灯”之类，以及《红楼梦》中曾引及的“纵有千年铁门限，终须一个土馒头”，都是属于这一种诗的典型代表。清朝吴乔说后两句：“直欲笑煞！”纪昀也说：“粗鄙之极！”这诚然是范成大作品中的最要不得的糟粕，必须着重批判。那个时代给人们的痛苦和苦闷确是巨大的，可是向道释两门的出世思想中去寻求渺不可得的“出路”，是统治阶级人物们（尽管他们也有正邪不同、贤愚不等）的共通的“悲剧”，范成大正是其中的一个例子。

第五个时期亦即最末一个时期，是范成大退闲家居，从五十七岁到六十八岁的作品。开头的情况，也并不使人怎样高兴：这时他暮气加深，爱国之心虽然并未完全忘怀，然而只不过有时笔锋一触：“太乙灵旗方北指”“匈奴未灭家何为”“时倚楼栏直北看”“他年击楫誓中流”，而且大都是在说别人；他自己，则所谓“我今以病为欣戚”“输与诸公汗简青”了，热情转化而为讦激、牢骚，甚至时时不免有玩世不恭之意。他固然仍要讽刺像“书至五千空拄腹，钱非十万不通神”“虱里趋时真是贼，虎中宣力任为伥”“笑中恐有义甫，泣里难防叔鱼”那样魑魅魍魉的社会人情、宦场世态，但他所缺欠的是严词正义，正面向恶势力、坏事物作勇敢不懈的斗争的精神，结果，只能是“看穿了”，只能是“有为皆妄懒方真”，只能又是“随水随风几窖尘”，这便非常不好了。

此外，或如元人方回所指出的“其（石湖）病也，非贫者之病，盖犹有贵人之风焉”，写“有日犹嫌开牖，无风不敢上帘”“香暖香寒功课，窗明窗暗光阴”式的老病衰残。或如姜夔在挽诗中所说的“江山平日眼，花鸟暮年心”，写花草虫鱼，甚至写太湖石，——这是以前所绝未有过的。

但是，假使范成大末年诗整个是如此，那真是“强弩之末”了。所好者这时期却又产生了颇为重要的几组作品。大约从淳熙十二年（乙巳，一一八五）起，他同情人民疾苦的诗显著增加，例如题“雀竹图”时，不忘记写出：“草间岂无馀粒？——刮地风号雪飞！”夜坐时，在“满城风雨骤寒天”里听见“呼号卖卜”的声音，不禁感叹：“呼号卖卜谁家子？想欠明朝籴米钱！”这不仅写出了呼号者的可怜，同时现实主义的手法也就展示了卖卜不过是穷人借以求几文籴米钱的手段而已，——难道那里面还会有什么“灵通感应”不成！继此，就有了一连串的同情于穷民、小贩、卖歌者的作品，说出“忍寒犹可忍饥难”，“不是甘心是苦心”，替他们提出疑问：“悠悠大块亦何心？”体会日晚忍饥的卖歌者的歌声“个中当有不平鸣”，而且表示出：“汝不能诗替汝吟！”在另一首里，他因“春雪数作”而写道：

（上略）世无辟寒香，谁能不龟手？

邻人索米归，衾裯无恙不？

贫人寒切骨，无地兼无锥；

安知双彩胜，但写入春宜（指上文在雪天作“笙歌暖寒会”的富贵人们）！？

贩夫博口食，奈此不售何？

无术慰啼号，汝今一身多！

这种精神是崇高的，也是感人的。也应该指出：南宋由于工商业的发展，商品经济发达，大城市非常繁荣，成为官僚、地主、富商盘踞剥削的据点；市民阶层虽然日益扩大，成分也日益复杂，下层市民就成为被压迫被剥削的对象；在有着“金扑满”绰号的苏州城里，剥削者的生活是“崇栋宇，丰庖厨，嫁娶丧葬，奢厚逾度”的，和贫苦市民的悲惨生活正成为极尖锐的对比，而封建士大夫的诗人中间，有几个肯于留意及于下层贫苦市民而反映他们的生活呢？因此就显出范成大在这方面的难能而可贵。

另一组诗就是农家诗和风土节序诗，从《梅雨五绝》《芒种后积雨骤冷三绝》起，不久就数到了《四时田园杂兴》六十首。这六十首绝句，一向认为是范成大所以获得“田园诗人”称号、享盛名、定身价的代表作品。田家诗，我国从很早就有了，可是像这样集中地、系统地、整批地给田家写组诗的，却没有过，这是一。除了“躬耕”的陶渊明稍有不同以外，田家诗的作者多是站在“负杖阅岩耕”（宋之问）和“即此羡闲适”（王维）的角度，看到并画下一些带有“鸡犬”“牛羊”“桑麻”“豆麦”的美丽图画，因此，很难也不可能在他们的这种诗里触觉到多少真实的生活内容，嗅觉到多少真正的生活气息；而范成大在他这些诗里则比较深刻而全面地反映了当时农家的景物、岁时、风俗、劳动、困难、忧虑、灾难、煎迫、奋斗、各式样的生活、各式样的琐事，我们觉得这样的作者才仿佛像是在一定程度上亲自体验过那种生活和遭遇的人，所以明朝人有过“虽老于犁锄者或不能及”的话，他的艺术似乎要把我们领入那种生活之中来共同参加体验，而不只是让我们看些仅仅带有鸡犬桑麻如图画——那些仅仅只有一个面（而且是浮浅歪曲的面）的图画。这是二。这里还必须补充说明一下：我国的田家诗，大致可以分为两个“系统”。其一是陶渊明式的“聊为陇亩民”“复得返自然”之类和刚才所说的“看画图”式的那种农家诗，即表示士大夫脱身仕宦、“归去来兮”的心理的和地主官僚过腻了富贵生活要想换个

“农家风味”的作品。其二是自从唐人才盛行起来的新乐府式的“田家词”“悯农”“农家叹”之类，专门反映农民的辛苦、艰难和被剥削压迫的惨痛的。而一向所谓的“田园诗”，则通指前一类，即歌颂以至美化农家生活的作品。至于后一类，并不称为“田园诗”，范成大的前后《催租行》《缫丝行》，正是这一类的作品。——严格说来，前乎此，范成大还没有写过正式的前一类田园诗，多是属于或者可以附属于后一类的篇什。到这里，他才忽然大规模地写起田园诗来，从春到冬，一年间的劳动和生活，按照时序总摄于这一组诗内，令人回想起《诗经》里面的可贵的、久久没有人继承发展的《豳风·七月》诗来。重要的是，他的这些田园诗除了不同于以往的“看画图”式的诗以外，又把上述后一类农家叹的内容和思想写进这组田园诗来，把二者巧妙自然地融汇而为一，这则是从来很少有人做过的。事实证明，他这样做做对了，他在实际上是在一定程度上改造了传统田园诗（专门粉饰、美化、歪曲）的本质，因而相对地提高了田园诗的价值。所以如果只把他标签为“田园诗人”，而不指出这个区别，就可能低估了范成大的这种作品。

但是也就是在这里，确实仍有范成大田园诗的问题：他本人既然有时以“潜夫”“闲客”的身份而出现在这组诗里，使人自然要怀疑：他个人本身就是农民？还是农民真的都过着像他所写的生活？他确实没有写过像其他同时诗人所写的打发儿子出外去收租米和客户（佃户）每月要拿鸡鱼给自己送“月礼”的作品；相反地，他却能写出“小妇连宵上绢机，大耆催税急于飞”“无力买田聊种水，近来湖面亦收租”“笺诉天公休掠剩，半偿私债半输官”“不惜两钟输一斗，尚馀糠核饱儿郎”“黄纸蠲租白纸催，皂衣旁午下乡来”和一系列的农民贫苦生活情况。可是我们可以看到其他不少地方仍然是他美化了农民生活。南宋朝廷为了应付巨大的支出和他们的享乐奢费，为了加紧压榨农民，确曾作了类如安集流散、借贷农具、开发水利、扩垦耕地、经界丈亩、增殖品种等措施，更主要是由于农民辛勤劳动，创造财富，南宋农业生产力确曾大为恢复并增长，封建农村经济达到相当高度的发展，比之陷金区的破坏生产、摧残丁壮、经济逆转、农村凋敝残破不堪的情况并不相同，因而苏州地区平均每亩达到三石米的产量。农民生活可能在金人停止侵略“安定”下来已经数十年之久的时候获得相对的一些所谓“改善”。然而即使如此，这也依然不能为他美化农民生活作辩解，这二者根本不容混为一谈。苏州地区的农民，百分之九十以上仍然是被残酷剥削的贫苦佃户。举一点来说，他这些诗里的“安分守己”“乐天知命”的思想表现得很浓重，例如“男解牵牛女能织，不须徼福渡河星”“从教屋外阴风吼，卧听篱头响玉箫”“晚来拭净南窗纸，便觉斜阳一倍红”等，虽然他主旨多是针对“朱门”而表示藐视的，但“知足长乐”的气味是发散得够强了。这样，他就在揭发剥削压迫的同时，又使人感到农民是完全“满意”于那种生活（这里面还包括着他的美化）而并无要求和争取改变现实的志愿与力量：这是一种歪曲，一种迷混调和阶级矛盾阶级斗争的作用和效果，是对人民有害的。地主官僚的诗人来写农村，无可避免地就要按照他们自己的眼光和“心光”来歪曲客观真实，因此许多人所写的“田家乐”实际就是“地主乐”。在范成大的田园诗问题上，我们就要清楚两点：一方面，我们不仅重视他肯把较多的篇幅给予农村农民这一事实（如果从整个诗歌历史来看，他差不多是最能把反映农村生活作为首要的创作主题的作者），而且我们之所以肯定他更是因为他在诗里所表现的那种一贯的同情贫苦劳动人民的态度（这是衡量封建文人作品的基本尺度）。另一方面，我们必须指明，这种田园诗虽然比以往的同类作品跨进了一大步，可是绝不能认为这些反映是全部真实和正确的，其中仍然夹杂着很大成分的地主剥削阶级本身的生活情况、恩怨感情、趣味情调。这两方面，我们应该清楚地识别和恰当地估价；强调夸大任何一个方面或想孤立抵销任何一个方面，都势必会导引出不公允、不科学的结论。

最后，可以提到他的一些“比兴”体的小诗。他深深地感于那个时代的黯淡苦闷的不可耐，时常要“问讯东风几日来”，“谁能腰鼓催花信，快打凉州百面雷！”他瞻望：

> 春后一寒如此，梅花有信来无？

他准备：

> 遮藏茉莉槛，缠裹芭蕉身：
> ——我亦入室处（上声，动字），忍寒待阳春。

他感叹：

> 三分春色三分雨，匹似东风本不来！

我们切莫小觑了这种诗的意义，同时一个诗人名叫曾极的，就因为写出了“九十日春晴色少，一千年世乱时多”，使统治者至兴大狱。原因是：如果像爱国诗人陆游那样大声疾呼，时刻要求并准备杀敌复土、拯国救民，这是全国人民的呼声，连封建统治者在口头上也不得不承认这是应该，因此他还无法明目张胆地出面反对；可是这种微词多讽、偏锋落笔的针砭，却最使封建统治者觉得刺痛和不舒服，是他们所更难以容忍的，于是露出本来的凶残面目，实行镇压迫害了。从这里才可以体会这种诗的意义。例如范成大又曾写道：

纵敌稽山祸已胎，垂涎上国亦荒哉。
不知养虎自遗患，只道求鱼无后灾。
梦见梧桐生后圃，眼看麋鹿上高台。
千龄只有忠臣恨，化作涛江雪浪堆！

这首诗，元人曾选入《瀛奎律髓》，清代乾隆时候的批评家纪昀有过评语，说是：

亦老生之常谈。——词调尤野！

是的，也许有点不够“温柔敦厚”。可是，批评家还没有从别的方面去看些问题。也有一个小故事可以帮助我们说明问题。从绍兴十一年（一一四一）起，高宗赵构、宰相秦桧的卖国“和议”订立以后，便更加严厉地镇压一切爱国、反对和议的人士。和战两方，亦即卖国、卫国的势力，是整个南宋政治上的主要斗争，也是最残酷、最激烈的斗争。

有一位名叫张伯麟的，在太学墙上写道：

夫差！尔忘越王之杀尔父乎？

这无异是代表全国爱国人民向卖国集团的大头子赵构提出质问的呼声，恰好也就是上面那首诗的最简要、最贴切的注脚。这位张伯麟写了这句话，得到了什么待遇呢：刺配处分。

那首诗，被批评家贬为老生之常谈。可是这“老生之常谈”，究竟是“谈”的什么样的沉痛内容啊！那是在什么样的年月里、什么样的情势下而写出的“老生之常谈”啊！

三

范成大诗歌的艺术性，一般说来不低，风格清新，富于变化，很能多方面向前人学习，吸取长处。由于内容的充实丰富，艺术技巧和风格势必就要有足以适应的多样多彩：这一点他是做到了的。前人评他的诗风，曾有“温润”“典雅标致”“端庄婉雅”“隽伟”“奔逸”“清新妩丽”“精致”“秀淡”“婉峭”等等不同的认识，也可以作为这方面的一点说明。他也写了些粗率、滑快、浅露、诡怪的作品，了无意味，读之索然，是他的缺点；使用僻典，排比成语概念，也构成他艺术上的另一缺陷。（这类作品本书都不入选。）

过去时代的“传统”批评家们所指责于范成大的，大约不外乎说他“弱”，说他“平浅”，说他“边幅太窘”，说他“体不高神不远”。我们今天看来，自然有其所见，但也并不能完全同意这些看法。“边幅”的窘否，不应只向“波澜壮阔”上去着眼，要看和篇幅相对的内容是充实是空泛，是反映了多少事物、什么事物。清人吴乔所谓“明人以集中无体不备、汗牛充栋者为大家；愚则不然：观于其志，不惟子美为大家，韩偓落花诗即大家也”。这是有些道理的（这里并不是讨论他对韩偓评价的问题，只是借这来说明“大家”并非以“边幅”为定的这层道理）。至于“平浅”，没有“高格”“远神”，更要看这个诗人所写的是什么题材，什么态度，什么情调。“灞桥风雪中驴子背上”的诗人，他作出的诗句一定是会有“高情远韵”的，“格”也不会不“高”了吧？可是能说“踏雪寻梅”式的诗一定“高”于范成大吗？民生疾苦，国家危急，要向这里面寻找并且要求“高远”的“神韵”，这非全无心肝而何？大抵资产阶级唯心美学论调都是这样的，此刻就不打算多费笔墨来驳斥这种“神韵论”。倒是“平浅”，却道着一个问题。

范成大的诗，学陶，学六朝，学鲍谢，学中晚唐，学韩愈，学元白，学张王，学李贺，学杜牧，学盛唐，学李白，学杜甫，学北宋，学欧梅，学苏黄，学王安石，甚至学相去最近的陈与义和同时的陆游、杨万里。他几乎向所有历代著名诗人学习。可是他接受白居易、张籍、王建等诗人的影响实在比表面上的苏黄影响要大得多。当时的诗人敖陶孙就曾指出：

自从“长庆”编成日，直到先生（石湖）晚岁诗。

可是不知由于什么原因，后来却很少有人注意到这一点。人人都知道：白居易是主张“诗合有为而作”、致力于以平易通俗的语言来反映民生疾苦的现实主义的大诗人，而有些瞧不起白居易的人，他们所不满于白诗的，恰恰正是所谓“平浅”。可见凡是继承了白居易这条现实主义路线的作品，他们大概都会讥之为“平浅”的，我们也就不必奇怪了。传统的评价，偏高和偏低的例子都有；我们对范成大的诗歌如何重新估计，还有待逐步讨论，但总之是不能像他们那样纯以风格论来代替内容分析，这则是毫无疑义的。

范成大，和同时的陆游、杨万里、尤袤齐名，号称“南宋四大家”。尤袤现存诗很少，无多可谈；杨万里在语言艺术方面颇有独创精神，所惜内容方面此较细碎贫乏，思想性不突出。因此，在南宋整个诗坛上，仍然以陆范两家为最重要、最杰出。从宋朝一代文人诗歌的情况来看，像其他时期一样，现实主义和反现实主义的两条创作道路的斗争是复杂尖锐的，而现实主义正是在斗争中获得发展和胜利。宋代从最初期，就有专以“雕章丽句”为能事的“西昆体”的反现实主义流派和标举“本与乐天（白居易）为后进，敢期子美（杜甫）是前身”的现实主义（以王禹偁为代表）的创作路线先后出现。然后，梅尧臣、苏舜钦等现实主义诗人起来，击败了西昆派，为此后诗歌发展开辟了道路。不久，西昆派的组织、堆砌、剽窃的形式主义的方法就借尸还魂，以另一种面目复活，而成为远离生活、玩弄文字的“江西派”。这股逆流，尽管在同时就已引起了许多人的强烈反对，可是由于当时的政治、社会原因，它成为一种强有力的恶势力，在文人创作中生根结果，窒息僵化了许多诗人的艺术生命，其流风馀毒远及于南宋和南宋以后的诗作。陆游、范成大、杨万里，早期都曾从江西派入手，正好说明了这种情况。值得注意的是，这二三大家，所以成其为大家，正是因为他们能够“从江西入而不从江西出”。换言之，他们正是由于生活实践创作实践，终于摆脱了这条绳索的束缚，抛弃了形式主义的死路，而选择了现实主义的康庄大道，才在创作上获得了成就，赢得了人民的喜爱，也就丰富了现实主义诗歌的园地。陆游的伟大爱国诗篇，成为反映南宋时期民族矛盾的光辉榜样，这是我们所熟悉的；而范成大反映民生疾苦的诗篇，也同样是现实主义的胜利。和北宋梅、苏等诗人比起来，就可以看出，前一时期的现实主义诗人的反映面还很小，仍旧是多写个人抒情和描摹景物的作品，他们还没有把描写人民的生活和疾苦当作自己最主要的职责，而范成大则可以说是在这方面向前跨进了一大步。由此可见，北宋末期兴起的反现实主义江西派逆流实在是到陆、范等诗人起来才真正地予以扭转，把诗歌创作重新纳入正途的，并且在艺术上也都有新的成就。愈古愈高、“后不如前”的复古主义的评诗观点，是不可能看到这些事实的；不从这些事实来分析比较，被“汉魏”“苏黄”等大名震慑迷信住了，就很难承认南宋的诗人还会有多大价值和意义。

范成大的现实主义创作道路的来龙去脉既然大致是这样，那么他在艺术上所受于诸家诸派的影响又是如何呢？《四库提要》曾说明两点：一是“初年吟咏，实沿溯中唐以下”；二是“自官新安掾以后，骨力乃以渐而遒，盖追溯苏黄遗法，而约以婉峭，自为一家”。这是有参考价值的。

在初年沿溯中唐以下这一点上，如《提要》所举出，范成大学晚唐，学李贺，学王建；而特别令人注目的是，《石湖诗集》一开卷的第二首《西江有单鹄行》和第九首《河豚叹》，就都是长庆体。从整个诗集看，他效法李贺，只有《夜宴曲》和《神弦》两三首，以后再也没有朝这种风格发展的任何痕迹，说明学李贺只是他一时偶尔兴到之作。而元和、长庆诗风，即元（稹）白（居易）、张（籍）王（建）的道路，却是他一生创作中的主要精神所在，这一点是十分鲜明的，同时也是最重要的。

其中尤以王建给他的影响值得个别地提出来谈一下。王建和张籍齐名，都擅长作反映民生疾苦、攻击剥削统治阶级的新乐府诗，而且和白居易是同时的诗人，因此可以说，在创作方法和目的上，他们是属于同一现实主义阵营的。但在艺术风格上，仍然各有其特点。清人刘熙载曾指出他们的不同，说："白香山（居易）乐府与张文昌（籍）、王仲初（建）同为自出新意；其不同者：在此平旷而彼峭窄耳。"王安石品题张籍的诗，也有"看似寻常最奇崛，成如容易却艰辛"的话。这就是对他们的艺术手法的一种概括的体会，意思是说：白居易的写法比较平正、舒徐、坦易、流畅，而张王的写法比较峬峭、紧凑、跳动、险急。特别是王建，这种特点更加明显。范成大的新乐府诗和一些性质相近的诗，则完全具备了王建乐府的特点（《提要》也正就提出了那个"峭"字），写得十分富有波折和姿态。典型的例子可以举《催租行》：一首诗统共八句，两句一换韵，一句一转，一韵一变，五十六个字，刻画了农民交完官租，取得收据执照，里正又踉跄闯来，敲门骚扰，及至把执照拿出来给他看，他才装得佯嗔佯喜，刁相十足，说出"我不过是来闹碗酒喝罢了”的勒索本意，农民无奈，只得把仅有的一点积蓄，三百铜钱——当时三四斗米的价值——全部献出，还得笑脸周旋，好言应付：“这个不够喝酒的，您为‘公事’跑破了鞋，对付弄双草鞋穿吧。”看他写得如此简洁了当，而又如此曲折变化，穷形尽相，把欺压者和被欺压者双方的语言、心理、情景都摹画无遗，使人深深感到看到那一时代的人民所遭受的难以言说的痛苦，而所有这些，只是包括在五十六个字中间，几乎是以惜墨如金的经济而又跳荡的艺术技巧表达出来。这种手法的优点是既不平板、枯燥，也不滑快、一泻无馀，不教条概念地发议论，非常形象化，使读者由艺术的感染启发而领会到思想内容。至于运用口语，老妪都解，更是十分明显。这种诗，是范成大最好、最成功的诗。

由此可见，范成大在艺术方面也是基本上取径于中唐名家，而又加以变化发展的。

至于他以后“骨力乃以渐而遒”，《提要》归功于“苏黄遗法”，却须分别而论。首先，苏黄虽被人统称为“元佑体”，但两家创作方法和艺术风格之不相同，可以说是如泾渭之分流一样，绝不容混为一谈。其次，黄庭坚的堆垛襞积、槎枒生硬的作风，和范成大的清圆便婉、明净流美的诗格也可以说是南辕北辙，不相干涉。我们并不是说苏黄都没有给予他任何影响，影响是有的，特别是以苏轼为较大；但是如果以为他的风格是由于“苏黄遗法”才建立而成的，那恐怕是一种不大符合事实的错觉。

苏黄两家在南北宋之际对诗坛影响得深而且广，自然是不可忽视的。南宋刘克庄曾说过：“元祐后，诗人迭起，一种则波澜富而句律疏，一种则煅炼精而性情远：要之不出苏黄二体而已。”这不但说明了两家的影响之巨，而且也指出了二者道路和风格之间的区别之大。但我们看，范成大的诗风和那两类特点相近不呢？很显然，他的诗既不够个“波澜富”，也不到得就是“句律疏”；既不够个“煅炼精”，也不到得就是“性情远”：苏轼的天马行空、泉源涌地的风格，以及善巧方便、层出不穷的譬喻，黄庭坚的“点铁为金”“夺胎换骨”，一句诗至“历古人六七作”的手法，以及严冷少味的面目，这都不是在范诗中所能找得到的。这就可以清楚，《提要》的看法，在“苏黄遗法”这一点上未免皮相，是导引人误解的。

我们看，范成大不是没有学过苏黄的，只是他并没有学到他们的长处，所学到的毋宁说是一些糟粕和恶习。上文说过，他也写过一些粗率、滑快、浅露、诡怪的作品，了无意味，读之索然；好用释典禅语，排比成语概念，也构成他艺术上的另一缺陷。这些，正就是苏黄两家给他的坏影响，他自己还有时加以严重化罢了。可以肯定地说，他的骨力“以渐而遒”，绝不是由于这些。

严格说来，除了几组六言诗有点像黄庭坚以外，范成大所受于黄的艺术熏陶实在没有多少；仍以苏轼的格调影响为较大。而苏轼所受于白居易的影响，则是构成苏体的很重要的一个因素。所以，以元和长庆诗为基本风格的范成大，和苏诗的渊源自然会比江西派为亲近得多。另外，杨万里给范集作序，曾说过一段话：

> 甚矣文之难也！（中略）——非文之难，兼之者难也。至于公：训诰具西汉之尔雅，赋篇有杜牧之之刻深，骚词得楚人之

幽婉，序山水则柳子厚，传任侠则太史迁；至于诗，大篇决流，短章敛芒，缛而不酿，缩而不僒，清新妩丽，奄有鲍谢，奔逸儁伟，穷追太白，求其只字之陈陈，一倡之呜呜，而不可得也。

范诗的“清新妩丽”的一面，是容易看得到的，因此大家都一致承认（尽管所用的言词不同），而他“奔逸儁伟”的一面，比较难于马上体会得到，因此不但很少人指出这一点，甚至像清代朱彝尊反而对范诗有了“弱”的提法。但是，陆游在给范成大《西征小集》（即《石湖诗集》中第十五、十六两卷）作序时，也恰恰提出“尤隽伟”一点来，这就说明，仅仅把范诗认作柔婉的看法是不全面的，他的诗格，能因主题思想的多样而变化，或清婉，或隽伟，并不是永远“一道汤”的滋味，而韵调十分流美，读起来确有一种奔逸英爽之感。我们知道，宋人常把陆游和杨万里比拟丁李白，这是比较易于理解的；说范成人“穷追人白”，只有杨万里如此认识；尽管那也许不够贴切，但提太白，也使人容易联想到苏轼。同时也就说明了范成大在艺术上曾向多方面学习借镜，而并不是墨守一规、自划自限。

但最重要的一点还是：我们这样来讲范成大的艺术风格，并不是要说明风格决定一切，相反，正可以看出，是范成大的创作道路、现实主义的创作方法决定了他的艺术风格。关于他学“晚唐体”，不妨用刘克庄的话来印证一下，也许会更加明白，刘说：

古诗出于情性，今诗出于记闻博而已，自杜子美未免此病。于是张籍、王建辈稍束起书帙，刬繁缛，趋于切近；世喜其简便，竞起效颦，遂为晚唐体。

——《后村大全集·韩隐君诗序》

范成大的“记闻”可不算不“博”，方回就曾说他是“奇博”，他的一部分诗的词采也不算不“繁缛”，洪适和杨万里对他都有过“缛”的品评。可是他的好诗，他的主要精神、路数，却仍旧是“切近”的“张籍、王建辈”的精神、路数，亦即现实主义的创作方法所决定的艺术风格。例如北宋张耒，在“苏门四学士”中，作品最富于人民性，他的风格也最“切近”，而他也正是学习白居易、张籍等人的。这都是最好的说明。

范成大的诗，据他自叙，当时已经“新诗往往成故事，至今句法留沧洲”了。到南宋末期，他的田园诗有了显著的影响。明朝吴宽效法他的田园杂兴作《西山杂兴》七首，则全部无一例外是揭露农民疾苦，说明了范成大这一点之具有代表性，值得注目。清初，影响尤大，至有“家剑南而户石湖”的说法（见蔡景真《笠夫杂录》引《宋诗源流》奚士柱所论。蔡生于康熙十六年，卒于乾隆三十二年）。查慎行在入都途中经过卢沟桥时，就曾因石湖使金《卢沟》诗而写出“草草鱼梁枕水边（石湖原句：‘草草鱼梁枕水低’），石湖诗里想当年。谁教甃石通南北，铁轴银蹄一例穿”，巧妙地借以指斥了“后金”（清帝国统治者）之又复入侵、蹂躏南北，寄托了他自己的爱国思想，都可作为例子。

我们今天阅读范成大的诗歌，至少可以知道：反映了时代社会生活，民族矛盾和斗争，阶级矛盾和斗争，站在正义一面，替被侵略被剥削者鸣不平，是诗人作品首要的主题，也是作品的主要价值所在。从他不同时期的作品情况来看，凡是和人民生活愈加接近的时期，作品的内容和艺术生命就愈加丰富有力，愈有光彩；否则即反是，立即显得贫乏和黯淡。作者的阶级立场、世界观、人生观也严重地影响着限制着他的作品。但生活和创作方面的实践，使他突破了当时反现实主义的“江西诗派”的束缚，而选择了现实主义的优良传统道路，并且自己创立了清新的风格。我们作为新中国的读者，更可以看到，封建时代的社会制度、人民生活和我们今天有着多么大的区别。今天的农村，正在日新月异、一日千里地飞跃发展，无数的农民诗人已经涌现出来。他们将尽情地歌颂自己的美好幸福生活。毫无疑问，他们会注意到前代关怀农村劳动人民的诗作，将它们作为借鉴，并吸取有用的、健康的优点来丰富自己的创作。

四

范成大共存诗一千九百多首，我选了三百二十多首，占了六分之一，实在很多了，但依然有一些不算坏的诗不得不遗在选外，本文所引的就偶尔包括着几篇未选的篇章在内。所选的大概分配情况如下：有关农民的，七十六首；有关国事、政治的，六十五首；关系一般生民疾苦、利病的，十八首；反封建的，一首。以上共一百六十首。山川行旅、风土节序、一般生活、景物，一共八十三首。作者三十年间厌倦游宦、自写生活、感想的，三十四首。有关个人身世历史、骨肉交游、悲欢离合的，二十四首。晚年杂诗，十四首。其他专题六首。当然，严格划分有时是困难的，因为各种内容时时交综错杂着。我的希望是：选得突出重点，适当地照顾多面，反映诗人整个以及各阶段的各种面貌。这样可以尽量包入重要佳作，另方面也可以避免把诗人狭隘单一化。

范诗过去有清人沈钦韩的注，使我获益不小。但因是他随手写在诗集书眉上、后人过录刊印的，零文碎语，不仅不是逐句的注，也不是逐篇的注，更没有什么体例可言；他注了的不一定都是我们要选的篇章，我们要选的又不一定都是他注过的。因此为本书作新注时颇苦凭借太少，实际仍同草创。注者学识有限，新注中的秕病谬误一定可观，敬希读者们方家们在选、注各方面多加指正，俾得改进。在注中我往往酌量引一点有关的诗句或其他材料，目的在于帮助解释词句，或给某些历史事物、风俗习惯等作较具体些的说明，总之是帮助理解，启发意趣，和旧式笺注的专为罗列“出处”“来历”的用意不大相同，应该在此向读者交代一下。

《石湖诗集》有明活字本、清顾氏本（先印、后印略有不同）、黄氏本，还有《宋诗钞》选诗较富，异文较多。黄氏本略早于顾氏本，同一年刊印，讹缺虽多，但好些地方可以救正顾氏，很有参考价值，过去一概抹杀是不对的。现在以顾氏本为主，择最重要的异文略校一二，附于注中说明，不作校记。读者如果要看全集，目前仍以《四部丛刊》影印顾氏本最为方便。

一九五七年一月初稿

一九五八年八月改定

（人民文学出版社1959年版）

《范石湖集》前言

《范石湖集》，宋范成大撰。范氏所著诗文，早有全集刊本，共一百三十六卷。其中诗（包括辞赋）和词两部分，赖清人先后重刊、辑刻，尚有流传。馀者除几部单行的专著而外，大都亡佚，仅能从方志、笔记、石刻中搜辑少许零文碎语，借窥一斑而已。因此，他的散文虽然在当时声价很高、流布甚广，而我们今天却已不能多见了。

范成大，字致能，号石湖居士；平江府（今江苏苏州）人；生于宋钦宗靖康元年（一一二六）六月初四日，卒于宋光宗绍熙四年（一一九三）九月初五日，年六十八岁。

范氏并非豪门世宦。他的父亲范雩始由宣和六年（一一二四）进士官至秘书郎。成大少年连遭亲丧，孤贫自励，隐居山中十年不出。二十八九岁，始出应举，中绍兴二十四年（一一五四）进士。其后历任徽州司户参军、圣政所检讨官兼敕令所枢密院编修、秘书省正字、校书郎兼国史院编修、著作佐郎等职。乾道二年（一一六六），除吏部员外郎，为言官所阻，于是请祠归里。三年起知处州。五年，宰相陈俊卿以其才能优异，荐为礼部员外郎兼崇政殿说书、国史院编修，擢起居舍人兼侍讲，又兼实录院检讨。六年夏，以虞允文之荐，被命以起居郎借资政殿大学士，为祈请国信使，使金。归迁中书舍人，同修国史及实录院同修撰。七年（一一七一），孝宗将以张说为签书枢密院事，成大当制，径缴驳，遂自引退，仍请祠禄归苏州。八年冬，起知静江府（治所在今桂林）、广西经略安抚使。淳熙元年（一一七四），除敷文阁待制、四川制置使、知成都府。三年，以病乞归；十一月，入对，除权礼部尚书。五年正月，知贡举，寻兼直学士院；四月，以中大夫参知政事，权监修国史、日历。才两月，为言官以私憾论劾，即落职，归里。六年二月，起知明州（治所在今浙江宁波），兼沿海制置使。七年，改知建康府（治所在今南京），兼行宫留守。九年，以病力求放归，其时年已五十七岁。十五年（一一八八），起知福州，力辞。绍熙三年（一一九二），起知太平州（治所在今安徽当涂），虽勉赴，亦仅逾月即归。四年九月卒。谥文穆。

综观范氏一生，始由词翰，洊至宰执，屡遭谗嫉，不安其位，未有建树；但在为地方官时，则兴水利、恤贫民、除弊政、建良法，所至有声。同时人周必大称其“所至礼贤下士，仁民爱物，凡可兴利除害，不顾难易必为之；乐善不厌，于同僚旧交，喜道其所长，不欲闻人过；去思遗爱，所在歌舞之”，核以实际，大致不是过饰之词。特别是他出使金国，不畏威胁，力争国权，致敌人亦为之起敬，大节凛然，尤为世人所重。

范成大降生之年，正是金人攻陷汴京、北宋即将灭亡的前夕。他四岁时，金兵渡江南侵，将临安（杭州）、平江（苏州）焚掠一空，其故乡大火五日不熄，居民死亡达五十万。此后，人民的灾难，国家的耻辱，愈益深重。十六岁时，“绍兴和议”订成，从此，南宋朝廷对金国极尽其屈辱无耻，对人民极尽其凶狠残酷之能事；政治上，一贯奸人得势，正义消沉。统治者一面以厚币资敌，图得苟安；一面则加紧压榨，醉歌梦舞。这些，就是他由少至长，身亲目击的时代环境，因此也就决定了他的诗歌创作的主要内容：爱国诗篇和爱民诗篇这两大方面。

提起爱国诗篇，人们自然先想到同时诗人陆游。其实南宋四大家——尤、杨、范、陆——之中，除尤袤诗集已佚，不能具论而外，杨、范两家的爱国诗也是不可忽视的，只不过由于他们的风格手法和陆游不同，表现得较为含蓄深婉，不像陆诗的豪迈劲直罢了。《石湖集》中的爱国诗，像《合江亭》《题夫差庙》等作，慷慨沉痛，不可多得。但最令人注目的，当属卷十二全卷通为一组的纪行诗。这组诗，共七绝七十二首，是他乾道六年（一一七〇）使金时所作。他将一路上所见的中原广大沦陷地区的残破景象和金人落后、野蛮的统治情况，都生动地描绘下来；其中最使人感动的，像“茹痛含辛说乱华”的老车夫，叹息“曾见太平”的种梨老人，天街上“年年等驾回”的父老，迎迓扶拜、争看“汉官”的白头翁媪，这些被宋高宗、秦桧等出卖、遗弃，甚至遗忘了的苦难忠贞的人们，却在诗人的作品里受到了真挚的同情和关切，同时也获得了永远不朽的生命。还有像《李固渡》的“洪河万里界中州，倒卷银潢聒地流。列弩燔梁那可渡？向来天数亦人谋”、《安肃军》的“从古铜门控朔方，南城烟火北城荒。台家抵死争溏泺，满眼秋芜衬夕阳”这类诗，有思想，有识见，有议论，有批评，有愤慨，有呼吁，鉴往追来，惩前毖后，感情深婉，回味无穷，不论从内容讲或从艺术讲，都可称为杰作。但历来很少有人加以称赏介绍；我们应该不为旧日评家的目光所限，而必须给以应得的评价。

石湖的爱民诗，是人们比较熟悉、常常提起的，但又多为他的六十首《四时田园杂兴》的盛名所掩，往往忽略了不少同等重要乃至更为重要的作品。像《乐神曲》《缫丝行》《田家留客行》《催租行》《后催租行》，几乎达到了唐代新乐府诗人王建以后人所不能攀登的高峰。他的一些竹枝词，在描摹风土民情之中，同样流露了他的爱民思想。例如写夔州一带背儿采茶的劳动妇女，“买盐沽酒”的水果贩，指出“东屯平田粳米软，不到贫人饭甑中”，这和《劳畲耕》篇所反映的吴农不堪剥削，以致逃田弃屋、室无炊烟的惨象，以及“晶晶云子饭，生世不下咽（喉；平声）；食者定游手，种者长流涎”的社会不平，都是极其形象的大胆揭露。作者还有许多深切同情贫民、小贩、卖歌者、卖卜者为生活而艰苦挣扎的诗篇，也是至为感人的。

这样说，并非有意低估他的《田园杂兴》。这个以六十首绝句构成一个整体的组诗，不但其规模为历来所未有，而且还在于他能够运用组诗的形式，描绘出当时农家的景物、岁时、风俗、劳动、困难、忧虑、灾难、煎熬、奋斗、各式各样的生活、各式各样的琐事，较全面而深刻地反映了当时的农村。可以说，范石湖是把新乐府、竹枝词二者的精神，巧妙地和田园诗结合在一起，改造并提高了传统的田园诗，而赋予它以新的内容、新的生命，因此对后来影响很大。从整个诗歌历史看，他也是能把最多的篇幅给予农民、把反映农村生活摆到创作主题中的重要地位的一位作家。所有这些事实，都是不容我们低估它们的价值的。

《石湖集》中还有另一类诗，即写行旅、山川、风物的，反映面非常广阔，又写得真切、细致、清新、多样；祖国的壮丽河山，人民的生活面貌，展卷如见，可以看作他的田园诗的延展和补充，也是值得我们重视的。

范成大的诗歌风格，前人亦曾有所指出，如“典雅标致”“端庄婉雅”“清新妩丽”“奔逸”“儁伟”“温润”“精致”“秀淡”“婉峭”等等不同的品目，虽各得其一端，而大率应以清新婉丽、温润精雅为其主要特色。他于前辈诗人，几乎无所不学：大抵于六朝鲍谢，唐代李杜、刘白、张王，中晚温李、皮陆，北宋欧梅、苏黄，皆下过深功；此外，韩愈、杜牧、王安石、陈与义等大家，也都对他有一定的影响。粗略说来，歌行古风，撷神太白；山川行旅，取径老杜；七律，极有樊川英爽俊逸之风；五律，时得武功细腻旖旎之格；乐府，力追王仲初峬峭之姿；绝句，颇擅刘梦得竹枝之调。因此，在宋诗中，最能脱略江西，饶有唐韵，卓然成为南宋一大名家。

石湖词，今传“知不足斋”“彊村”本，寥寥一卷，早非全豹。例如其《丁酉重九》诗序所说：“余于南北西三方，皆走万里，皆过重九，每作‘水调’一阕，燕山首句云：‘万里汉家使’；桂林云：‘万里汉都护’；成都云：‘万里桥边客’……”今则只存“燕山九日作”“万里汉家使，双节照中秋”一阕，可征散佚头多，已难论定。加之前贤月旦偶偏，后人因循不察，就给石湖词造成了不甚公平的评价。即如自从南宋周密《绝妙好词》选录了《眼儿媚》（萍乡道中乍晴，卧舆中困甚，小憩柳塘）等阕，后来选本多直承其旧，更不向集中别采璠玙，以致有的评家竟以为石湖词格就只像《眼儿媚》所写的“春慵恰似春塘水，一片縠纹愁；溶溶泄泄，东风无力，欲皱还休”，读了使人浑身“懒洋洋”地没有一点气力。其实，品论古人是不可以这样以偏概全、以耳代目的。即以现存寥寥几十阕而言，已觉风姿时变，不主一格，而又颇有独到；如《水调歌头》之“细数十年事”“万里汉家使”，豪宕激楚，完全是东坡、于湖的路数，假如杂入《稼轩集》中，后人应亦难辨；其《念奴娇》“吴波浮动”一首，尤有于湖旷放出尘之致。至《秦楼月》：“香罗薄，带围宽尽无人觉；无人觉，东风日暮，一帘花落。　西园空锁秋千索，帘垂帘卷闲池阁；闲池阁，黄昏香火，画楼吹角。”又极与放翁神契。如《三登乐》（一碧鳞鳞）篇，绝似北宋柳永羁旅之作。至如《醉落魄》“雪晴风作，松梢片片轻鸥落。玉楼天半褰珠箔。一笛梅花，吹裂冻云幕。　去年小猎漓山脚，弓刀湿遍犹横槊。今年翻怕貂裘薄，寒似去年，人比去年觉”，试看这岂是可用“吴侬软语”的风格来概括的？

但是在评议石湖词时，最为重要的，却还不能忘掉另一类作品，例如：

红锦障泥杏叶鞯，解鞍呼渡忆当年，马骄不肯上航船。
茅店竹篱开席市，绛裙青袂断姜田，临平风物故依然。

——《浣溪沙》

春涨一篙添水面，芳草鹅儿，绿满微风岸。画舫夷犹湾百转，横塘塔近依前远。　江国多寒农事晚，村北村南，谷雨才耕遍。秀麦连冈桑叶贱，看看尝面收新茧。

——《蝶恋花》

这种词，除苏、辛偶有类似之作外，在南北两宋集中实不多见；这又和他善写《田园杂兴》《村田乐府》等诗篇是紧相关联的。因此我们可以说，石湖词是有生活、有内容、有艺术，而又风格多变的，其长处尤在不循南宋词家雕琢藻绘的途径，故其成就并不在同时诸家之下。

石湖作品，在思想上受释道两家的影响较多，常有消极情绪出现，更坏的是有时写些偈子式的诗，排比禅语，了无意致；他的农村诗，一般说是应该肯定的，但他的阶级感情和趣味，也使他时有美化农村之处。在艺术上，也有粗率、浮滑、浅露、诡怪的缺陷；又有时嗜奇骋博，好用僻典。这些都是不足取法的。但总的说来，他以现实主义的方法，着重反映了时代社会生活、民族矛盾和阶级矛盾，洋溢着同情和关怀贫苦人民的精神；在艺术上，取精用宏，多方学习，自树一格，这些都是使他不愧为南宋大家的地方。

（中华书局1962年版）

《杨万里选集》引言

一

亲爱的读者，我先介绍一首小诗给你：

> 小憩人家屋后池，绿杨风软一丝丝。
> 舆丁出语太奇绝：“安得树阴随脚移？”

这首诗写的是：夏天行路在真州（今江苏仪征）道上，行人都又热又累，就在路旁人家屋后水边绿柳荫中坐下来，歇歇腿，凉快凉快；可是不能总坐在这里，要走了，真有点舍不得离开这块小小的清凉避暑之地，于是轿夫忽然说出一句“痴语”来：“要是这‘树荫凉儿’也跟着咱们一块儿走——那该多好啊！”

你看，这首小诗设想多么出人意表。

你一定猜想：“这就是你要介绍的杨万里的诗吧？”你猜错了。这是清代郭麐的作品。郭麐，字祥伯，号频伽，著有《灵芬馆诗集》；此篇是其初集卷三《真州道中绝句》四首之一。

这位诗人又在《登吴山望江二首》中写道：

飞鸟欲何去？翼然乘远风。
夕阳方在半，——忽堕乱流中！

你看他登吴山、望大江，才见夕阳还在半空，一眨眼，忽已落在江波流荡之中了！写得多么生动，多么活，仿佛如在眼前。别人的诗，多像一幅幅的画面，虽美，可是死的；他的诗，简直像电影，在你眼前动起来了，活起来了，——而且活动得那么妙。

你一定读过不少的诗，可是你有过很多的这样的感觉吗？

你一定说，这郭麐真有点意思；他怎么这么会写诗呢！他的老师是谁？

他的这种诗的“老师”就是杨万里。

杨万里，你对他有些陌生吧？其实，在诗坛传统习惯上很少人直呼诗人之名，例如杨万里，多称之为“诚斋”。提诚斋，听着耳熟的或许就较多了。下面我还是用“诚斋”这个称呼，——显得熟稔些，亲切些。

诚斋的诗，首先给你的印象就是这种奇趣，这种活劲儿，令你耳目一新，令你为之拍案叫绝。

还是举两首看吧。——也看看郭祥伯学诚斋学得怎么样，及不及格。

岭下看山似伏涛，见人上岭旋（去声）争豪：
一登一陟一回顾，——我脚高时他更高！

——《过上湖岭望招贤江南北山》之二

雾天欲晓未明间，满目奇峰总可观。
却有一峰忽然长（zhǎng）！——方知不动是真山。

——《晓行望云山》

坐看西日落湖滨，不是山衔不是云：
寸寸低来——忽全没，分明入水——只无痕。

——《湖天暮景》

这种奇趣，这种活劲儿，就是诚斋的首创，也是诚斋的独擅。

奇与活之间，自然时时流露出风趣、幽默。这是读者可以体会得到的。试读这样的诗：

稚子相看（平声）只笑渠（他），老夫亦复小卢胡（笑貌）：
一鸦飞立钩栏角，——仔细看来还有须！

——《鸦》

这不但诗人和他的小孩子在笑，我们读者看了他们笑，也要跟着他们一起笑。

吕晚村（留良）在《宋诗钞》中给诚斋作评传时说过这样一段话：

> 后村（南宋刘克庄）谓“放翁（陆游）学力也，似杜甫；诚斋天分也，似李白”[1]，盖落尽皮毛，自出机杼。古人之所谓似太白者，入今之俗目，则皆“俚谚”也。初得黄春坊选本，又得檇李高氏所录，为订正手抄之，见者无不大笑！呜呼，不笑，不足以为诚斋之诗！

这个笑，和刚才我们之所谓笑是两种不同性质的笑。我们的笑，是“奇文共欣赏”的笑；他们的笑，是对“俚谚”的嗤笑。

在那些嗤笑者看来，作诗的必须道貌岸然、板起面孔，写出些堂皇冠冕的话言，那才是“好诗”，才是“高格”；像诚斋这样子的，就是“俚俗”，是“粗鄙”，是“恶调”，是“叫嚣”，是“魔障”。——这些词儿都是前人确实对诚斋用过的，并不是我制造的话。

老子说过一句话：“下士闻道则大笑。”吕晚村所遇到的那些人，不敢说就都是“下士”；但是他们可能是戴久了“传统诗派”的有色眼镜，乍看到这种新鲜活泼、迥不犹人的诗风，确实有点不习惯，因而就哗然大笑了。然而，“不笑，不足以为诚斋之诗”，这话真对。诚斋的诗，假如其独创性不是那么鲜明显著得动人耳目，哪怕是诚斋的前辈诗

[1] 见《后村大全集》卷一百七十四《诗话》前集。参看同书卷九十七《茶山诚斋诗选序》：“汤季庸评陆、杨二公诗，谓诚斋得于天者不可及。”

人们有过一位半位曾经胆敢这样写过诗，那“笑”的程度也就不至于那么“大”、那么哗然了。

试想，在我们来历久远的诗坛上，在诚斋之前，有苏李，有曹刘，有陶谢，有李杜，有高岑，有王孟，有韦柳，有元白，有韩孟，有张王，有温李，有皮陆，有欧梅，有苏黄，有秦晁……那风格特异、偏工独造，真是何啻千变万态！要想在这些大师的脚下来再伐山林、重辟天地，若不是具有大见识、大手眼、大胆气，如何办得到？这见识、手眼、胆气，无怪乎有些“下士”要少见多怪、惊讶哗笑，因为那都是他们无法设想的啊。

明代王构（肯堂）的《修辞鉴衡》引过一段话：“老杜‘诗清立意新’，最是作诗用力处，盖不可循习陈言，只规摹旧作也。鲁直（北宋黄庭坚）云‘随人作计终后人’，又云‘文章切忌随人后’，此自鲁直见处也。”黄鲁直懂得这层道理，创立了自己的诗派；别人见他获得成功，也想学步，可是不知道要学他的精神，却去一味学他的死办法和酸习气，结果走入死胡同。诚斋却说：

> 传派传宗我替羞，作家各自一风流。
>
> 黄（庭坚）陈（师道）篱下休安脚，陶（潜）谢（灵运）行前更出头。
>
> ——《跋徐恭仲省幹近诗》之三

他正是以这种不肯傍人篱下、拾人遗唾的精神，达到了“推陈出新”的境界，创造了他的“诚斋体”[1]，在诗歌史上建立了自己的诗派；连他所最佩服的同时齐名诗人范石湖（成大），有时也要学一学他的诗体和手法[2]。他的另一诗友张功父（镃）在《南湖集》中说他“自作诗中祖”[3]，就指出了这一点。

二

讨论诚斋诗的，大都先要谈到他的奇趣和活劲儿，有个名目，曰“活法”。他的这个特色并不待后世人出来表扬揭示，他的朋友在当时就都能见到。张镃一再说过：

> 今谁得此微妙法？诚斋四集新板开。
> 我尝读之未盈卷，万汇纷纶空里转。[4]

---

[1] 名目见严羽《沧浪诗话·诗体》。原文是“杨诚斋体”。

[2] 可看《石湖居士诗集》卷二十九《同年杨廷秀秘监接伴北道、道中走寄见怀之什、次韵答之》七古，卷三十三《枕上二绝效杨廷秀》七言绝句。

[3] 见卷四《杨伯子（东山）见访、惠示两诗、因次韵、并呈诚斋》。

[4] 《南湖集》卷三《杨秘监为余言初不识谭德称国正、因陆务观书方知为西蜀名士、继得秘监与国正唱和诗、因次韵呈教》。

笔端有口古来稀，妙悟奚（何）烦用力追？[1]

造化精神无尽期，跳腾踔厉即时追。
目前言句知多少，罕有先生活法诗！[2]

葛天民说：

参禅学诗无两法：死蛇解弄活鲅鲅；
气正心空眼自高，吹毛不动会生杀。[3]

周必大说：

诚斋万事悟活法。[4]

略晚些的诗人，如刘克庄说：

后来诚斋出，真得所谓活法、所谓流转圜美如弹丸者，恨紫微公（吕本中）不及见耳。[5]

---

[1] 同书卷二《诚斋以南海、朝天两集诗见惠因书卷末》。
[2] 同书卷七《携杨秘监诗一编登舟因成二绝》。
[3] 《南宋群贤小集·葛无怀小集》叶一。
[4] 《平园续稿》卷一《次韵杨廷秀待制寄题朱氏涣然书院》。
[5] 刘克庄《江西诗派小序·总序》。

再晚些，元代刘祁则说：

> 李屏山（李之纯）教后学为文，欲自成一家，每日“当别转一语，勿随人脚跟”。……晚甚爱杨万里诗，曰：“活泼刺底人难及也！”[1]

方回评及《南湖集》时也说“端能活法参诚叟”，说诚斋是：

> 飞动驰掷。[2]

这几乎是有目共睹，众口一词[3]。至于现代人最能欣赏诚斋诗而又善于拈举的，当推钱锺书先生，他说：

> 以入画之景作画、宜诗之事赋诗，如铺锦增华，事半而功则倍。虽然，非拓境宇、启山林手也。诚斋、放翁，正当以此轩轾之。人所曾言，我善言之：放翁之与古为新也；人所未言，我能言之：诚斋之化生为熟也。放翁善写景，而诚斋擅写生；放翁如画图之工笔，诚斋则如摄影之快镜：兔起鹘落，鸢飞鱼跃，稍纵即逝而及其未逝，转瞬即改而当其未改；眼明手捷，踪矢蹑风：

---

[1] 见《归潜志》卷八。

[2] 《南湖集》卷首方回《读张功父南湖集》诗并序。

[3] 惟清人全祖望《宋诗纪事序》却说：“东夫之瘦硬，诚斋之生涩，放翁之轻圆，石湖之精致：四壁并开。”颇异众人。

> 此诚斋之所独也。[1]

这段话把诚斋的“活法”阐发得真是曲尽其妙。

诚斋诗的“活法”，除了包括着新、奇、活、快、风趣、幽默几层意义之外，还有一点，就是层次曲折、变化无穷。陈衍（石遗）曾说过两段话：

> 宋诗人工于七言绝句而能不袭用唐人旧调者，以放翁、诚斋、后村为最：大抵浅意深一层说，直意曲一层说，正意反一层、侧一层说。[2]

这很对。对诚斋说来，则又不限于七绝一体。

> 夫汉魏六朝诗岂不佳？但依样胡卢，终落空套。作诗当求真是自己语。中晚唐以逮宋人，力去空套。宋诗中如杨诚斋，非仅笔透纸背也，——言时折其衣襟，既向里折，又反而向表折，因指示曰（按此系其门人记录他的谈话，故有此插语）：他人诗，只一折，不过一曲折而已；诚斋则至少两曲折。他人一折向左，再折又向左；诚斋则一折向左，再折向左，——三折总而向右矣。生（谓其门人）看《诚斋集》，当于此等处求之。[3]

---

[1] 钱锺书《谈艺录》页一三八。

[2] 《石遗室诗话》卷十六。

[3] 《陈石遗先生谈艺录》叶一。

这个譬喻更是生动具体，善巧方便，实实有助于我们的了解。

诚斋的五、七言古体诗，笔致尤活，层次尤多。试读一首五古：

仰头月在天，照我影在地；
我行影亦行，我止影亦止。
不知我与影，为一定为二？
月能写我影，自写却何似？
——偶然步溪旁，月却在溪里！
上下两轮月，若个（哪个）是真底？
为复水是天？为复天是水？

——《夏夜玩月》

再看一首七古：

老夫渴急——月更急：酒落杯中月先入！
领取青天并入来，和月和天都蘸湿。
天既爱酒自古传，月不解饮真浪言；
举杯将月一口吞，——举头见月犹在天！
老夫大笑问客道："月是一团还两团？"
酒入诗肠风火发，月入诗肠冰雪泼。
一杯未尽诗已成，诵诗向天天亦惊！

焉知万古一骸骨，——酌酒更吞一团月！

——《重九后二日同徐克章登万花川谷月下传觞》

你看，这样的诗，是不是大艺术家的一种“绝活”？评家说他“笔端有口”；其实，“口”又有几个是这般的妙口？看他横说竖说，反说正说，所向皆如人意，又无不出乎人意，一笔一转，一转一境，如重峦叠起，如纹浪环生。所以讲他的“活法”，迅疾飞动是一面，层次曲折又是一面。

周必大跋上面的后一首诗说：

韩退之（愈）称柳子厚（宗元）云：“玉佩琼琚，大放厥辞。”苏子瞻（轼）答王庠书云：“辞，至于达而止矣！”诚斋此诗，可谓乐斯二者。[1]

这不能不算赏音。可惜仍嫌未能道着真肯綮。能“放”能“达”的文章，古今来指不胜屈；像诚斋这样的活法，恐怕未必都同时来得吧。

[1] 《省斋文稿》卷十一《跋杨廷秀饮酒对月辞》。

三

上来的这么多话，都讲的是诚斋的“活法”。不讲是说不过去的，因为这是他的重要特色之一；所以大家谈他时也都喜欢讲讲。可是，假如读诚斋诗而只见“活法”，不见其他，那就未免又“死”于“活法”之下。说诚斋不以“活法”见长，固然不可；说诚斋只以“活法”见长，恐怕同样地不可。看了大家都讲诚斋的“活法”，于是读诚斋诗，就一地里去寻找“活法”，是会出毛病的。

我们或许说，他的诗若不都合“活法”，这不足为异：他在“活法”用不上时，在独创性不够时，在学古不化时，在文思不至时，……都可以写出“非活法”诗，写出和传统诗风无大差别的诗来，这也是理所当然，就不必再提到话下了。

有这么一想。可是我的意思还不在于此。

讲“活法”，又要讲“非活法”（姑且如此妄称）。好像“活法”和“非活法”是两种截然不同、两无交涉的事，或者说，“活法”之外，别有一种“法”，说不得“活”，——当然也说不得“死”，但总之是得另立一项名目了。

可以这样理解；但也不可以仅仅如此理解。

真正的问题恐怕在于：要把“活法”只看作是“耍笔头”，“掉枪花”，打一趟子“花拳绣腿”，卖弄一路“小聪明”，乃至打打诨、抓抓哏，使观者有点眼花缭乱，由不得眉开眼笑，觉得“倒好耍子”——

这样是不是正确?

假如只把"活法"如上述那样去理解，自然诚斋诗中就有许多好像不属于"活法"的；假如还不可以那样去理解，还有一些别的道理在作用着，那么看上去不属于"活法"的，却也未尝不和"活法"有瓜葛。

有一则小故事，很耐人寻味。

读过《千家诗》的，都知道那一首为大家所习诵的小诗：

> 梅子留酸软齿牙，芭蕉分绿与窗纱。
> 日长睡起无情思（去声），闲看儿童捉柳花。

这就是诚斋有名的《闲居初夏午睡起》绝句。粗粗一看，很可能以为这是官僚士大夫们吃饱了无事做、闲得不耐烦的作品，根本要不得。我要提醒读者：不了解那个作者彼时彼地的具体处境、时代背景，又不了解他的独特的笔法和用意、思想和作风，这样去看诗，有时是很误事的。当日诚斋的这首诗，被张紫岩（浚，南宋最坚决的抗金爱国的名将兼名相，诚斋平生最服膺的师友之一）看见了，读后喜曰："廷秀（诚斋的字）胸襟透脱矣！"[1]

这句评语，真是出乎我们一般的意想之外："这不有点风马牛不相及了吗？"

张浚对这首诗的全部理解如何（古人评诗文，往往只就一点一面而借题发挥），我们不得而知，知了也未必全然符合我们今天的认识。此

---

[1] 《鹤林玉露》卷十四。

刻要说的是：他那句话却正道着了诚斋“活法”的又一面。这倒不必因为张浚是理学家之一而说他是戴了道学眼镜去评诗，正如同诚斋是南宋时“于道学有分”者，不害其为能懂诗、会作诗的人。

诚斋自己在《和李天麟二首》五言律中曾说：

学诗须透脱，信手自孤高。

又说：

参时且柏树，悟罢岂桃花？

这后面两句是用了禅宗的两则小故典，其用意也可说就是要阐明“透脱”之义。他又在《蜀士甘彦和、寓张魏公（浚）门馆、用予见张钦夫（栻，浚之子）诗韵作二诗见赠、和以谢之》五言律里说：

不是胸中别，何缘句子新？

正说明同一个意思，——也正可以和上引张浚“胸襟透脱”的话相印证。大约甘彦和、杨诚斋、张钦夫等，都和张浚互相讲论过这个道理，所以诚斋这里就写出了“若不是胸襟透脱，怎能得诗句清新”这番意思。

透脱，——什么叫透脱呢？这是很难讲说的。必不得已，鲁莽些说，透脱就是“执着”的反面。禅宗的门徒问师父：“如何是祖师（达摩）西来意？”师父不正面来回答、来说明那个“西来意”，却说道：“庭前柏树子（子是语尾虚词，如同‘树叶子’的‘子’）！”笨学生不懂老师是力破他发问中的那一点“意”（拘执于向“意”上去求解，就要离开了所要学的和“意”完全无干的真目标了），因此就随眼随事地指向院中生长着的一棵柏树，意思犹如说：“院子里长了棵柏树！——这又有甚‘意’？”这学生不会师意，就死抱住老师所指的那棵柏树不放松，要向它去“参悟”道理——可是那能参得到什么呢？结果必然愈“参”愈远。这就是“执着”于柏树，也就是禅家所说的“死于句下”了。

透脱，就是不执着的结果。——为了避免越说可能越“玄虚”，不妨简单地说成是：懂得了看事物不能拘认一迹、一象、一点、一面，而要贯通各迹、各象、各点、各面，企图达到一种全部透彻精深的理解和体会（他们能不能做到这一点，那全然是另一问题，我们这里只要知道他们至少在主观愿望上和努力探索的精神上是如此的）；能够这样了，再去看事物，就和以前大大不同，心胸手眼，另是一番境界了。这就是他们所说的透脱。（参看四二——四五页〔编者按，《杨万里选集》原书页码〕《和李天麟二首》注释。）

在此来谈这些，不是说“禅理”、讲“道学”；是说明，要想较比“掉笔头”“耍枪花”等等更为深刻正确地了解诚斋的“活法”，必须知道他心目中有这样一层道理，而且他自己曾明白地提出来，要作为学诗的一种“法门”。这也就可以说明，他的作品所以具有那种特色，确是和他这种见解有关系的。

了解这层关系，颇有必要，因为这样就不至于把他的“活法”理解为是一种“文字把戏”，是一种“油腔滑调”，就不至于把诚斋诗误认为仅仅是一种“聪明灵巧”类型的“玩意儿”。这是很要紧的一点。

同样道理，了解了上述关系，也就不至于把“日长睡起无情思”真认作是吃饱了闲得不耐烦的作品，也不至于像禅门学生“参柏树”“吃桃花”一样地执着于“捉柳花”了。这点恐怕也很要紧。

再举个小故事。诚斋有一首绝句，说：

> 饱喜饥嗔笑杀侬，——凤凰未必胜狙公。
> 幸逃暮四朝三外，——犹在桐花竹实中！
>
> ——《有叹》

刘后村读了，竟然“不晓所谓”；而“晚始悟其微意”。这微意是什么呢？刘后村“悟”得有点道理：原来诚斋从江东漕臣辞官归里，仍领祠禄（宋代优待官僚们，他们和朝廷意见不合的，愿意去职的，有过失的，就给个“祠官”的空衔，不任事，不到班，回家净领官薪，等于养老、退休）；作者自己向自己开了火，大加讥讽：你以为你弃官离职就“清高”了吗？是“凤凰”了吗！你以为你这样就不再像猴子受养猴的“朝三暮四”（喂食时的愚弄手段）的摆布了？可是你这“凤凰”不还是吃人家的“桐花”和“竹实”（传说中凤凰以此二物为食）吗——要靠祠禄吗？你这凤凰究竟比猴子清高多少？

果然，诚斋在此诗作后不久就连祠禄也谢绝了，真正地、彻底地

“挂冠”为民了[1]。

这也是一种“胸襟透脱”的表现。至于作者，本意可以是自喻，如刘后村所解；而在读者衡量，这对当时封建官僚们说来，又有其较普遍的现实意义了。

这种手法（其实也要包括看法），说仍然是传统的“比兴”体，“寄托”义，固可；说是他的“活法”中之一法，也无不可。这样去认识活法，活法乃大；他这样去运用活法，活法乃正。

诸家对“活法”一词的认识，本也并不尽同。例如人都说吕本中才是首倡“活法”这一理论的，但吕本中只说：

> 学诗当识活法。所谓活法者：规矩备具，而能出于规矩之外；变化不测，而亦不背于规矩也。是道也，盖有定法而无定法，而无定法而有定法。知是者，则可与语活法矣。
>
> ——《夏均父集序》，《后村大全集》卷九十五《江西诗派》引

他的主旨是讲作诗的“规矩”，如何运用“定法”、变化“定法”之道，而“规矩”“定法”是指诗律、句法一类的东西，还没有超出音节、格式、文法、章法的圈子。诚斋的活法，虽然也可以包括着这一层而言（他运用得确很灵活，变态多方），但其真精神却早已跨越了吕本中的范围而指向作品内容方面的事情，关系到作者的认识事物的方法问

[1] 见《后村大全集》卷百七十四《诗话》前集。

题，要探本穷源得多了。至于我们初步只看到他的笔致、笔意特别活而不板的现象，那则是他在认识上、表现上都实践了他的理论的结果了。

谈诚斋的活法，应当看到这些区分和联系，庶几不致拘于一隅，也才不致以此为彼地搅乱了。

上面我们说了许多的“旧话”，但对于诚斋“活法”的另一则要义却还没有接触到，就是：对诚斋（和他的学生）说来，“活法”同时还就是他的浪漫主义。

读者请想，若是我们一般人，在人家屋后池边柳荫中歇了，舍不得走开，要写诗，不过写出些这地方多么好啊！我是多么舍不得离开啊，恨不得我不是行路人，就住在这里才好啊！等等，而绝写不出“安得树阴随脚移”。道理安在？就因为我们只执著于上面的那种思路、理路，被我们的“常识”拘管得寸步难移：柳树是木科植物，木科植物是扎根入地、土生土死的，万世不会移动；日光投射在它身上，落不到地面，才成为树阴；树既不会走路，“阴”当然不可能“移”。说树阴要移，那不是捣乱吗？说梦话吗？

要是都这样来讲死理，就没有什么“活法”了，——也就没有什么浪漫主义了。

宋代讲“活法”的不一其人，可是并不能都写出富有浪漫主义精神的好诗来。这也就是诚斋的“活法”不尽同于他们的“活法”，亦即其独立价值的所在。

四

讲诚斋的“活法”，不止是为谈他作品的艺术性，更重要的目的是要通过他的“活法”来看其思想性。作品的思想内容之有无、深浅，固然先是取决于思想内容的本身的存在和情况，但是作者的表现方式、手法、作风，和我们读者对这一特定方式、手法、作风的理会的程度，也会影响到我们的“目力”和“视界”，也就影响到我们的判断和衡量的问题。（至于我们对作品能不能充分掌握其创作背景、其他条件等等，也同样要紧，但这个问题就不必在诚斋身上特别提出来了。）

诚斋有一篇《颐庵诗藁序》，说：

> 夫诗何为者也？尚其词而已矣；曰：善诗者去词。然则尚其意而已矣；曰：善诗者去意。然则去词去意，则诗安在乎？曰：去词去意，而诗有在矣。然则诗果焉在？曰：尝食夫饴与荼乎？人孰不饴之嗜也？初而甘，卒而酸。至于荼也，人病其苦也；然苦未既，而不胜其甘。——诗亦如是而已矣。昔者暴公谮苏公，苏公刺之；今求其诗，无刺之之词，亦不见刺之之意也，乃曰：“二人从行，谁为此祸？”使暴公闻之，未尝指我也，——然非我其谁哉？外不敢怒，而其中愧死矣！三百篇之后，此味绝矣；惟晚唐诸子差近之。……

这就说明，诚斋对诗的理解和要求，和对其他文章是迥然不同的。他认为，作诗不能是像作论文一个样的作法。作论文，就是要径直地讲道理、宣意旨，开门见山，单刀直入，有啥说啥，实话实讲。作诗却要用完全不同的表现法了。诗，不能像糖。因为糖得要甜，所以就得让人放在嘴里马上就感觉甜才行，否则人就会不满意，说这糖真糟透了！哪里还成糖？而且因为人对糖的要求只是一味“甜”而已，别的不要糖来承担义务，所以糖也用不着在“甜”以外再具备什么奥妙。诗要是这样，那就完了！那就是令人感觉肤浅的东西了，读者没有多少经验时可能一下子很喜欢这样的作品；有些水平，就会感到不满足了。

照诚斋的意见，诗应该像茶才行。茶并不是让人一下子就得其真味的（小孩子不会喜欢喝茶；却可能把市上熏茶的茉莉花香当作茶香，那当然又是另一问题了），因为茶不是把它的真味摆在最表皮、最浮面上，而是让你“品”而后得，回味而甘的。诗，正应当像茶味那样，不是把词意径直浅露地摆在表皮、浮面，而是要将词意酿化而成一种具有深度的“味道”，须使读的人经过涵泳玩味才能领略感受，而领略感受之下却又说不出，道不得，也无法传达给别人。——这才是诗的艺术，诗的力量。

他又举具体的例子说：

> 寄边衣曰：“寄到玉关犹万里，——戍人犹在玉关西。”吊战场曰：“可怜无定河边骨，犹是春闺梦里人。”折杨柳曰：“羌笛何须怨杨柳，春风不度玉门关。”三百篇之遗味，黯然犹存也。近世唯半山老人（王安石）得之。予不足以知之，予敢言

之哉?

则可见他所仰慕、祈向之所在了。这才是他说“去词去意而诗有在”的真意旨，并非是真正主张作诗连词句也不要考究、连意思也不要存在的一种“空”物而已。

他的意见正确不正确呢？这是个讨论起来很麻烦的题目，不是几句话所能谈清楚的。不过我们这里并不是要来回答这一问题，而是要说明，由于诚斋的主张是这样，那么他自己的表现手法就不会是与此相反的，而假如我们忽略了这一点，还拿衡量一般论文乃至衡量那些径直显豁的表现方式的诗作的标准来衡量诚斋的诗，自然就会失却了他的那种“遗味”了。——“遗味”之得失，也许还不要紧，要紧的却是这样一来，我们对他那些作品的思想性的强弱深浅也会在认识上有所阻阂了。

关于这点，不得不费些事来说明一下。

诚斋在宋光宗绍熙改元的那一年（一一九〇），在秘书监任上，奉命借焕章阁学士，为金国贺正旦使的接伴使。诚斋此一行，写出了一连串极有价值的好诗，甚至可以说在全集中也以这时期的这一分集（《朝天续集》）的思想性最集中、最强烈。在这一连串诗中，为首的是他第一次要渡长江往北迎接敌使的《过扬子江》两首七律。这两首诗是很有名的，曾获得赏音的：

只有清霜冻太空，更无半点荻花风。
天开云雾东南碧，日射波涛上下红。
千载英雄鸿去外，六朝形胜雪晴中。

携瓶自汲江心水，——要试煎茶第一功！

天将天堑护吴天，不数殽函百二关。
万里银河泻琼海，一双玉塔表金山。
旌旗隔岸淮南近，鼓角吹霜塞北闲。
多谢江神风色好：沧波千顷片时间。

大家都看到诗是不坏，但是不少人也同时抱憾：这么好的诗，为什么两首的两处结句却是如此的“泄气”？——因为，这样写，都写“走”了！无论如何得说是败笔了。

清代大诗评家纪昀在评前一首时却提出了他自己的看法，说：那结句是“用意颇深——但出手稍率，乍看似不接续”[1]。

纪昀毕竟是有眼光，看出“似不接续”的问题恐怕不能浅之乎视之，作者于此另有作用，而且其“用意颇深”。这实在有见头。不过，他认为那“颇深”的“用意”是什么呢？他说：

结乃谓人代不留、江山空在，悟纷纷扰扰之无益，且汲水煎茶，领略现在耳。

这简直糟透了！纪昀这人有时很有些眼力识解，有时却荒谬绝伦，至令人不能置信。

[1] 见《瀛奎律髓刊误》卷一“登览类”叶十五纪评。

原来他说的什么“人代不留”“江山空在”，就是在注解原诗腹联“千载英雄鸿去外，六朝形胜雪晴中”两句的。这两句，高明如纪昀，竟会不懂，直如小儿之见，真乃异事。那两句，明明是借古吊今，“千载英雄”，指的就是绍兴年代乃至乾淳之际的刘、岳、韩、张诸位大将，国之干城（姜白石所谓“诸老凋零极可哀”的诸老）；“六朝形胜”，就是指“直把杭州作汴州”的南宋小朝廷（因为它也是“偏安江左”）：这意思，不用说看诚斋全集，单是翻一下《朝天续集》本卷，也会见得出是了如指掌。诚斋原句，以表面壮阔超旷之笔而暗寓其忧国虑敌之夙怀，婉而多讽，微而愈显，感慨实深，怎么竟给讲成是“人代不留”“江山空在”的滥调了呢？这不是荒谬已极了吗？

纪昀的荒谬并不止此，最谬在于“纷纷扰扰之无益”和“领略现在”。诬人至于此极，只能说明纪昀并未读过诚斋全集，开口乱道。诚斋的思想和纪昀的思想，可说是“君处北海，吾处南海”，千里万里。

诚斋此行诸作中，有一首《雪霁晓登金山》七古[1]。那金山，也就是前面那首七律中的“一双玉塔表金山”的金山。在七古中，他也以表面赞美之词热闹之笔写了金山一顿“金宫银阙起峰头，槌鼓撞钟闻九州”等等，——然后忽然在结尾说出了下面两句话：

——大江端的替人羞！金山端的替人愁！

真可谓石破天惊，雷轰电掣，令人为之变色：只这两句，就把南宋耻辱

[1] 本书（《杨万里选集》）已选入，请检看，见第一七八页。

小朝廷算是挖苦到家了！诚如他所说的："今求其诗，无刺之之词，亦不见刺之之意也，……使暴公闻之，未尝指我也，——然非我其谁哉？外不敢怒，而其中愧死矣！"

他说："三百篇之后，此味绝矣；惟晚唐诸子差近之。"于此，我们乃不妨说："南宋诚斋亦差近之。"

至于是什么具体事件使他如此痛切感愤而出此的呢？也有故事：原来当时金山绝顶建有吞海亭一座，亭名甚壮，"登望尤胜"；可是这亭作什么用呢？是"每北使来聘，例延至此亭烹茶"的！——当时亭馆皆极壮丽，专为招待金使，"殷勤"无所不至。

明白了这一故事，然后才明白，诚斋的那"羞"、那"愁"为何会如此深切（原诗上两句明明说出"天风吹侬上琼楼，不为浮玉饮玉舟"），也然后才明白，为何他一渡扬子江，望见金山，便写出了"携瓶自汲江心水，要试煎茶第一功"的话来了！

那是诗人多么深刻沉痛的感慨羞愤啊！——而被不明深意的人看成为"败笔"；看出"用意颇深"的人，又把深意歪曲作"纷纷扰扰之无益，且汲水煎茶，领略现在耳"。这就无怪乎诚斋在评论李咸用的诗时曾有"桓灵宝哀梨"之叹了。

问题是，假如我们不了解诚斋的这种表现方式、手法、作风的话，就会影响到我们的"目力"和"视界"，影响到我们的判断和衡量，而可能认为诚斋诗谈不到什么思想性，他只会描写自然琐碎景物，兴趣不在国计民生，不免有"远离时代社会现实"的缺点——我个人一度就有过这样的看法。

后来愈读愈觉得不是那么回事，没有那样简单。诚斋临卒以前不久，自理诗卷，曾经写道："南窗两横卷，一读一沾襟！只有三更月，知予万古心！……"这位八十岁的老诗人面对着平生呕心之作，流着眼泪，而说出这样沉痛的话来，是什么缘故？假如我们掉轻心、失具眼，把他的千秋万古的苦心密意都给"看没了"，岂不是非常对他不起了吗？

五

诚斋对诗的理论，有一篇正式的文章——《诗论》。我说"正式"，是相对于他的《诚斋诗话》和一些"诗序"类的零言碎语、闲谈琐录而说的。我们如果要考察他的诗的理论，固然不能全丢开他的零碎言论，可也更不能不着眼于"正式"的文章。

《诗论》说：

> 天下之善不善，圣人视之甚徐而甚迫。甚徐而甚迫者：导其善者以之（至）于道，矫其不善者以复于道也。……天下皆善乎？天下不能皆善，则不善亦可导乎？圣人之徐，于是变而为迫。非乐于迫也，欲不变而不得也。迫之者，矫之也。是故有诗焉。诗也者：矫天下之具也。

诚斋认为：诗（本指《诗经》，但意义当然通于一般古典诗歌，故作泛语看正自不妨），不是别的，只是矫正不善的工具。

他说：

> 而或者曰："圣人之道，礼严而诗宽。"嗟乎！孰知……诗之宽为宽之严也欤？……盖天下之至情：矫生于愧，愧生于众。愧，非议则安；议，非众则私。安，则不愧其愧；私，则反议其议。……圣人……于是举众以议之，举议以愧之。则天下之不善者，不得不愧。愧、斯矫，矫、斯复，复、斯善矣。——此诗之教也。诗果宽乎？耸乎其必讥，而断乎其必不恕也！诗果不严乎？

他认为：诗是群众的意见，有过必讥，断不宽恕。是一种最严厉的批评。

他说：

> 诗人之言，至发其君宫闱不修之隐慝，而亦不舍匹夫匹妇"复阙（關）""溱洧"之过；歌咏文武之遗风馀泽，而叹息东周列国之乱哀穷屈，而憎贪谗。深陈而悉数，作非一人，词非一口，则议之者寡耶？

他的例证说明了讽刺讥议是古代诗歌的主要任务。

> 今夫人之一身，暄则倦，凛则力；十日之暄，可无一日之

> 凛耶？《易》《礼》《乐》与《书》，暄也；《诗》，凛也。人之情，不喜暄而悲凛者，谁也？不知夫天之作其倦、强其力而寿之也。

诚斋认为，这种群众的讥议，好比冷天气对人的刺激，可以使他振作、强健起来，活得更久些。

像这样的认识，在我国的诗歌文艺理论批评史上，称得起是卓见；比起最著名的白居易的“讽喻诗”的理论来，至少并无逊色。

在《和李天麟二首》中他写道：

> 句中池有草，字外目俱蒿。

就是说，作诗，词采诗风，要像六朝大诗人谢灵运因梦谢惠连而写出“池塘生春草，园柳变鸣禽”那样的清新自然的佳句，而内涵意旨，要“蒿目而忧世之患”（《庄子·骈拇》），——关切国家社会、世道民生。

他在《和段季永左藏惠四绝句》中说：

> 道是诗坛万丈高，端能办却一生劳。
> 阿谁不识珠将（和）玉？若个（谁人）关渠风更骚？

风骚就是《诗经》《楚辞》中“缘政而作”、批判现实的那种现实主义和浪漫主义的优良传统。空有“珠玉”般的美好字面而无关“比兴”“美刺”之道，诚斋对这种诗表示了他的不满。

这些，是他的创作理论。我们想要认识诚斋的诗，自然不能无视于这些地方。

当然，光“说”不算，还要看“作”。我们应当看看他的实践和言论合不合套。

清人潘定桂有《读杨诚斋诗集九首》七律[1]，对诚斋诗颇致赞赏，其第二首说：

一官一集记分题，两度朝天手自携。
老眼时时望河北，梦魂夜夜绕江西；
连篇尔雅珍禽疏（去声），三月长安杜宇啼：
试读渡淮诸健句，何曾一饭忘金堤？

腹联两句以下，尤为能相赏诚斋于“牝牡骊黄之外”。他这里的提法是极有见地的。只是他既然还是就诚斋的《朝天续集》那一部分而举例（这一部分诗，如前所说，是诚斋奉命作迎接金国来使时所写，由杭州出发，远渡江淮，一路所见，触目伤心，悲羞忧愤，成为他诗集中思想性最突出、最集中的一部分），就可能使不善读者仍旧误会为诚斋只有这一集中写出了些爱国诗。

我们不妨试先就开卷第一集《江湖集》来看看情况。

宋高宗的耻辱“小朝廷”，延续了三十五六年之久，好容易盼得他

[1] 《楚庭耆旧遗诗》后集卷十九。

传位给“有志恢复”的孝宗，一上来就掀起了二十年来所未有的北伐抗敌之战，人心振奋已极，不幸连胜之后，忽遇一小挫折，致成“符离之溃”，孝宗马上罢撤爱国抗战派，进用投降求和派，割地请和，并下诏“罪己”，以北伐为犯了“大错误”，自打嘴巴。诚斋有《读罪己诏》三首五言律，谆谆劝告孝宗万不可惩此小失就中途变策，必须发奋自强，定有后效可图。清代翁方纲最看不上诚斋诗，把它当作“魔障”，也不能不承认这三首诗是“极佳”的好诗（不过他以为诚斋好诗只有这三首，别的一笔抹杀了，那份“势利眼”可真够瞧的）[1]。

《路遇故将军李显忠、以符离之役私其府库、士怨而溃、谪居长沙》诗，也就这一败役发抒了他的感慨。

《道逢王元龟阁学》，对皇帝任用奸党，忠臣一个一个被排挤离去，致其叹愤。《纪闻》，对朝廷新除授的非材，加以婉讽。《跋蜀人魏致尧抚幹万言书》，太息国人进献长策之徒然枉费、毫不见采。《故少师张魏公挽词》，对爱国宿将名臣张浚的赍志以殁，深表悲痛。《读张忠献公谥册感叹》，叹张浚，也就是叹国计之日非。《虞丞相挽词》，挽吊采石抗战的虞允文，至比之为诸葛。……

《立春日有怀二首》，警劝翰林词臣们，应该懂得点规谏之道，不要再以绮语艳词来“启导”皇帝了。《又和（萧伯和）风雨二首》，完全是借春光来讥讽朝政。《济翁弟赠白团扇子一面、作百竹图、有诗、和以谢之》是借扇子来比喻国家半壁河山为人断送。《豫章江皋二首》，则也是寄托家国之怀……这些诗就有比较明显的，就有十分深隐

[1] 见《石洲诗话》卷四。

婉蓄的了。其馀很多写愁怀的，分明也不是“闲愁闲恨”。

至于关念民生的，如《视旱遇雨》，如《悯农》，如《农家叹》，如《悯旱》，如《旱后郴“寇”又作》，如《宿龙回》，如《旱后喜雨》，如《过西山》，如《辛卯五月送邱宗卿太博出守秀州》之一，如《观稼》，如《农家》，如《秋雨叹》……

诗也许有高有次，但总不能否认它们的具有内容，不是和社会现实距离很遥远的。

秦桧，这个彻底投降卖国的大汉奸，不但生时凶焰万丈，人人畏之赛过豺狼神鬼，谈虎色变。（宋人笔记载有一则：某人狂放自负胆量气节，人谓曰：你若敢讲一个人的话，我即服你。他问是谁，其人附耳，方说得一个“秦”字，他变色掩耳急走，口内连呼：“放气！放气〈放屁〉！”人传以为笑。我看这倒不是此人堪笑与否的问题，正足见彼时之“空气”是多么可怖了！）即在死后，因他关系太巨，也很少人敢于触犯时讳，在诗中评议他。可是诚斋却在《宿牧牛亭秦太师坟庵》中写道：

函关只有一穰侯，瀛馆宁无再帝丘！
天极八重心未已，台星三点坼方休。
请看壁后新亭策，恐作移中属国羞！
今日牛羊上丘垄，不知丞相更嗔不（fōu）？

这诗一上来就提出：为国柱石、兴亡所系的贤相只有一个，可是横加诬陷放废送死完事；而像唐朝许敬宗那样善媚“人主”的巨奸却不难再遇——秦太师果然“遭际明君”了。（推之，他的门徒们〔像汤思退之流〕也岂难继掌国柄！）三、四两句说：“太师爷”若不“寿终正寝”，是不甘于仅仅“位极人臣”的——他阴蓄异志，要做金国牵线的傀儡皇帝（像刘豫）。五、六两句对太师爷死前还要图谋把已然在他残酷迫害之下的全国忠义爱国人士五十馀位一网打尽的“伟大计划”进行了尖刻的讽刺！

宋高宗的居心是有其不可见人的隐微的，正如明代文徵明的词所说：“叹区区、一桧亦何能？——逢其欲！”和清代郑板桥的诗所说：“金人欲送徽、钦返，其奈中原不要何？”他为了保持他自己的“中兴事业”，不惜任何代价，而他又要顾全“面子”，他的被金人掳去的皇帝父亲和皇帝哥哥既然“不宜”回国，而他又要尽“孝道”，怎么办呢？妙得很！他决意既不接还他父亲，也不接还他哥哥，他却装得哭哭啼啼的，口口声声想他的“庭帏”——生母韦后（史称显仁太后），死也要接还她。他的愿望实现了，——可他付了一笔可观的“接母费”！这笔费用计开：称“臣”于金，受金人的“册封”，自居“藩国”，皇帝要向金人叩头行礼；每年向金国纳“贡”，银、绢各二十五万（两、匹），其馀礼物不可胜计；以淮水、大散关为界，半壁山河亿万人民送给敌人；割唐、邓二州，商、秦之半给金国；——最重要的，还要自己杀死敌人最怕的岳将军，因为金人表示过：不杀岳飞，金、宋是不能言和的。他用这样高的代价，换回来一个六十岁的老太婆，算是唯一的“胜利”和“遮羞布”，大事铺张庆贺。对这事情，诚斋却发表了一点意见。

他写了一首《题曹仲本出示谯国公迎请太后图》。

诗的起头，说："德寿宫前春昼长，宫中花开宫外香（全是讽刺）；太皇（高宗）颐神玉霄上，都人久不瞻清光。"——忽然又有机会见着他了：原来是在这幅迎母图的画里他出现了。接着写画中景象，点破题，然后就说：

> 向来慈宁（指韦后）隔沙漠，倩雁传书雁难托。
> 迎还骢驭彼何人：魏武子孙曹将军（曹勋）。
> 将军原是一缝掖（书生），忽擐两臂挽五石（弓）；
> 长揖单于（指金国皇帝）如小儿，奉归慈辇如折枝。

夸奖了曹勋（他是当日的奉迎使臣）一顿功劳以后，乃说：

> 功盖天下只戏剧，笑随赤松（仙人）蜡双屐，飘然南山之南、北山北。

这是为何呢？原来——

> 君不见：岳飞功"成"不抽身，却道秦家丞相嗔？

真好结尾！这才叫"曲终奏雅"。若只为了比喻"功成身退"，或功成不退而被祸，举多少例子举不出？（例如韩信，不好么？）为何单单要举岳飞？他分明带笔点明了从金国接回韦后的真"价钱"，把问题提到尖端了。

他有一首《过石磨岭、岭皆创为田、直至其顶》绝句，说道：

> 翠带千镮束翠峦，青梯万级搭青天。
> 长淮见说田生棘，此地都将岭作田！

他看到山岭地区，耕地稀罕，都在山坡一层层地开为“梯田”，于是想到，淮河沿边，千里荒芜，弃而不耕，却挤得此地只好耕山岭了！——不消说，长淮以北半壁河山若仍属自家，不知可抵多少梯田耕用！？这所谓“大道上洒香油，小路上拣芝麻”了。把两件事结合起来，一经拈举，精彩百倍。这是多么深刻的讽刺！

这样写诗，不愧是实践了他自己的“耸乎其必讥，而断乎其必不恕”的理论。

六

上面只就他的诗来说话。若谈到他的文，那么看看它有无内容及思想性，对了解这个作家，也是有帮助的。

这里说文，是较广义的，包括诗、词以外的各体文字而言，里面有赋。赋是一种介乎诗、文之间的体制，它的章法、叙致，近乎文，而用韵、修辞，有时近乎诗；叙述故事，和后来兴起的传奇、小说又有些渊源。早些的，很多是张皇铺叙京都宫室的大篇，写山川、动植、物产、珍宝……简直像类书；较晚的，变为咏物、抒情的小赋，但也多数逃不出堆砌典故、罗列名物、考究辞藻的风气。总之，要讲思想性、人民性，是不太多的。下面我们选了诚斋的两篇赋：《海鳅赋》和《浯溪赋》。

《海鳅赋》是写采石之役，宋朝以海鳅船大破要想渡江南侵的金兵，建立奇功，化险为夷的主题，由金国完颜亮的骄气十足写起，写出海鳅船的神妙，敌人的愚蠢和惊慌失措、大败而逃，最后死于瓜步；赋尾凭吊遗迹、感激战功，而表示天险不可恃赖，必须修仁政、重人才、收民心，国家才有希望。

《浯溪赋》借着剥藓读碑——唐代元结的《中兴颂》——为引子，以唐玄宗、肃宗的往事为影射，把宋徽宗、高宗两个皇帝毫不客气地批评了一通。诚斋特别指出：皇室骨肉寡恩，人伦败坏，弃贤用奸，天人并怒，“水蝗税民之亩，融坚椎民之髓”，人心失尽，纵无外患，岂得不亡？高宗不顾一切，亟亟自己做上了皇帝，何其急切？岂不可讥！不过，即使“耄荒”的徽宗真能回来，又有谁还拥护他，为他效命？大家恐怕是要“掉臂”而去的了。然则怎么办？——那问题就在：高宗自己做了皇帝，也尚不妨，只是你如果不自长进，也变为“耄荒第二”，那人们也是会照样子“掉臂”的！

这样的赋，才显得赋之为体，完全可以很好地利用，写出极有价值的作品来。

至于他的上于皇帝的许多“书”“劄子”“策”，分量很大，篇篇都是慷慨流涕、极言时事，尽抉国家之利病，力攻投降之非策。这些文章，见地警辟，说理周彻，文笔条达，感情痛切，读去都深深使人感动。其用笔之活，也如他的诗一样，引人入胜，一点也不使读者感到枯燥沉闷。

就中以《千虑策》三十道，尤为难得。这些策，包括了“君道”“国势”“治原”“人才”“论相”“论将”“论兵”“驭吏”“选法”“刑法”“冗官”“民政”等十几项，每项又分为上、中、下等篇目。当时的罗大经，曾记下一段掌故，值得我们引一下：

> 虞雍公（允文）初除（刚刚授官）枢密，偶至陈丞相应求（俊卿）阁子内，见杨诚斋《千虑策》，读一遍，叹曰：“东南乃有此人物！某初除，合荐两人，当以此人为首！”应求导诚斋谒雍公，一见握手如旧。诚斋曰：“相公且子细（仔细）：秀才子、口头言语，岂可便信？”雍公大笑。——卒援之登朝。……[1]

虞允文在此以前与诚斋了无交谊，固是求贤若渴、爱才如命，然而假如诚斋的策文不是真能餍心切理、感人深至，怎么能使虞允文那样佩服？

诚斋还有些篇“论”；还有若干的“传”“墓志”“神道碑”“行状”，传写当时的许多忠义爱国之士的生平事迹，其中心思想也无不是贯穿着他的一向的政治态度的。只要翻一翻他的全集，这种印象不会不深深地印在读者的心目中。

[1]《鹤林玉露》卷十。

诚斋肯为人民讲话，也敢为人民讲话。

他在《转对劄子》中说：

> 臣闻保国之大计，在结民心；结民心，在薄赋敛；薄赋敛，在节财用。

他指出南宋统治者肆意压榨小民，穷极残酷，剥夺来的民脂民膏，百般浪费；他指出根本问题在于皇帝，他说：

> 而议者乃曰："有司（该管官员）不能为陛下节财也。"不知有司安能节财？节财在陛下而已！

他在《民政》中说：

> 臣闻民者，国之命而吏之仇也；吏者，君之喜而国之忧也：天下之所以存亡，国祚之所以长短，出于此而已矣。
>
> 且吏何恶于民而仇之也？非仇民也，不仇民则大者无功，而其次有罪：罪驱之于后，功啖之于前，虽欲不与民为仇，不可得也。
>
> 吏所以赞上（皇帝）之决、而先上之行者，非赞其便民者也，赞其不便民者尔。曷为不赞其便民而赞其不便民者耶？赞其便民者无功，而赞其不便于民者则有功也！

他一语道着了要害：封建统治集团，上起皇帝，下包官吏，是人民的死对头，人民的仇敌。凡是害民的，皇帝就喜，就有功；相反的，就不喜，就有罪。

他揭发出官吏的黑暗：

朝廷将额外而取一金，以问于其土之守臣，必曰："可也。"民曰："不可。"不以闻矣。——不惟不以闻也，从而欺其上曰："民皆乐输（纳）。"又从而矜其功曰："不扰而集。"

江西之郡，盖有甲郡以绢非土产而言于朝，乞市之于乙郡者。此何谓也？民所最病者，与官为市也：始乎为市，终乎抑配（强派）。……今乙郡之诸邑，已有论税之高下而科之者矣，无一钱赏民也；民之不愿者，官且治之。……且有所谓"和买"者，已例为正租矣；又有所谓"淮衣"者，亦例为正租矣；今又求邻郡之绢：是三者之绢，与正租之绢，为四倍而取之矣！民何以堪？而吏不以闻！

且甲郡欲市乙郡之绢，何不遣吏私市之？何必假朝命而官市之哉！？此必有奸焉。甲郡则出大农（户部）之钱，且书之曰："某日出某钱以市某郡之绢也。"——然某钱不及乙郡之民也。此必有私之者矣！民何从而诉哉？盖民诉于朝廷，朝廷下之于州县；州县执诉者笞之，以诬其服；又呼其民，强使之书于纸曰："官有钱偿我矣。"州县以诉者之所服，与民之所书，而复于朝廷，无以诘也。罚一惩百，谁敢复言者？

看这里面种种内幕的奥妙！多么令人发指！谁来替人民说句话？诚斋说了。

他最后警告封建统治者，说：

> 唐赵赞为一切聚敛之策，德宗尽用之。及泾卒之变，都民散走，而贼大呼曰："汝曹勿恐：不夺汝商货僦质矣！不税汝'间架'、'陌钱'矣！"德宗亦闻此也乎！？

这个问题在我们今天看来提得如果还不算全好，在当时说来也就算尖锐到顶了！

合诗文而看，像诚斋这样的一位作家，实在并不是只讲技巧形式而并无思想内容的，相反，他的作品和时代现实结合得非常之密切。

诚斋因为对人民喜爱得很，也写出了很多塑造人民种种可爱形象的小诗，还十分注意吸收民歌的优点，借以反映人民生活。本书选入了不少这种作品，读者具眼，这里就不再一一罗列介绍了。

七

诚斋作品有思想性时，我们不应视而不见，对其价值加以贬低、缩小；因为谈到这点的还不多，所以不能不为之稍事表白。然而既属“矫枉”，就可能令人感觉“过正”。诚斋作品无思想性时，我们也不应代为“制造”，对其价值加以增饰、夸扬。诚斋诗并不是全无缺点的。较为明显的，就是应酬诗很多，“急就章”不少，混在全集里，就把好诗的比例相对减弱了，假如他编辑时勿贪“四千二百首之多”，肯于割爱，痛加芟汰，就更好了。——提到这点，其实别位诗家又何尝不是如此。（至于质量较差的诗往往有史料价值，删之也很可惜，那则是另外一个问题了。）

诚斋的长处，已如上述，是在“活法”。他的短处，说来好笑，也还是在“活法”。——不是在于“活法”本身，而是在于他对自己的“活法”有点过于自喜、自负、自恃。一题到手，不管值不值得费墨汁，摇笔即来，横说竖说，反说正说，说上一顿，很为热闹，看上去像个“玩意儿”，细按下去，究竟又没什么；例如题某人某某楼、某某阁，咏某某花、某某草，就常常犯这个毛病。“活法”本来是好东西，可是过于仗恃它，意识它，用滥了，写滑了，张口它就来，下笔它就在，于是本来是很活的活法，有时却也“物极必反”地变而为死的窠臼。诚斋的毛病就是既破了旧的窠臼，又有点爱往这个新的窠臼里跳。归根结蒂：只要一刻脱离了内容而追求形式和技巧，不管是什么形式技巧，都必然会失败。

他的作品情况不平衡，有的极为沉婉深至，有的又很滑快浅率。纪昀在《四库提要》里一再评他是“颓唐”，大约就是只看见了后者一面。他的评语极不全面，但也道着了诚斋的一病。

附带说明一下，这“颓唐”一词，不指人的品行态度，是指文笔的率意。全祖望在《鹧鸪先生神道表》里所说的“生平作诗几万首，沉冤凄结，令人不能终卷；晚更颓唐，大似诚斋”，亦即此意；以他的《史雪汀墓版文》所说的“……一变而为玉川，晚乃信笔，不复作意，遂为诚斋，——然其实举（学）诚斋而失之者”来合看，尤为清楚；我们不可误会。

因为选集里不是要选十分坏的反面作品，所以这里只将几点指出就够，就不更作详尽的罗举和分析了。

八

诚斋生活的时代，就是陆放翁、辛稼轩生活的时代，读者已了解其概况，我想这里就毋庸重述，只简单地介绍一下诚斋的生平和为人吧。

杨诚斋，名万里，字廷秀，自号诚斋野客；吉州吉水湴（bàn）塘人。生于建炎元年（一一二七）[1]，小于陆放翁两岁，小于范石湖一岁。家世没有做官的，很清寒；诚斋做了官，始终保持俭苦的家风；他的肖子长孺（东山）也不坠门风。诚斋是“清得门如水，贫唯带有

[1] 旧说多谓杨氏生于宣和六年（一一二四），实误；唯于北山先生《陆游年谱》所论最确，可看其书第一四页。此不具列。

金”[1]，东山到临死时连衣衾都没有[2]。

诚斋在绍兴二十四年（一一五四）中了进士，时年二十八岁，和他的齐名诗友范石湖是同年登第。初授赣州司户，继调永州零陵丞。绍兴三十二年，自焚其少作诗篇千馀首，决意抛弃从前专学“江西派”的道路，诗格至此一变，始存稿为《江湖集》。是年秋，离零陵任。在永州日，得见谪居在此的张浚，张浚加以勉励，对他持身立节，发生了很大的影响；此后诚斋终身奉之为师；“诚斋”之名，也就是因张浚曾勉以“正心诚意”之学而取的。

宋高宗传位给孝宗，政局上发生了一次巨大的变化。孝宗即位，锐意恢复，张浚得以起用，入相后，即荐诚斋，除临安府教授。诚斋才入京（杭州），旋即丁父忧，在家守服。服满，知隆兴府奉新县，初次实践了他的不扰民的政治志愿，和人民关系很好，获得治绩。

乾道六年（一一七〇），上《千虑策》，大为枢密虞允文和宰相陈俊卿所重，荐为国子博士，开始做京官。次年，孝宗欲用佞幸外戚张说为签书枢密院事（军国要职），物议哗然；张栻时为侍讲，力争不可，并向虞允文严词质问，却因此被挤出守袁州。诚斋抗章争张栻之不当去位，又致书虞允文规以正理。这种为公忘私的精神，真是难得之至。

此后迁太常博士，升太常丞，兼礼部右侍郎，转将作少监。一直在杭州。

淳熙元年（一一七四），被命出知漳州，旋改为知常州。编诗为《荆溪集》《西归集》。

[1]《鹤林玉露》卷十四引徐灵晖赠诗，按全诗见《二薇亭诗集》卷上。

[2]《鹤林玉露》卷四。

六年，提举广东常平茶盐。在任上，因“盗”沈师进入广东境，他率兵前往镇压，做了一件和反抗南宋政府的人民为敌的坏事，正如辛稼轩镇压“茶寇”、范石湖镇压“水贼”一样。因此升广东提点刑狱。

淳熙九年七月，以丁母忧去任。编诗为《南海集》。

十一年冬初服满，召还杭州为吏部员外郎。次年，升郎中。五月，应诏上书，极论时事。又次年，以枢密院检详官兼太子侍读，历守尚书右司郎中，迁左司郎中，兼侍读如故。宰相王淮问为相之道，答以人才为先；又问当今谁为人才，即举朱熹、袁枢等六十人，多系正人端士。今集中存有《荐士录》。

十四年，夏旱，应诏上书，迁秘书少监。高宗卒，以力争张浚当配享庙祀，指洪迈不俟集议、专辄独断，无异“指鹿为马”，惹恼了孝宗（因为这等于比他为秦二世），乃出知筠州。编诗为《朝天集》《江西道院集》。应该说明一下，这场争论，其实质还是抗敌派和主降派之争，并非在“礼”上的无谓的门户之见。

十六年，光宗受禅，召为秘书监。

绍熙改元（一一九〇），借焕章阁学士，为金国贺正旦使接伴使，兼实录院检讨官。后值孝宗《日历》修成，以职任的关系，例应由他作序，而宰臣却教别人作序，乃自以“失职”力请去朝，光宗挽留。旋又因要进孝宗《圣政》书，宰臣以他为进奉官，孝宗对他犹怀旧恶，见其名列为进奉官，大不痛快，说：“杨万里为何还在这里？”光宗不懂，孝宗说：“他在策文中比我为晋元帝！甚道理？”[1]遂出为江东转运副

---

[1] 见张端义《贵耳集》卷下。原文叙事有误。

使。编诗为《朝天续集》。

朝议要行铁钱于江南诸郡，诚斋疏其不便，不奉诏，因此忤宰相，改知赣州，不赴，乞祠官而归。编诗为《江东集》。

从此以后，就再不出山了。宁宗庆元元年（一一九五），有召赴京，辞不往。五年，遂谢禄致仕。嘉泰三年（一二〇三），进宝谟阁直学士，给赐衣带；开禧元年（一二〇五），召赴京，复辞；二年，升宝谟阁学士——这都无非是些虚官衔罢了。是年卒，年八十整；赠光禄大夫，谥“文节”。其最晚的诗，编为《退休集》。

综计一生存稿：诗四千二百首之多，诗文全集一百三十馀卷，今全存。

他一生除了做地方官，只做到秘书监，是文学“清秘”之职，和政柄挨不上边。因为孝宗憎厌他，终不得大用，无法抒展抱负。

皇帝为什么憎厌他？只因他秉性刚直，遇事敢言，不给任何人留情面。

倪思在他将要被外放为江东漕臣时，上书谏留，说：“孔子曰：吾未见刚者。……为其挺特之操，可与有为，贤于柔懦委靡、患得患失者远矣！若朝廷之上，得如此三数辈，可以逆折奸萌、矫厉具臣，为益匪浅。窃见秘书监杨万里：学问文采，固已绝人；乃若刚毅狷介之守，尤为难得！夫其遇事辄发，无所顾忌，虽未尽合中道，原其初心，思有补于国家，至惓惓也！”[1]周必大也曾说：“立朝谔谔，知无不言，言无不尽”，“有折角之刚”[2]。诗人葛天民则说：

[1] 见周密《癸辛杂识》前集引。

[2] 《省斋文稿》卷十九《题杨廷秀浩斋记》及《书稿》卷七（庆元二年第二书）。

……亦不知他好官职。

但知拚得忍饥七十年，脊梁如铁心如石；

不曾屈膝不皱眉，不把文章作出诗。[1]

连孝宗那样厌恶他，也不得不承认他是“有性气”[2]。

晚年因见权奸韩侂胄当国，誓不出仕，韩筑南园，要请他作一篇“记”，坚决峻拒。知道韩专僭日甚，忧愤怏怏成疾，家人知道他忧国心重，凡一切时政消息俱不敢报知。忽一日有族子从外而至，不知其情，遽言侂胄出兵之事，诚斋痛哭失声，呼纸大书其罪状，愤恨笔落而逝[3]。

他一生视仕宦如敝屣，随时准备唾弃，正和倪思所说的“患得患失”之辈成为对照。在京日，估计好了由杭州回家的盘缠，装入一只箱子里，经常锁置卧处；戒家人不许买一物，恐怕一旦回家时行李累赘，“日日若促装”待发者[4]。由这一件事，也可想见其为人了。

诚斋的太太罗夫人也是值得一提的，年七十多时，每寒天腊月亦必早起，先熬一锅热粥，给仆人吃，说：“奴婢亦人子也。”八十多高龄时随儿子在官，犹亲自种麻纺绩；生四子三女，都自乳，说“饥人之

[1] 《南宋群贤小集·葛无怀小集》叶一。

[2] 《鹤林玉露》卷五。

[3] 此事见《宋史》本传，系据诚斋子东山所叙而云然。然有人怀疑，诚斋一生力主抗战，不会反对北伐。东山当时或因韩事败被谤，舆论汹汹之际，有意为此饰词，非实录也。

[4] 《鹤林玉露》卷七。

子，以哺吾子，是诚何心哉！”一生俭朴刻苦[1]。

在诚斋教养下成长起来的长子伯孺，也是名诗人，人称东山先生。为湖州守时，弹压豪贵，爱养小民，极有治声，郡人至肖其像，祀于学宫[2]。这和陆放翁的儿子陆子遹宰溧阳，以田六千亩献权贵，权贵酬以田价，陆子遹反而逮捕田主、焚其房屋、灌以粪尿、逼写“献契”、一钱不给的罪行相较[3]，真是一天一地之比了。

诚斋父子，视金玉如粪土。诚斋满江东任，应有馀钱万缗，弃于官库，不取而归。东山帅广东，自以俸钱七千缗代贫户纳租。自家老屋一区，仅避风雨，三世不加增饰。史良叔到其家，所见无非可敬可师之事，至绘图而去[4]。

由这种种事迹看来，诚斋实在是叫我们佩服敬爱的一位大诗人。

九

我初次知有诚斋这个名字，是由于先述堂师的文评中引了他的一

[1] 《鹤林玉露》卷四。

[2] 同书卷七。

[3] 事详俞文豹《吹剑录》外集。

[4] 参《鹤林玉露》卷四、卷十四所记合叙。

首绝句，当时就很想读他的集子，可是贫居无书，只有想望。后来忽然在家门口往西不远的小集市上遇到三册日本选刊的诚斋诗残本，月蓝布面，白棉纸，很可爱，一见之下，大喜望外，急为收得，如获至宝。兴奋地抱回来，马上就爱上它了。这已是二三十年前的旧事，至今记忆如新。

当时本没有读过几首诗，可是深觉诚斋的风格和别人迥然不同，有如珍品异味。这缘法，一结而不可解；以后乱读几本书，知道得多些了，而始终爱诚斋之心不少减（这也许是所谓“嗜痂之癖”吧）。后来特别注意南宋诗人，这兴趣也还是由诚斋引起的。

因此之故，做学生时在课馀对他作了些研读的功夫，以至今天来给诚斋作注，也还是得力于那一段时间。这说来是够惭愧的，这么多年来，学力水平，很少长进。

过去给诚斋诗作注的，我只见有一种，是商务的“学生国学丛书”本，夏敬观选注（文，未见有选注本）。可惜那种注释太简略了，每首诗不过寥寥数条，每条不过寥寥数字，不解决任何重要问题，完全不能满足我们的需要（这次我作注，因手边并无此书，也未加以参考）。今天要注他的诗，全部是艰巨的草创工作。

唐代大诗人韩退之曾说过：“尔雅注虫鱼，定非磊落人。”这却使作注的见了未免有点儿“触目惊心”。真的，磊落人也许正是不耐烦来理会这些“张长李短”“米盐琐屑”；可是肯来做这个工作的，却讲不得，实在无从“磊落”起，——若太“磊落”了，那就虽然不受韩愈的奚落，可要挨读者的埋怨了。而且，这种注释又不止“虫鱼”而已，简直是天文地理、三教九流，无所不包，无所不有。再说，像诚斋这样的宋儒，他们肚子里的书册都是富极了，说句大白话，都“埋伏”着一些典故在内。凭着个人的这一点点知识，要来尝试这种“不磊落”的工作，实在是一件“痴事”。——例如，前文第三节里曾引过他“饱喜饥嗔笑杀侬”的诗句，一向以为不过是“大白话”，羌无故实；谁知不然，直到此刻写引言，才知道“王者治心治身，乃治家国；今陛下尚未能去饥嗔饱喜，何论太平”乃是道士王栖霞答对南唐李昪的话：就可以说明，这种“痴事”怪不得“磊落人”是不肯也不屑做的，而肯来做的是多么“胆大妄为”了！

对青年读者来说，我可以把作注比拟为一种“教学”工作；这二者都是具有三方面的关系的：授课者——课本——听课者。授课者必须对主题精通，才能谈到教人。但仅仅精通还不行，他还必须“会教”——善于了解听课者，善于发现问题、估计问题、分析解决问题，而且还得要会运用表现方法、传达方式。这些条件，缺一不可。许多饱学的老师，课堂效果却并不一定都理想，问题就在于此。而我个人，这些条件都很差，勉强来从事这种复杂的工作，是有些不自量力的。

好注释，应该密切结合作品，透辟、中肯、详而不烦、简而不陋、恰如其分，既要富于启发性，又要给读者留有独自寻味、思考的馀地，亦即要“应有尽有，应无尽无”。文字本身也应该有些味道，不但读作品是享受，读注文也应该不致相反。从这些点来称量，我都太不够标准了。

这个选集的正文，诗的部分是依据《四部丛刊》影宋写本和《四部备要》据乾隆吉安刻本重排本相互校勘写定的。前者可据性较大，后者异文，多出于不学者（不懂诚斋的特殊字法句法）的妄改或传刻讹误；

但因前者是手写本，亦时有讹夺，又赖后者得以救正，问题大致都获得解决；凡属这种，书中一概不列校记，以避烦碎。其他书中（如宋人笔记）引文或有异字，则有时引录以备参考。文的部分只有《丛刊》本可据，偶有写误，如“北”误“比”之类，从上下文可以确切判断，即径行改定，亦不再列校记。疑有漏文处，以括号增字表示之。

选目方面最费了斟酌，前后逐篇审慎抉择，从各种不同的角度、关系来衡量、考虑，反复不下十馀次，我的这部《诚斋集》上画满了各式各样的取舍记号。虽然如此，要说全部选得妥当，当然未必。对于诗，选七绝最严，因原集此体最多，真是选不胜选，我是偏重思想性和写得比较深婉味厚的，许多有奇趣妙语但究竟意味不深长的，大都在割弃之列。文虽好而篇幅太长的，一概未选。

再回来说到注，我的毛病，在于心太切，因此有时不免失于说得太多、太尽。学识不够，工作条件也差，起码的参考书也多不具备（地方志书之类尤其缺乏）。病体又限制我去乞助于公私藏书家和博采通人、广求教益，只好因陋就简。有时不得原书，势须转引，恐怕也难免讹误。

几年以前承中华书局来邀我选注黄山谷的诗文，以当时的精力、条件来考虑，实在不敢答应，恐怕轻诺失信，于是商量，可否改作诚斋，因为我早先应了一处出版社，要作诚斋的稿子，会（曾）铺下一个荒草；后来出版社计划改变了，我的荒草就丢下来，现在拾起来还比较容易些。蒙中华书局不弃，就让我这样做了。

但因健康关系，这工作始终进行不快。最后还是得到讷兄的大力帮忙，特别是他牺牲了两个暑期的休息，帮我收拾整理并补苴弥缝，才算是勉强完成了。我的三个孩子，分担了抄录工作。没有这些助手，我是很难交卷的。借此机会，向他们致谢。在解决一些疑难问题上，政扬兄始终是我的热心的“顾问”，在病中仍然替我解答查考；他卧病不能到图书馆，至恳其夫人代为借书；他的淹贯精通，有问必复，使我又感激又佩服。对政扬，我的谢意是难以一言半语来宣喻的。

此外，为了查两句唐诗，蒙静希师和一两位同志帮忙。中华书局上海编辑所的同志们提出许多宝贵意见，给我以种种协助。也在此深致谢意。

虽然如此，稿中缺失错误，由于我的谫陋，一定还很多，盼望读者给我指教，这样，我就有了更多更好的“助手”，可以把有缺点的书逐步改进得好一些。

最后，在插图方面，承吉水县文教局、文化馆大力协助，获得遗像、故居、墓址的照片，并极可贵。谨志于此，以铭高谊。

一九六二年十一月

（中华书局1962年版）

#《词学新探》序

正刚《词学新探》行将付梓，嘱为弁言，欣感之怀，百端交集。

回忆与正刚初相结识，时在一九四〇年。我因求学历程异常坎坷，三九年才得考入燕大，而入学实在四〇秋，彼时正刚已是高班级，而年龄反不若马齿之长，仍以弟视之，亦即弟呼之，至今遂已垂垂四十载。

我与正刚之交，交在词。未名湖畔，若有我二人偕行形影，必各有新阕，而相与推敲之时也。前岁赠正刚律句，颔联云：“明湖照绿当时鬓，宝箧怀丹别后心。”四十年交期，十四字约略尽之。

正刚治词，严于音，细于律，严处一声不能假借，细处只字辨于毫芒。每填一曲，往往于关键紧要字骈罗并列异文至四至五，必就吾以定取舍，我亦不辞，一言而抉其得失高下，正刚未尝不欣然服所断，抵掌商量，寸心甘苦，以为课馀之一乐事。

正刚严于音，细于律者如此，或以为过。余则不然。凡治一事，习一业，以精为可贵乎？以粗为能事乎？学词而不审音按律，岂复是词！艺术之事，必有规律；违其规律，即丧其体质（制）。故曰律诗而不谐平仄，便非律诗。若是者何不另作“自由体”而仍以诗词名之？平仄格律（包括对仗骈俪），本源全由吾国汉语之具四声，不论四声，岂复有汉语，况在音乐文学乎？初学者昧于此理，或自假于“重内容”，而摒规律于“形式主义”之列，犹以为知所重轻。重内容，盖谓不可徒具形式，而非谓可无形式；言规律，固以为必如此方能表其内容达于美善之境。何尝一言音律即等于“轻内容”乃至“废内容”？道理至明，本不复杂，特时时为强辞以夺其理耳。

吾与正刚之审音按律，亦非孤立于只字，拘墟于一音，必细察其上下、前后、左右之种种关系，然后乃尽得其宜。音律绝非呆法死律可以尽之，宽严奇正，盖处处有辩证法则在也。

前人讲东坡“大江东去”，误“遥想公瑾当年，小乔初嫁，了雄姿英发”[1]为“遥想公瑾当年，小乔初嫁了，雄姿英发”；又误“故国神游，多情应笑，我早生华发”为“故国神游，多情应笑我，早生华发”，翻曰：“东坡不拘拘于格律”“只要词佳，可以打破格律”云云。此诚笑谈。试思乐曲节奏，自有句读停顿，戏剧曲艺，莫不皆然，岂有可以任意将下句之字“唱入”上句，上句之字“歌归”下句之事？即今日之白话新曲，亦难有“不按句读”的“唱法”与“谱法”。此理

---

[1] “当年”，谓“正当年”“年力正富”，非“昔年”义。“了”，全然，“了雄姿英发”，犹言“全然一派……气度气象”；“了”字此种正面用法，六朝唐宋之后，至明人尚偶一见之，后唯反面句如“了无意味”“了不可辨”之类用之，正面句用法遂不为人知，将“了”字归于上句“初嫁”之下，正缘此故。试思“初嫁”，谓容光焕发时也，“初嫁了”是何语？只一寻思，便知东坡绝无如此造句造语法矣。

又至明，本不复杂，而误解误说者尚如彼。则正刚此书，固有其不可没者矣。

我年十五岁，即自学为词，至今不能尽弃。“声音之道，感人深矣”，虽似陈言，岂无至理。因略举所感，以复于正刚。

一九七九年四月末、己未清和初吉

天津周汝昌漫语于北京东城

（天津人民出版社1980年版）

《苏辛词说》小引

先师羡季先生平生著述极富，而东坡稼轩两《词说》具有很浓厚的独创特色与重要的代表意义。我是先生写作《词说》之前后尝预闻首尾并且首先得见稿本的二三门弟子中的一个，又曾承先生欣然首肯，许我为《词说》撰一序言。此愿久存怀抱，固然种种人事沧桑，未遑早就，但事关赏析之深微，义涉文章之精要，言说至难，落笔匪易，也是一个原因。今日回首前情，四十年往，先生墓门迢递，小生学殖荒芜，此刻敷楮搦管，不觉百感交集。其不能成文，盖已自知矣。

先生一身兼为诗人，词人，戏曲家，文家，书家，文艺鉴赏家，哲人，学者，——尤其出色当行，为他人所难与伦比的，又是一位传道授业、最善于讲堂说“法”的“教授”艺术大师。凡是听过先生的讲课的，很少不是惊叹倾倒，欢喜服膺，而且永难忘掉的。我常想，能集如许诸家众长于一身的，在那许多同时先后的名家巨擘中，也不易多觏；

倘由先生这样的讲授大师撰写艺林赏析的文章著作，大约可以说是世间最能予人以教益、启沃、享受、回味的宝贵“精神营养品”了。因为先生在世时，方便使用的录音、录像之机都还不似如今这样人人可有，以致先生的笑貌音容，欬唾珠玉，随风散尽，未能留下一丝痕迹，所以仍须就先生的遗文残简而求其绝人之风采、不朽之精神。循此义而言，《苏辛词说》就不妨看作先生的讲授艺术自家撰为文字的一种“正而生变”的表现形式，弥足珍贵。

先生一生致力最多的是长短句的研究与创作，“苦水词人”是大家对先生衷心敬慕的称号；但先生自言：“我实是一个‘杂家’。”旧的社会，使先生这样的人为了衣食生计而奔波不停，心力交瘁，他将自己的小书斋取名为“倦驼庵”，也许可以使我们从中体会一些“境界”——那负重致远的千里明驼，加上了一个“倦”字为之形容，这是何等的“历史语言”啊！由于时代的原因，先生于无书不读之间，也颇曾留意佛学典籍与禅宗语录。凡是真正知道先生的，都不会承认他的思想中受有佛家的消极影响。正好相反，先生常举的，却是“透网金鳞”，是“丈夫自有冲天志，不向如来行处行”，其精神是奋斗不息、精进无止的。他阅读佛经禅录的结果，是从另一个方面丰富了他的文学体验，加深了他的艺术修养。他写《词说》，行文参用语录之体，自然与此不无关系。但采此文体，并非是为了“标新立异”或文人习气喜欢掉弄笔墨。今日读者对于这些事情，已然比较陌生得多了，便也需要稍稍解释一下了。

说采语录体而行文是否是为图一个“标新立异”，自然是从晚近的眼光标准来讲话的。语录语录，原本就是指唐代的“不通于文”的僧徒直录其师辈的口语而言，正是当时最普通的俗语白话的记录。到得宋代，理学家们也喜采此体，盛行于时，于是“语录”竟也变成了一种“文体”之名了。为什么语录盛行呢？说它在讲学传道上具有其优越性，大概是不算大错吧。那么羡季先生讲说宋词而参采语录之体，其非无故，便已晓然。还应当看到，先生的《词说》，也并非就是一味模仿唐沙门，宋诸子，而是取其所长，更加创造——也就是一种大大艺术化了的“语录文体”。这些事物，今天的读者恐怕会感到十分新奇，甚至觉得“阴阳怪气”，其妙莫名了。假如是这样，就会妨碍他很好地领会先生的苦心匠意，那将是一大损失和憾事。故此不惜辞费，先就此一义，略加申解。

然而，上述云云，又不可只当作一个“文体问题”来理会。这并非是一个单纯的形式体裁的事情。它的实质是一个如何表达思想感情、道理见解的艺术问题。盖禅宗——语录的艺术大师们的流派——是中原华夏之高僧大德将西土原始佛法大大加以民族化了的一门极其独特的学问，它对我们的文学艺术，产生了极其巨大深远的影响。不理解这一层关系，那中国文艺全史就是不好讲的了。写意画的兴起和发展，诗歌理论和创作中的神韵、境界的探索和捕捉，都和禅宗精神有千丝万缕的牵连。禅家论学，讲究破除一切形式的障碍阻阂，而“直指本源”。它的意思是必需最直截了当地把握事物的最本质的精神，而不要为任何陈言俗见（传统的、久惯的、习以为然的“定了型”的观念见解）所缚所蔽。因此禅宗最反对烧香念佛，繁文缛节，形式表面，而极端强调对任何权威都不可迷信，不惜呵佛骂祖，打倒偶像（将木佛劈了作柴烧），反对缀脚跟，拾牙慧，具有空前的勇敢大胆、自具心眼、创造精进的新精神。不理解这个十分重要的一面，一听见说是禅宗属于“佛法”，便一股脑儿用一个什么标签了事，那也会对我们百世千年的民族文化精神的真面全貌造成理解上的许多失误。读先生的《词说》，更要细心体味他行文说理的独特的词语和方式，以及采用禅家“话头”“公案”的深刻而热切的存心用意，才不至于像《水浒传》里的黑旋风李逵，听了罗真人的一席话言，全不晓得他“说些甚底”。那岂不有负先生的一片热情、满怀期望?

我国文艺传统上，对作家作品的品评赏析，本亦有我们自己的独特的方式，这又完全是中华民族的，而不应也不能是与西方的一模一样；加上禅家说法传道的尤为独特的方式，就成为了一种浚发灵源、溉沃智府的高超的艺术和学问。其最主要的精神是诱导启示，使学人能够自寻蹊径，独辟门庭，而最忌硬套死搬，灌食填鸭，人云亦云，照猫画虎。以是之故，先生的《词说》里是找不见什么时代、家世、生平、典故、训诂……这些“笺注性”的死知识的——这些都不难从工具书上查他一个梗概。先生所说的，全是以一位诗人的细心敏感，去做一位学者的知人论世，而在这样的相得益彰的基础上，极扼要地极精彩地抉示出了文学艺术的原由体性，评骘了名家巨匠的得失高低。而这一切，只为供与学人参考借镜，促其精思深会，而迥异乎“唯我最正确最高明”“天下之美尽在于斯”的那种自居自炫和人莫予毒的心理态度。

先生的讲说之法，绝不陈米糟糠，油盐酱醋，流水开账，以为“美备”，也绝不同于较短量长，有意翻案，以耸动世人耳目为能事。他只是指头一月，颊上三毫，将那最要害、最吃紧的关节脉络，予以提撕，加之勾勒，使作者与讲者的精神意度、识解胸襟，都一一呈现于目前，跃然于纸上，——一切都是活的。他不像那些钝汉，专门将活龙打作死蛇来弄。须知，凡属文学艺术，当其成功出色，无不是虎卧龙跳、鸢飞鱼跃样的具有生命的东西，而不善讲授的，却把作死东西来看待，只讲一串作者何年生、何年卒、何处人氏、何等官职，以至释字义、注故实、分段落、标重点，如此等等，总之是一大堆死的“知识”而已，究其实际，于学子的智府灵源，何所裨益？又何怪他们手倦抛书，当堂昏睡乎？然而，正是习惯于那种引困的讲说之法的，总以为那才是天经地义，乍一见先生的《词说》，无论文体语调，还是方法方式，都会使他吃惊不小；“离经叛道”“野狐参禅”“左道旁门”，以及其他疑辞贬语，也许就不免啧啧之言了。比如，有人看了《词说》，会诧异诘问：为何不见一句是讲思想性与艺术性？他却不能懂得：先生字字句句，都在讲那真正的思想性和艺术性，只不过这一切都是中华民族的文艺概念、美学观点，并且也是中华的表现法讲说法，而非照搬舶来之界说与词句罢了。当然，讲我们中华民族的文艺特色，除却人们常用的思想性与艺术性而外，是否就没有了别的可讲，或者讲了别的就是“错误”的了？这正是一个问题。读《词说》而引起认真严肃的思考的学人，定会想上一想，并试行研寻解答这些课题。对这一点我是深信而不疑的。

《词说》正文，篇篇珠玉，精义名言，络绎奔会，给读者以极大的启迪与享受。然而两篇《自序》，同样十分之重要，这都是先生数十年覃思渊索的结晶之作，最堪宝贵。就我个人的感觉，从行文的角度来说，《东坡词说》卷尾的《自序》笔致又与《说辛》卷端的《自序》不同。后者绵密有馀，而不无缓曲之患；前者则雄深雅健，老笔益见纷披矣，盖得力于汉魏六朝高文名手者为多。我还想试为拈出的是先生写到《东坡词说》之时，思致更为深沉，心情益觉严重，哲思多于感触，笔墨倍形超脱，已经是逐步地脱离了开始写《说辛》时的那一种心境和文境了。两部《词说》，本系姊妹为篇，同时相继，一气呵成，而其异同，有如是者。说辛精警，说苏深婉。精警则令人振奋而激动，深婉则令人叹喟而感怀。苏辛之不同科，于此亦可概见，而顾世之评者犹然“苏辛豪放”，众口一词，浑然不别，先生言之之切，亦已晓然。破俗说，纠误解，原非《词说》之主体，而举此一端，亦足见先生借禅家之宗旨，提倡自具心眼，自行体会，于学文之人为何等重要了。

凡了解历史、尊重历史的，都会承认，王静安的《人间词话》是一部词学理论史上的重要著作，而且影响深远，又不限于词之一门，实是涉及我国广义的诗学理论与文艺评论鉴赏的一部具有世界声誉的著作。先生之于王氏《词话》，研索甚深，获益匪鲜，也是可以看得出的事实。但先生的《词说》，其意义与价值，超过于静安之《词话》，我在四十年前初读《词说》时，即如此估量。估量是否得实，岂敢自定。以余所见，先生之《词说》，视静安之《词话》，其所包容触发，无论自高度、广度而言，抑或自深度、精度而论，皆超越远甚。先生之论词，自吾华汉文之形音义说起，而迄于高致之生焉。所谓高致，先生自谓可包神韵与境界而有之。窃尝与先生书札往还，商略斯事，以为神韵者何耶，盖人之精神不死者为神，人之意致无尽者为韵，故诗词文章，首须具有生命，而后济以修养——韵者即高度文化修养之表现于外者也，神者则其不可磨灭而蕴于内者也。至于境界又何谓耶？盖凡时与空之交会，辄一境生焉，而人处其间，适逢其会，而有所感受，感而写之，是即所谓境界。先生尔时，深致赞许，以为能言人所未能言。及今视之，境界为客观之事，人之所感乃主观之事，境固有自性，不以人为转移，然文学艺术，并非单纯反映客观如镜面与相机也，以其人之所感，表于文字，而览者因其所感而又感焉，此或谓之共振共鸣，互为激越互为补充也。循是以言，其有感之人，品格气质，学识胸襟，必有浅有深，有高有下，由是而文艺作品之浅深高下分焉。徒言境界，则浅深高下皆境界也，有境界果即佳作乎？殊未可必。况静安自言：有写境，有造境。其所谓写境，略近乎今日之曰“反映”云者。若夫造境，余常论温飞卿之《菩萨蛮》，率不同于实境之反映，而大抵词人以精美华贵之物象而自创之境也；境既可造，必其所造之境亦随造者心性之浅深高下而大有不同。是以太史公之论屈大夫也，椽笔大书：“其志洁，故其称物芳。”然则《楚骚》之境界，盖因屈子之高致而始有矣。志洁、物芳，二者之间，具有辩证法的关系，是以读者又每即词中之物芳，而定知词人之志洁。此则先生所以标高致之意，可略识焉。盖高致者何？吾中华民族之高度才情、高度文化、高度修养之一种表现是也。先生举高致为对词人词作之第一而最后之要求，而不徒取境界一词，根由在此。昔者龚定庵戏拈“柳绿桃红三月天，太夫人移步出堂前”以为笑枋。夫此二句，岂果一毫境界亦无可言者乎，实又不可谓之绝无。然则其病安在？曰：苦无高致耳。无高致，纵然字句极工，乃不得为诗为词，于此可见矣。东坡尝笑“认桃无绿叶，辨杏有青枝”，而云：“诗老不知梅格在，谓言绿叶与青枝！”而“疏影横斜水清浅，暗香浮动月黄昏”之句，传为咏梅绝唱者，岂不亦即系乎高致之有无哉。是以先生论词之极则，而标以高致。即此而察，先生所会，已突过王氏。此外胜义，岂易尽举。至若先生之《词说》，商略旧问题固然已多，而提揭新课目，更为不少。即《词说》以窥先生之文学思想、艺术精神，可以勒为专著，咀其英华，漱其芳润，滋荣艺圃，沾溉文林，必有取之逢源、用之无匮之乐矣。

但四十年来，国内学人，知先生词说者尚少，其意义与价值毕竟如何，当然有待于公论。唯是四十年前之历史环境，与今大异，先生此作，又未能广泛流布，其一时不获知者，原不足异；今者行将付梓，固是深可庆幸之盛事。然而词坛宗匠，半已凋零，后起来哲，能否快读先生之《词说》而领其苦心，识其旨趣？又觉不无思虑。实感如此，无须讳饰。但念江河万古之流，文章千秋之业，如先生之所说，与吾中华民族文化精神无有一合，虽我一人爱奉之，维护之，又有何济。如先生所说，实与吾中华民族文化精神甚合甚切，则民族文化精神长存，即先生之《词说》亦必随之而不可没，而我又何虑乎？

回忆先师撰作《词说》之时，吾辈皆居平津沦陷区，亡国之痛，切肤割心，先生之词句有云："南浦送君才几日？东家窥玉已三年。嫌他新月似眉弯！"先生之诗句又曰："秋风瑟瑟拂高枝，白袷单寒又一时；炒栗香中夕阳里，不知谁是李和儿？"（李和儿宋汴京炒栗驰名，金陷汴都，李流落燕山〔今北京也〕，尝流涕语宋之使金者：我东京李和儿是也。）爱国之丹心，隐耀于宫徵之间，此情谁复知者？尔时吾辈书生，救亡无力，方自深惭，顾犹以研文论艺相为濡沫，盖以中华民族文化精神不死，则吾中华民族岂得亡乎？嗟嗟，此意之于《词说》，又谁复知者！

吾为先师《词说》作序，岂曰能之，践四十年前之旧约也。文已冗长，而于先生之精诣，曾无毫发之发挥，而可为学人之津渡者。抚膺自问，有负先生之所望，为愧何如！然迫于俗事，吾所欲言正多，而又不得不暂止于此。他日或有第二序，以报先生，兼以印证今昔识解之进退，可也。

癸亥端午佳节　受业周汝昌谨述于北京东城

（《读书》1983年第12期）